河出文庫

交渉人・遠野麻衣子
爆弾魔

五十嵐貴久

河出書房新社

目次

一章　爆破　7
二章　捜査　73
三章　殺害　129
四章　混乱　189
五章　決着　293
終章　341
解説　関根亨　354

交渉人・遠野麻衣子　爆弾魔

一章　爆破

1

九月八日、土曜日、午後零時五十分。遠野麻衣子は銀座にいた。

フランスを本拠とするピアーズ社は初のアジア進出に当たり、他の高級ホテルとの差別化を図るため、小規模ではあるが徹底した豪華さとサービスをコンセプトに、ピア銀座ホテルをオープンしていた。二年前のことだ。

十四階建て、総部屋数は四十室と少ないが全室スイートルーム、面積は七十平米、天井までの高さは約四メートルというゆったりとした空間を提供することで、顧客の満足度では都内でも随一との評判を取っている。

麻衣子が通されたのは、その三階にあるレセプションルームだった。〝達川順一先生講演会〟が間もなく始まる。

達川順一は今度の内閣改造で国家公安委員長に就任した衆院議員だ。国家公安委員長は警察庁の所管大臣となる。

警視庁総務部広報課に勤務する麻衣子にとって、当然の業務だった。予定されていた時間は午後二時だったが、一時間以上早く着いてしまったのは習性としかいいようがない。思わず苦笑が浮かんだ。

もともとキャリアである麻衣子は警察庁生活安全局、交渉人研修を経て、警視庁刑事部捜査一課特殊班、高輪署経理課から現部署に異動になっていた。

案内してくれたホテルマンによれば、麻衣子以外にも何人かの聴衆が先着しているという。彼らは二階のラウンジにいると教えられた。合流してもよかったが、後にすることにした。

「――お飲み物をお持ち致しましょうか？」

勧められたが断った。一人になりたかった。気持ちを察したのか、一礼して男が出ていった。麻衣子は窓に近づき、外の風景に目をやった。

ピア銀座ホテルは、その景観がマスコミでも話題になっている。客室はもちろんだが二階のラウンジ、レストラン、三階のレセプションルームにおいても南と西側の窓が天井から床まで一枚ガラスになっていた。

銀座の空中庭園、というパンフレットのコピーは決して大袈裟ではない。巨大なガラス窓に自分の姿が映った。

紺のスーツを着た小柄な体。長い髪、真っ白な肌。やや吊り上がった大きな目と整った形の顎。顔色は決して良くないが、それはいつものことだ。

見下ろすと、ホテルの入口周辺にカメラを構えた一群が集まっていた。マスコミの連中だ。

まだ許可が下りていないため、ホテルの敷地内に入れないでいるが、講演会が始まるまでにはレセプションルームに通されるはずだった。

目の前を並木通りが走っている。道路は混雑していたが、渋滞というほどではなかった。

自家用車の数は少なく、タクシーやトラックなどの業務車が忙(せわ)しく道を行き交っていた。信号が変わり、歩行者たちが横断歩道を渡っていくのが見えた。歩道橋をスーツ姿の男たちが歩いている。

時計を見た。零時五十五分。

席に戻り、化粧を直すためバッグを取り上げた時、スマホが震え始めた。バッグからスマホを取り出し、着信表示に目を向けた。非通知になっていた。

2

「どなたですか?」

『この講演会について、君はどう思っているのか』

声が響いた。答えずにいると、かすかな笑い声が伝わってきた。

「……どなたですか?」

もう一度尋ねた。答えはなかった。

『外を見たまえ』

抗い難い何かが声の底にあった。スマホを耳に当てたまま、窓に近づいた。

道路。通過する車。高速道路、そしてJR有楽町の駅が見える。コンビニエンスストア、ギャラリー、映画館、化粧品会社の巨大なビル、交番、駐車場。商業ビルがいくつも建ち並び、その間にはレストランや喫茶店、製菓会社の看板も見えた。

『達川順一について、君はどう思っているのか』

耳元で声が繰り返した。やはりマスコミなのか。混乱が胸をよぎった。通常ではあり得ない方法で連絡を取ることによって、動揺を誘っているのか。

「あなたが誰かわからないのに、答えることはできません。それより、わたしの電話番号をどこで知ったんですか？」

『我々の同志は、警察内部にもいるのだよ。答えた方がいい。その方がお互いのためだ』

「誰なんですか！」諭すような物言いに、思わず声が尖った。「なぜそんなことを……」

素早く窓の外に視線を走らせた。必ず近くにいる。監視しているはずだ。落ち着かなければ、と自分に言い聞かせた。

犯人との会話の際は、努めて平常心を保たなければならない。加えて、可能な限り長く話す必要がある。

話した時間に比例して、得られる情報量が増えるためだ。交渉人研修において最初に学んだのはそれだった。

「どこにいるんです？」

『すぐ近くだ』

声が答えた。もう一度、今度はゆっくりと目を動かした。

ピア銀座ホテルは、フロアの高さが通常のホテルの倍近くある。三階という低層階ではあったが、それでも十五メートル以上あるのではないか。

地上から肉眼で室内を視認することはほぼ不可能と考えていい。双眼鏡の類を持っているはずだ。

午後一時、天気はよかった。九月の陽光が辺りを照らしている。レンズに光が反射してもおかしくはない。だが何も見えなかった。

『達川順一について、どうしても君が自分の意見を言えないというのなら、代わりに私が言おう』宣告するような声だった。『君は閣僚人事に不満がある。達川は過日の総選挙の際、我が教団の外部団体から支援を受けて当選しながら、国家公安委員長に就任すると我々を取り締まる側に回った』

いったい何者なのか。何のためにこんなことを言うのか。正体が不明である以上、迂闊に返事をするわけにはいかない。

ボイスチェンジャーを使っているため、声から性別、年齢などを判断することは困難だった。研修でも、電話による声質から相手の年齢その他を決めつけてはならないと教えられている。むしろ口調や使用する単語から判断するべきだ、とマニュアルにもあった。

話し方から、高い教育を受けた人間であることが推察できた。高学歴。おそらくは大学出。それ以外に何か特徴はないだろうか。

「それは……」

何も言えなかった。現役の警察官として、政治判断にコメントする自由はない。

『君の立場はわかっている』

声が言った。正確な標準語。東京、あるいは近郊出身だろうか。

もともとそういう声なのか、それともボイスチェンジャーのためなのかは不明だったが、目立つ特徴はなかった。ただ、わずかに鼻づまりしているように感じられた。

風邪をひいているのか、もしくは呼吸器系に何らかの疾患があるのか。アレルギー体質ということも考えられたが、いずれにしても通院している可能性がある。

病院、と頭の隅にメモした。治療はしているのか。薬は使っているのか。ボイスチェンジャーの声が続いた。

『閣僚人事について、間違っていると考えているね？』

「わたしにはわかりません」麻衣子は用心深く言葉を選んで答えた。「国家公安委員長人事は総理がお決めになることです。警察官であるわたしはそれに対してコメントできる立場にないと思いますが」

『警察官としてではなく、個人としての君に聞いているつもりだ』

口調ははっきりしていた。論旨も明快であり、発言に矛盾はない。強い自信を持っている。優越意識の持ち主。

ただ、肉体的には小柄なのではないか、と直感した。電話越しに聞こえる呼吸音から、通話口と口元の距離が推定できる。無理に離しているわけではなく、通常の範囲内で通話をしているように思えたが、そのわりに声が小さい。

声帯が狭いことは間違いないだろう。常識的に考えて、声帯の狭い人間は小柄であるか痩せているかのどちらかだ。

肉体的な劣等意識を持つ人間、と麻衣子は結論を下した。その劣等感を打ち消すため、自意識が過剰になっている。

その一方、並外れた知性、学力を持っている。おそらく社会的に見ても優秀な人物。

「わかりません。国家公安委員長人事は警察庁、警視庁、いずれも事前に把握できる立場にありません」

『それが君の見解か』声が低く笑った。『いいだろう。ところで、警視庁から連絡は？』

「連絡？」

定時連絡のことを言っているのだろうか。土曜日だが、自身の行動については届けも出している。

今日、このホテルで講演会があること、麻衣子がそれに出席することは誰もが知っているはずだ。

そうか、と声がわずかに低くなった。

『君たちの好きな命令系統には反しているが、やむを得ない。時間がないのでね。私から依頼することにしよう。大いなる慈悲の化身、大善師御厨徹を釈放するよう、即刻警視庁と交渉してほしい』

ミクリヤ。頭の中でその固有名詞が虚ろに響いた。何のことなのか。人名だろうか、と思った時記憶がつながった。

「……合同相対教？」

御厨大善師。十年前、日本中を震撼させた悪夢のような事件について、記憶はまだ新しかった。

『説明する必要はないだろうね』

つぶやくような声がした。待って下さい、と麻衣子はスマホを持ち替えた。

「釈放など、あり得ません。御厨は殺人、暴行、傷害、誘拐……」

『馬鹿馬鹿しい』声が遮った。『それらの容疑はすべて警察のでっちあげに過ぎない。大善師は釈迦牟尼の生まれ変わりである。そのような愚かな真似をするはずがない。だが、残念ながら我が教団は自己弁護のための言葉を持たない。持つ必要がないからだ。罪状などどうでもいい。至急大善師を釈放するよう交渉したまえ』

「何を言ってるんです？」

主義主張の問題ではない、と声が言った。

『我々は警察を信用していない。ただ一人、遠野麻衣子警部、君を除いては。君は信頼するに足る警察官だ。かつて上級職である警視を逮捕した正義の使徒。我が大善師の救済には、君こそがふさわしい』

かつて、自分の上司を逮捕した事件があり、その際マスコミは麻衣子について大きく報道した。所轄警察署経理課所属の女性警部。元キャリア組、警視庁において交渉人研修を受けていた経歴。

麻衣子に対する世間の関心は高かった。警視庁が所轄署である高輪署から本庁に麻衣子を復帰させたのも、捜査畑とは直接関係のない広報課に配属したのも、それが理由だった。

上司を逮捕した麻衣子をそのまま所轄署に置いておけば、マスコミは更に騒いだはずだ。警視庁の措置はこの場合正しかったというべきだろう。

「意味がわかりません。わたしにそんな権限はないんです」

『司法は君たちの問題であって、我々には関係ない。警部、君がどう言おうと、我々は君としか話すつもりはない。これは君に与えられた聖なる義務なのだ』

警視庁と交渉したまえ、と声が続いた。何もわかっていない、と麻衣子は思った。収監中の御厨を奪回してこい、と言う方がまだ現実味があるだろう。

「わたしが交渉人だったのは過去の話です。現職は広報課員ですし、御厨被告への控訴審判決は年内に出るはずだと記憶しています。判決が間違っていると言うのなら、正当な手続きを踏んだ上で上告するべきでしょう」

『警視庁と交渉したまえ』

本気だ、と直感した。悪戯ではない。妄想狂でもない。御厨を崇め、信じ、すべてを委ねてきた人間の声だ。

冷静に対処しなければならない。右手でこめかみを強く押さえた。集中しなければ。

声が途切れた。予感。何かをしようとしている。

ガラスに額を押し付けるようにして外を見た。何も変化はない。道を歩いている人々。走り過ぎていく車。

『もう一度要求を伝える。御厨大善師を早急に釈放するよう命じる』再び声が聞こえた。

『そのために警視庁と交渉したまえ。君を信じている』

声を聞きながら、目だけを動かした。必ず近くにいる。電話をかけてきた人間は、この窓から見える範囲内にいる。

スマホのハンズフリー機能を使い、イヤホンをしているだろう。そして双眼鏡を所持している。おそらくは小柄。わかっている条件はそれだけだ。

すぐ目の下の歩道を、太った初老の男性がスマホに向かって何か話しながら通り過ぎていった。身振りが大きい。落ち着きのない話し方。違う。あんな男ではない。

目を上げるとビル群が並んでいた。その中にいるのか。あるいは、と道路沿いのパーキングエリアに停められている車両を見た。車からかけているのだろうか。

ホテルの前に歩道橋があった。その下に並木通りがある。道路には信号待ちの車が数十台停まっていた。

百メートルほど離れた銀座二丁目交差点に、コンビニエンスストアと交番が隣り合っている。向かいには喫茶店がある。

次々に視線を移した。どこにいるのか。何をしようとしているのか。

歩行者用の青信号が点滅を始めた。トートバッグを提げた中年の女性が横断歩道を駆け足で渡っていくのが見えた。

信号が変わり、停まっていた車が走りだした。トラック、自家用車、タクシー。排気ガスを撒(ま)き散らしながら、かなりのスピードで行き交っている。

（どこにいるのか）

唇を噛んだまま目をビル群に走らせた。光を受けて反射するガラス窓から、人影は見えにくい。フロアの奥から電話をかけているとすれば、どこにいたとしても特定するのは難しいだろう。車の中にいる場合でも、それは同じだ。

『君は我々の要請を受け入れざるを得ない』落ち着いた声が聞こえてきた。『なぜなら、断れば国家公安委員長の目の前で多数の犠牲者が出るからだ。君に選択の余地はない』

犠牲者。何をするつもりなのか。スマホを握る手が痺(しび)れた。

「待って下さい。あなたは、何を……」

目の前が急に暗くなった。貧血。吐き気がこみあげてきた。

十秒前、と声がした。麻衣子は交渉人としての禁忌を破って叫んだ。

「やめなさい！」

『あと五秒』

制止する声は届かなかった。3、2、1というカウントの後、一瞬の静寂が訪れ、凄(すさ)まじい爆発音が地上から響いた。

3

目の前のガラス窓が激しく震えていた。思わず一歩下がり、地上を見下ろした。大混乱が始まっていた。炎が見える。

銀座二丁目交差点近くの交番から火の手が上がっていた。黒煙が噴き出している。正面の出入口は完全に吹き飛び、炎が燃え移った左右の壁に裂け目が生じていた。

いきなり交番の中から火柱が飛び出してきた。人間だった。燃え上がる紺の制服を着た男が酔っ払いのように歩道を左右に進み、そして倒れた。

（警官）

苦しげに体をよじっていた男が動きを止めた。何が起きているのか。悪夢のような光景だった。

銀座二丁目交差点の中央では、数台の車両が衝突事故を起こしていた。緑色のタクシーの後部トランクに、大型の自家用車が乗り上げている。急ブレーキをかけたタクシーに乗用車が追突したのだろう。

数人の男性たちが歩道橋を走っていくのが見えた。横断歩道を渡っていた中年の女性が、腰を抜かしたように座り込んでいる。マロニエ通りを走っていた車が急ハンドルを切って街路樹に激突した。

地上ではクラクションや悲鳴が鳴り続けているはずだが、その音は聞こえない。ホテルのレセプションルームにいる麻衣子にとって、無音のテレビを見ているのと同じだった。

隣接するビル、デパートから何十人もの人々が飛び出してきた。炎上している交番を、どうすることもできないまま見つめている。

車から降りた運転手たちも集まり始めていた。麻衣子はスマホを左耳に当てたまま、ガラス窓に近づいた。

交番からは更に激しく炎が上がっていた。火の手は大きくなる一方で、左右の壁から隣の建物へと、真っ赤な舌が伸びるように炎が近づいている。屋根だけは何とか形を留めていたが、それも時間の問題だろう。

歩道に倒れていた警官に、スーツ姿の一人が自分のジャケットを叩きつけるようにして火を消していた。大破した壁やガラス、椅子や机などの備品が通りに散らばっている。

タクシーから飛び降りた何人かの運転手が、車に備え付けてある消火器を抱えて走ってきた。近くのビルやコンビニからも、同じように消火器を持った男たちが駆けつけてくる。それぞれがノズルを交番に向けてレバーを引いた。勢いよく消火液が飛び散った。

(消防)

通報は入っているのだろうか。思わず右の手のひらでガラス窓を叩いた。

炎を消すことはできるのか。火勢は圧倒的であり、それに対し小さな消火器の列はあまりに無力そうに見えた。

落ち着かなければ。深呼吸をした。今するべきことは、ひとつしかない。

「……あなたがしたんですね？」

電話に向かって静かに呼びかけた。そうだ、という乾いた返事があった。

マロニエ通りは既に機能を停止している。道路を車が埋め尽くしていた。

「何のためにこんなことを？」

『こうでもしなければ、君は本気になってくれないだろう』含み笑いが聞こえた。『遠野警部、これは始まりに過ぎない。君が我々の命令に従い、警視庁との交渉を始めなければ、第二、第三の爆破が起きることを予告しておく。次はもっと大規模で、大勢の犠牲者が出るだろう。それでもいいのか』

どこにいるのか。窓外に目を走らせた。必ず近くにいる。わたしを見ている。

『警視庁に戻りたまえ。もっとも、どちらにせよ君はそうすることになるだろうが』

再び交番から火の手が上がった。ガスに引火したのか、火の勢いは増すばかりだ。消火活動をしていた男たちが消火器を捨てて逃げ始めた。

急停止、急発進を繰り返していた車の群れが、至るところで接触事故を起こし始めている。その遥か遠くから近づいてくる消防車の回転する赤色灯が見えた。

(道を空けて)

手のひらで何度も窓を叩いた。道路には何十台、何百台もの車が乗り捨てられていた。このままでは消防車が現場に近づくこともできない。警察は何をしているのだろうか。

『車が邪魔だな』舌打ちする音が響いた。『隣の建物に燃え移ると危険だ』

麻衣子の視線が止まった。歩道橋。その中央に、一人の男が立っていた。

ホテルに背を向けている。長身。百八十センチは優にあるだろう。歩道橋の上を人が行き交う。その中で悠然と立ったままの姿は、それだけで異質だった。

黒い長袖のコートを着ている。レインコートなのか、九月の陽光を受けて布地が光っていた。材質はビニールか革か、それとも他の何かか。

片手を耳に当てたままの男の背中がかすかに動いた。横顔。その口元に小さなマイク状のものがあった。

『これ以上、犠牲者を出したいか』

この男だ。

電話の印象とは少し違った。小柄とはいえない。大柄な部類に入るだろう。ただ、見た目よりは痩せているようだ。

引き締まった全身の筋肉。短く刈られた頭髪。形のいい顎のライン。よく陽に灼けた肌。

全体に精悍な顔立ちは思っていた通りだった。意志の強固そうな横顔からも、その集中力と知性が見て取れた。

唇は薄かった。ミラータイプのサングラスをしているので、目までは見えない。三十代後半、ないしは四十代前半。すべてを頭に叩き込んだ。

「そこにいますね？」

呼びかけた声に返事はなかった。男が再び背を向けた。肩が小さく動いた。

『私の名はシヴァ』

「シヴァ？」

どういう意味か。人の名前なのか、それとも教団内の呼び名だろうか。

『また連絡する』

突然通話が切れた。両手をコートのポケットに入れた男が、炎上する交番に向かって歩道橋の上を歩き始めた。

その背中を何人かの男たちが追い越していく。麻衣子は手のひらのスマホを見つめた。カメラ。

男の背中を何枚も撮った。ズームすると、男の姿がアップになった。何度もボタンを押した。歩道橋を降りた男がオートバイに乗った時、手の中でスマホが震えた。

「――シヴァ、どこに」

遠野警部か、という声がした。スマホのディスプレイに、警視庁刑事部直通、という表示があった。

「遠野です」

『長谷川(はせがわ)だ。君は今、銀座にいるな？』

電話の声は警視庁刑事部長の長谷川均(ひとし)警視正だった。はい、と答えるのももどかしかった。

「たった今、銀座二丁目の交番が爆破されました。わたしは犯人からの電話を受けて――」

『わかっている』

詳しく状況を説明しようとした唇が動かなくなった。わかっている、とはどういう意味なのか。土曜日である今日、なぜ長谷川が警視庁にいるのか。

「部長、待って下さい」

『すぐ本庁に戻れ。これは命令だ』

長谷川の重い声が響いた。

「いったい何が」

『後で説明する。至急戻れ』

答える間もなく通話が切れた。スマホを握ったまま、麻衣子は呆然とその場に立ち尽くした。

4

車での移動は無理だとわかっていた。道路は緊急停車した車両で溢れている。

捜査一課に電話を入れ、犯人と思われる人物の情報を伝えた。続いて長谷川のスマホにも直接連絡したが、通話中が続いていた。やむなく駅に向かった。

有楽町線銀座一丁目駅に入ってきた地下鉄に乗り込んだが、有楽町の駅へ着く直前で停止した。車掌のアナウンスによれば、非常停止ボタンが使用されたためしばらく運転を見合わせるという。

(歩けばよかった)

悔やんだが遅かった。車両内に閉じ込められる形になってしまった。麻衣子の乗った地下鉄が再び走りだしたのは、それから約三十分後だった。

その間、何度となく警視庁と連絡を取ろうとしたが、電波がつながっているにもかかわらず、電話は通じなかった。自分だけではなく、乗り合わせていた他の客からも〝携帯がつながらない〟という言葉が出ていた。

警視庁はシヴァについての情報をどこまで把握しているのだろう。何十回目になるのか、リダイヤルボタンに触れながら考えた。

銀座二丁目交番を爆破した犯人は解散した合同相対教の関係者で、教祖御厨徹の釈放を要求している。人相や風体、オートバイについては伝えたが、すべてを報告しきれないまま、地下鉄に飛び乗った。

早く連絡しなければ、と気持ちだけが焦ったがどうにもならなかった。地下鉄のドアは閉じたままだ。

有楽町線が桜田門の駅に着いた時、時計は午後二時五分を回っていた。銀座一丁目駅から普通なら五分ほどで着く桜田門の駅まで、一時間近くかかったことになる。

ようやく到着した桜田門の駅から内堀通り側の階段で、地上へと駆け足で上がった。路線図でいえば二駅、直線距離にして二キロもない桜田門周辺は、さっきまでいた銀座とは違い平穏なままだった。

ただ、普通より明らかに警官の姿が多く目についた。緊急配備がなされているようだ。

「遠野警部」

警視庁舎に向かって歩を進めると、横合いから声がかかった。顔に見覚えがあった。捜査一課の捜査官だが、名前までは覚えていない。

遠野警部ですね、と近づいてきた男が確認するようにもう一度言った。うなずくと、こちらへ、と先に立って歩きだした。携帯で何か話している。麻衣子も自分のスマホを確認すると、着信表示があった。〝警視庁刑事部直通〟。長谷川だろう。伝言は残っていなかった。

「交番爆破の影響で、電話中継局の機能が混乱していたようです」スマホをジャケットの内ポケットにしまいながら男が言った。「つい先ほど、回復したということですが」

正面玄関広場を抜けて、桜田通り側の通用門に回った。警視庁職員は普通なら正面玄関から庁舎内に入る。

いったいなぜ、と考える間も与えられないまま門をくぐり、副玄関と呼ばれる通用口に出た。自動扉の脇に、緊張した表情の制服警官が二人立っていた。身分証の提示は求められなかった。

テロ対策のため出入りが厳重になっている警視庁では、これも通常ならあり得ない。非常事態、という単語が頭に浮かんだ。

エレベーターホールに、顔を強ばらせたスーツ姿の男が立っていた。名前は知っていた。組織犯罪対策部四課長の木村だ。階級は警視。

年齢では十五歳近く上の上級職が、なぜ自分を待っているのか。どれほどの状況なのか、それだけで理解できた。

警視庁が何らかの情報を得ていることは確かだ。木村がここで自分を待っているのは、既に対応できるだけの組織が立ち上がっているためだろう。

目だけで合図をした木村がボタンを押した。すぐに扉が開いた。

「乗れ」

返事を聞かないまま、木村が自分から乗り込んだ。振り向くと、ここまで先導してきた男が額の汗を拭(ぬぐ)っていた。

すぐ扉が閉まり、鈍い音と共にエレベーターが動き始めた。途中停止することなく、最上階である十七階に着いた。

先に降りた木村が廊下を歩きだした。桜田通り側の通称Bウイングと呼ばれる通路から、皇居側のAウイングへと渡る。しばらく奥へ進んだところで、木村の足が止まった。第三会議室とプレートのかかった部屋の前で、二人の姿を確認した制服警官が敬礼した。礼を返した木村の前で、ノックしてから扉を開いた。

入口のすぐ脇に立って腕を組んでいた背の低い男が怯(おび)えたような顔を上げた。麻衣子の直属上司である広報課長の曾根忠義(そねただよし)だ。銀縁の眼鏡の奥で、細い目が落ち着きなく動いている。

背後でドアの閉まる音がした。木村は入ってこないようだった。

座りなさい、と部屋の奥から声がした。正方形の形に四つの長机が並んでいた。その上にノート型パソコンが置かれている。そして四人の男がそこにいた。

5

刑事部長長谷川均警視正、捜査一課権藤裕二郎(ごんどうゆうじろう)警部、同じく特殊捜査班第二係島本(しまもと)

聖警部、そして一番奥の席では、制服姿の神尾忠則副総監が大きな尻を窮屈そうに椅子に収めていた。

申し訳ありません、と曾根が深々と頭を下げた。いいから座りなさい、と神尾が少し苛立った声で言った。

「権藤警部」

長谷川が隣の席を見た。では私から、と権藤が立ち上がった。身長は低いが、がっちりとした体格の男だ。獰猛な顔つきで、闘犬と仲間内から呼ばれている。ノンキャリアの捜査官だが、現場経験は長かった。

「時間がない。さっそく現況を説明しておく」野太い声が響いた。「銀座二丁目交番の爆破については、君が見ていた通りだ。君に合同相対教の関係者からコンタクトがあったこともわかっている」

なぜそれを、と麻衣子が尋ねた。警視庁はなぜシヴァからの電話について知っているのか。

順を追って話した方がいいでしょう、と権藤が左右に目をやった。長谷川が口を開いた。

「今朝八時、警視庁の薬物情報提供用アドレスにメールが届いた。正確に八時ちょうど、今から六時間三十分前のことだ」

麻衣子は腕時計を確かめた。午後二時半を回ったところだった。

会議室内のパソコンは情報を共有できるように設定されている。すべての画面が切り替わった。

受信フォルダには、長谷川の言葉通り、送信日時欄に8時00分という表示があった。

麻衣子は文面に目をやった。

『通告

警視庁に抗議する。

〝合同相対教〟大善師御厨徹の釈放を要求する。

この要求が聞き入れられない場合、

互いに好ましくない事態を招くであろうことを警告しておく。

本日午前11時までに正式な回答が出るよう要請する。

真実の光が世を照らさんことを』

メールの最後に〝シヴァ〟という署名があった。シヴァ。脳裏に男の姿が浮かんで、すぐに消えた。

「メールは西新宿から送信されていた」長谷川が説明を続けた。「通信キャリアの調べでは、おそらく走行中の車両から携帯電話を通じて送られたものということだ。正確な場所の特定は不能。〝合同相対教〟については言うまでもないだろう。十年前の、例の事件だ」

男たちが互いに視線を交わした。最後に麻衣子が小さくうなずいた。

十年前、東京を襲った衝撃は今も記憶に新しかった。

千葉県で発足していた新興宗教組織が〝合同相対教〟だ。もともとは無農薬野菜の販売のために作られた一種の互助グループだったが、初代教祖の娘婿である御厨徹が運営を引き継いだ時から、会の体質が一変した。

自らもいくつかの宗教団体の運営に参加した経験があり、また自己啓発セミナーを主宰していた御厨はいわゆるマインドコントロールに長(た)けており、そのカリスマ性によって信者たちから強い支持を受けるようになった。信者数は増加していき、教団の発表によれば一万人を超えるほどだった。

この間、家族を教団に奪われたという訴えが警察に相次ぎ、警視庁公安部は内偵者を送り込んでいたが、やがて露見、教団幹部北川幹二(きたがわかんじ)によって殺害された。教団内でも強硬派として知られていた北川は、政府及び警察による教団への迫害を御厨に強く訴えた。

この時期、既に精神状態が不安定で隠謀論にハマっていた御厨は、予定していたディープステートとの開戦準備をするよう命じた。

元自衛官の北川は教団が確保していた中国、ロシアとの非合法ルートを通じ覚醒剤などの違法薬物及び大規模な武器類の密輸を開始、更に五百名の信者を率いて自衛軍を編成した。

一年後、御厨及び北川は中東武装勢力をはじめとする世界中の反体制組織と同盟を結んだことを教団内部に宣言し、同時に教団の自衛軍は、東京都内の地下鉄に爆弾を仕掛け、爆破した。死傷者の数は二千人に上った。

いわゆる〝地下鉄爆破テロ事件〟だ。事件の責任を取り、当時の警視総監は辞職している。

都内に潜伏していた御厨が逮捕されたのはテロ事件の四カ月後のことだ。御厨は殺人、殺人教唆、死体損壊、殺人未遂、武器等製造法違反、覚醒剤取締法違反その他の容疑で起訴され、裁判が始まった。事件から十年経った現在もなお審理は続いている。

教団は解散命令のあと、名称を変え、組織の存続を図ったが、警察、行政の強い指導もあり最終的には統制が取れないまま分派していた。中には完全に名称や教義を変え、国会議員の選挙応援をする外部団体すら存在した。現在も元信者たちは警察の厳重な監視下にある。

「ここだけの話、政府の対応は手温(てぬる)かったと思っている」

あくまで個人的な感想だが、と念を押すように神尾が言った。憲法で信教の自由が保障されている以上、表立って口にはできない意見だが、事件の捜査に当たった警察官なら誰もがその思いを持っていた。

現在も継続中の裁判において、弁護団は御厨の心神喪失を訴え、本人への尋問もまったく進んでいない。一審で御厨には死刑判決が出ていたが、弁護団は心神喪失を主張して控訴した。

その後弁護団の交代なども含め裁判は膠着する一方だったが、十年が経過した現在、ようやく控訴審は最終段階に至っていた。年内には判決が下りると予想されている。

「つまり、我々の監視が甘かったというわけだ。教団の過激派はまだ生き残っていた」

かすれた声で神尾がつぶやいた。

「ですが副総監……このメールが届いた段階で、我々としては、とりあえず様子を見るしかありませんでした」権藤がパソコンのディスプレイを指差した。「過去にも同様の内容の脅迫文が送られてきていたという経緯もあります。裁判のたびに元信者たちが抗議集会を行っているのは、ご存じかと思いますが」

元信者たちにより、御厨釈放の請願が何十回となく繰り返されていた。そして御厨裁判の控訴審が結審を迎えようとしている今年に入り、その数は飛躍的に増えていた。すべてを調べることは事実上不可能だった。

「無視していたわけではないが」口調を変えた権藤が麻衣子に向き直った。「今朝八時の段階では愉快犯の可能性が高いと判断した。最初に言った通り、刑事部はメールの発信元の調査を始めたが、架空名義の携帯電話から送られてきたことがわかっただけだ」

声が聞き取れないほど低くなった。時間がなかった、というため息が漏れた。仕方がない、と神尾が団扇のように大きな手で顔を扇いだ。

「先を続けて」

麻衣子の前でもパソコンのディスプレイが切り替わった。

『通告
警視庁は要求を無視した。
大いなる慈悲の心をもって、今から2時間の猶予を与える。
午後1時の段階で警視庁が大善師御厨徹の釈放を発表しなければ、
双方にとって残念な結果を招くことになるだろう。
真実の光が世を照らさんことを』

末尾には同じくシヴァの署名が記されていた。

「私に報告があったのはこの時点だ」

神尾がディスプレイの端を指で押さえた。11時01分という表示があった。おそらく、その時点で権藤は捜査一課長を通じて長谷川に連絡を取り、事態を重要視した長谷川が神尾に連絡を取ったのだろう、と麻衣子は思った。だからこそ、土曜日であるにもかかわらず、警視庁幹部が本庁に集まっているのだ。

「我々としても情報収集に努めましたが、公安部を含めその他の部署からも、有力な情報は得られませんでした」体を副総監に向けた権藤がメモを読み上げた。「既に報告済みですが、教団メンバーについて、そのほとんどが現在も我々警察の監視下にあります。

彼らがこのメールを発信したとは考えにくい状況です」

いずれにしても御厨の釈放などできるはずもないがね、と神尾が首を鳴らした。大きな音が会議室に響いた。

テロリストの脅迫に屈しない。それは警視庁の絶対的な既定方針だ。

「十一時のメールも同じく架空名義の携帯電話から送られてきたものだ」権藤がまた麻衣子を見つめた。「発信地は銀座。やはり走行中の車両から送られており、場所の特定は不可能というのが通信キャリアの見解だ。この段階でも我々は事態を静観するしかなかった。シヴァと名乗るこの人物が、何をするつもりかわからなかったからだ」

「その結果、銀座二丁目交番が爆破され、警官一名が重傷を負った」

画面一杯に大破した交番の写真が映し出された。爆破直後、現場に到着した愛宕署の捜査官によって撮影されたものだ。

麻衣子は息を呑んでそれを見つめた。直接見た現場の光景より、写真は生々しく感じられた。不自然な沈黙が会議室に流れ、権藤が小さく咳をした。

「遠野警部、我々が君を呼んだ理由は、午後一時五分、銀座二丁目交番が爆破された直後にこのメールが届いたからだ」

『通告
警視庁は警告を無視し、釈放要求を受け入れなかった。

よって残念だが、必要と判断される措置を取った。
遺憾に思う。
今後、大善師御厨徹の釈放を至急検討のこと。
この要求が受け入れられない場合、
同様の事態が更に大規模な形で起きるだろう。
本件に関し、警視庁広報課遠野麻衣子警部とのみ交渉することを宣言する。
彼女が適任であると判断する理由がある。
遠野警部には既に連絡済みである。
真実の光が世を照らさんことを』

顔を上げた麻衣子を五人の男たちが見つめていた。これは、と言いかけた権藤の声を遮るようにデスクのインターホンが鳴りだした。

受話器を取った長谷川が黙って話を聞いていたが、わかった、と低い声で応えて、送話口を手で塞いだ。

「交番の警官が死亡しました」

更に低い声でそれだけ言った。神尾のこめかみから汗がひと筋伝って落ちた。

6

「遠野警部、我々はシヴァから君に連絡があったことを知っている。調べたが、やはりメールと同様に架空名義の携帯電話からかけられたものだった。中継局は銀座。つまり犯人は爆破に際し現場付近にいたことになる」

テーブルに肘（ひじ）をついたまま長谷川が両手を組み合わせた。大柄なため、身を乗り出すと威圧感があった。警察庁から赴任してきたのは約一年前のことだ。キャリア組のエリート。来年、遅くても再来年には警視長になるだろうと噂されていた。

外見と同様、その経歴にも非の打ちどころはなかった。東大を卒業後警察庁に入庁、二十六歳で愛知県警経理課長、その後熊本県警警務課長、神奈川県警警備課長などを歴任、三十三歳で警視正に昇進後は警察庁で経理畑を専門に担当していた。

四十五歳という年齢のわりに不自然なほど多い髪の毛を、大量のポマードで固めている。部屋の反対側に座っていた麻衣子の鼻にも、整髪料の匂いがわかるほどだった。

「シヴァは現場にいました」

長谷川に言われるまでもない。自分の目でシヴァを確認しているのだ。麻衣子はバッグからスマホを取り出した。

「電話があったのは、午後零時五十五分ということだが」

受け取った島本が着信履歴を見た。間違いありません、と通信キャリアから届けられた着信記録を確かめていた権藤がうなずいた。時間については麻衣子もはっきりと覚えていた。

「犯人は非通知で連絡を取っています」権藤が説明した。

「他に報告は」

「わたしは犯人を見ました。撮影もしています」

島本警部、と長谷川が口元を歪めたまま、顎だけを動かした。うなずいた初老の男が、麻衣子のスマホを再び調べ始めた。

同時に、スマホを本庁のパソコンに接続した。これで麻衣子に犯人から電話あるいはメールがあった場合、全員がその情報を共有することが可能になった。

「通信記録によれば、それから約九分間君たちは会話をしている。何を話した?」

高圧的な口調で長谷川が言った。管理職が長かったこともあり、捜査に明るいとは言えない。

人事の都合で現職に就いているが、捜査能力を買われたわけではないと、本人もよくわかっている。逆に、部下たちに対しては強い態度で臨むのが常だった。

何を話しただろうか、と麻衣子は記憶を探った。目の前の交番が爆破されたことに圧倒され、すべてが混乱していた。

電話が鳴り、番号は非通知だったことは覚えている。犯人は何を言ったか。

人事について。そうだ、そう言った。

「国家公安委員長人事について、どう考えているのかと尋ねられました」

人事、と目を左右に走らせていた長谷川が、達川氏か、と舌打ちした。そうです、と

うつむいたまま麻衣子は答えた。

「犯人は御厨の釈放を要求しました。裁判中を理由に断りましたが、警視庁と交渉する

よう逆に命じられました」

「なぜ、君なんだ？　メールにもあるが、君を適任と判断する理由がわからない」

権藤が首をひねった。わたしもです、と麻衣子も同じように首を傾けた。

「ただ、こう言っていました。自分は警察を信じていないが、上司を逮捕した君だけは

信用できると」

なるほど、と長谷川が顔を神尾に向けた。

「遠野警部はマスコミ的に有名です。上司を逮捕した事件において、彼女の果たした役

割は大きかったというのが一般的な認識でしょう。いくつかの雑誌には彼女の実名も出

ていました。犯人が彼女を交渉相手として適任と判断したのは、交渉人として名前を知

られている唯一の警察官だったからかもしれません」

「つまりシヴァは御厨の釈放について、君が我々と交渉するように命じてきたわけだ」

そんなことができるか、と吐き捨てた権藤を目だけで神尾が制した。現役の警察官が

犯人の側に立って警視庁と交渉するなど、あり得ない話だろう。

「念のために聞いておくが、君はそんなことを考えていないだろうね」

もちろんです、と麻衣子はうなずいた。犯人の代理人として警視庁と交渉するなど、考えられない。

しかも、警察官が一名殉職している。顔も名前も知らないが、仲間意識はあった。犯人を許すことはできない。

「それならいい」神尾が言った。「それで？」

「その後シヴァは交番を爆破し、脅しではなく本気だとわかったはずだ、と言いました」顔を伏せたまま麻衣子はつぶやいた。「そしてわたしの前に姿を現しました。写真はその時に撮ったものです」

「犯人の声の録音は？」

権藤の問いに、そこまでは考えられませんでした、と麻衣子は答えた。

「あまりに突然の事態で……目の前で交番が爆破されたため……」

小馬鹿にしたように、権藤が鼻から息を吐いた。それは仕方がない、と神尾が重い声で言った。突発事態に際して、警察官は臨機の対応を取るべきだが、今回の事件ほど異常かつ残忍なものであれば、麻衣子が何もできなかったのはやむを得ない、という理解は神尾にもあったようだ。

準備が完了しました、と皺だらけの顔を上げた島本が、麻衣子のスマホで撮影した写真を全員のパソコンに転送した。

ディスプレイ上でそれぞれが添付ファイルを開いた。男の写真が何点かあった。一枚だけ、尖った顎と鼻が写っている横顔があったが、それ以外はすべて後ろ姿だった。

「これではわからんな」権藤が不満そうに言った。「男かどうかさえも怪しい。体格もはっきりしていない」

その指摘通り、写真の精度は悪い。撮影するので精一杯だった。

「どんな男でしたかね？」

島本が口を開いた。細く柔らかい声だった。

「警部、君は黙っていてくれ」長谷川が言った。「質問は私がする」

無言のまま、島本が麻衣子に目を向けた。老練な口調が経験を物語っていた。

九月上旬、しかも室内であるにもかかわらず、手に薄い黒の手袋をしている。東日本大震災時、岩手県に派遣されていたノンキャリアの刑事が、被災者保護の際に落ちてきた鉄骨を避けきれず、左手の薬指と小指を欠損したという噂は聞いていた。

島本がその刑事なのだろう。負傷にもかかわらず捜査畑に残っているのは、実弟が法務省のキャリア組で、将来の次官候補だからだという話も、同時に思い出した。

警視庁と法務省はその職掌からも関係性が深い。島本がこの会議に出席しているのは、事件の内容から考えて、今後法務省との交渉が予想されるからだろう。

「どんな男だった？」

長谷川が問い直した。記憶をたどりながら、麻衣子はゆっくりと答えた。

「痩せてはいますが、がっちりとした体つきでした。筋肉質、身長百八十センチ以上、体重は七十キロ前後と思われます。推定年齢は三十五歳から四十五歳、横顔しか見ていませんが、精悍な顔立ちでした」

「他に特徴は？」

そう言った島本に、警部、と長谷川が声をかけた。

「質問は私がすると言ったはずだ」

その通りだ、というように権藤がうなずいた。捜査一課内でも特殊捜査班の島本は上層部の意向に反する発言をするなど、同じ課でありながら、殺人事件などを担当する刑事たちとの関係は良くないようだ。

「確かにこの事件は特殊で、犯人自らが警視庁との交渉を警視庁の捜査官に依頼するなど、前代未聞だろう。だが、質問は自分たちがする。警部、君はオブザーバーに過ぎない」

長谷川の言葉を意に介することなく、この服は、と島本がディスプレイを右手の人差し指で弾いた。

「どんな服でしょうかね」

「上は長い黒のコート、下は同色のスラックス、コートの下は不明です」

「写真を補整させてはどうか」遮るように長谷川が言った。「どこまで可能かわからないが、教団関係者に見せれば犯人の特定ができるかもしれない」

すぐに、とうなずいた権藤をよそに、あなたはホテルの三階からシヴァを確認したわけですね、と小さな声で島本が尋ねた。

「正確な距離はわかりませんが、かなり離れていたのではありませんか？　どうしてこの人物がシヴァと確認できたのか、根拠を話して下さい」

丁寧語で話すのは島本の癖のようだ。歩道橋に立っていた男の姿が頭をよぎった。

「爆破直後、周囲にいた誰もが現場に向かっていきました。人間として当然の反応でしよう。でも、この男は歩道橋に立ったまま動こうとしませんでした。何が起きるのかを知っていたからです。わたしが彼をシヴァであると判断した理由はそれです」

両手を組み合わせたまま麻衣子を見つめていた島本が、なるほど、と太い顎を動かした。

「他に気づいたことはありますか。人物像について推定できるようなことは？」

権藤が諦めたように肩をすくめた。わかりません、と麻衣子が首を振った。

「シヴァはボイスチェンジャーを使用していました。通常、声から判断できるようなことは今回の場合ありませんでした」

「それでも構いません。思い出して下さい。話し方、声の抑揚、感情」

何でも結構です、と島本が言った。些細な情報でも、熟練した捜査官ならばそこから犯人について必要な要素を抽出することは十分に可能だ。

「高圧的な話し方ではありましたが」目をつぶって、シヴァとの会話についての記憶をたどった。「淀(よど)みはなく、粗野な言葉も使いませんでした。全体に落ち着いた印象を受けました」

他には、と島本がそのままの姿勢で促した。

「正確な日本語を使い、文法的にも間違った接続詞や助詞の用法はありませんでした。教育水準は高いでしょう。イントネーションに特徴はなく、おそらく東京近郊の出身かと思われます」

断言はできませんね、と島本が言った。テレビ文化の普及、地方の都市化、学校教育の影響などにより、いわゆる方言や訛(なま)りは目立たなくなっている。標準語で話す者が増えているのは、麻衣子もわかっていた。

「もういいだろう」長谷川がわずかに声を高くした。「今はそんなことを聞いている場合ではない。事態は急を要する。もっと具体的な捜査方針について考慮すべきだ」

失礼しました、とつぶやいた島本が半眼のまま唇を閉じた。しばらくの沈黙の後、至急担当者を呼ぶように、と長谷川が命じた。

「似顔絵を作成させよう。遠野警部、協力を」

うなずいた権藤がインターホンに手を伸ばした時、長谷川のスマホが小さく震えた。電話に出た長谷川が、確認する、とだけ答えてマウスに手を伸ばした。

何があった、と尋ねた神尾に、犯人からメールが届いたようです、と長谷川が言った。全員のディスプレイが警視庁薬物情報提供宛メールの受信フォルダに切り替わった。

そこに一行だけの短いメールが届いていた。

『桜田門交差点／シヴァ』

権藤がインターホンを押して指示を出した。了解、という緊張した声と共に通話が切れた。

「今、行かせました」権藤が報告した。「しかし……本当に犯人からでしょうか？」

シヴァという名前を知っているのは犯人以外いない、と神尾が低く言った。警視庁へのメール、麻衣子への電話でも常にそう名乗っていたのは、シヴァという呼び名を一種のパスワードにする目的があったためと考えられた。

「何かメッセージを残したという意味か？　手紙とか、犯行声明であるとか……」

「そうとは思えません」麻衣子がその言葉を遮った。「犯行声明は既に終わっています。要求があるのなら、メールで伝えれば済むことです。シヴァには別の意図があるのでしょう」

「何かね？」

神尾が不機嫌そうに唇だけを動かした。それは、と言いかけた麻衣子が口を閉じた。

全員が沈黙を守る中、五分後にインターホンが鳴った。

「第三会議室、権藤」

『一課、高久（たかく）です。不審物発見』しわがれた声がスピーカーから響いた。『桜田門交差点脇の植え込みに紙袋を発見。至急鑑識の要請を願います』

鑑識もだが、と権藤が辺りを見回した。

「爆発物処理班を行かせた方がいいのでは？　シヴァが爆弾を仕掛けた可能性が……」

「その必要はないでしょう」島本が分厚い唇を開いた。「何が入っているにしても、危険性はないと思われます」

無言のまま目を剝（む）いた権藤に、脅しですよ、と島本が落ち着いた表情で答えた。

「犯人はこう言っているんです。警視庁のお膝元（ひざもと）にも爆弾を置くことができる、すなわち、いつでも爆破は可能だと。これは示威行為で、犯人の目的は教祖の釈放です。無意味な爆破活動をするとは思えません」

鑑識と防犯カメラの確認を、と神尾が命じた。顔を手で強くこすった権藤が電話に手を伸ばした。

7

桜田門交差点脇の植え込みから発見されたのは、最近日本一号店が東京のお台場に出店したばかりのアメリカの有名なデパート、ウールメイシーの紙袋だった。派手なピンク色の紙袋の中を確認した鑑識によって、時限装置付きのプラスティック爆弾が発見された。

紙袋内の小さな段ボール箱の中に入っていたそれは単純な設計だったが、デジタル時計によるタイマーと起爆装置、信管が備わっており、実際に爆発し得ると鑑識が報告した。ただし、時間の設定こそあったものの、デジタル時計には電池が入っていなかったため、作動しないことも判明していた。段ボールの箱に電池がテープで留められていたことから、作為的に入れなかったと判断された。犯人の目的が脅しであることは、そこからも明らかだった。

爆薬の種類は通称プラスティック爆弾と呼ばれるセムテックスC－4、重量は五百グラム。爆発した場合、控えめに見積もっても走行中の車両、警視庁舎も含めた付近の建物に相当の被害が出ただろう、というのが鑑識の見解だった。

シヴァの目的は明確だった。爆発物を所有していること、どこにでも仕掛けられることを示すのが狙いだ。

「悪質な脅迫だ」

長谷川がつぶやいた。その通りだが、巧妙でもあった。これでシヴァは無制限な圧力を警視庁に対してかけられるようになった。

「もうシヴァは爆弾を仕掛けているのか？　いったいどこだ？　それとも、これから仕掛けるつもりなのか？」

不安げに神尾が首を傾げた。既に動員の準備は整っています、と長谷川が言った。

東日本大震災後、各都道府県は大規模な災害マニュアルを作成している。特に東京都は地震、あるいはテロなどにより都市機能が麻痺(まひ)した場合、全国にまでその影響が及ぶと考えられたため、さまざまな対策を立てていたが、警視庁もまた独自の対策案を持っていた。

都内二十三区及び市部にある第一から第十までの各方面本部、百一の警察署、九百数十カ所に及ぶ交番に至るまで、警視庁指揮下の警察全組織がリストアップされている。そこから非番警察官も含め約八千人の動員が即時可能になっていた。状況に応じて、約四万二千人いる警視庁職員の四十八パーセントに当たる二万人の増員が想定下にあった。ただしその場合、別の危険性が生まれます、と長谷川が冷静な口調で言った。わかっている、と神尾が重々しくうなずいた。

警視庁管内全警察官の内、二万人が都内二十三区を埋め尽くせば、戒厳令と同様の事態になるだろう。当然、異変を察知したマスコミが動く。

事件についての情報がひと度漏れれば、東京を襲うのはパニックだ。その場合、二次災害の可能性が高くなり、犠牲者の数が飛躍的に増えることが予想された。

それを考えると、迂闊に対策マニュアルは発動できない。だが、他に事態を解決する方法がないのも事実だった。

現段階で判明しているのは、シヴァと名乗る元合同相対教信者が、教祖である御厨徹の釈放を要求していること、その要求を通すため銀座二丁目交番を爆破、殉職警察官が一名出ていること、更に脅迫のため警視庁から目と鼻の先にある桜田門交差点に爆発物を放置していったことだ。

シヴァはプラスティック爆弾、あるいはそれに類する爆発物を多数所持していると考えられた。警視庁もしくは政府が御厨釈放を拒否した場合、別の場所にも爆弾を仕掛ける可能性がある。

犯人の逮捕及び爆弾の発見が最重要視される。そのためには大量の警察官の動員が必要だろう。やむを得ない、というのが神尾の判断だった。

「情報を一切漏らすことなく、捜査を開始。犯人逮捕、爆発物を確保せよ」

不可能に近い命令だったが、それしかないでしょう、と長谷川もうなずいた。

パニックが起きれば、避難する一千三百万の東京都民と、それに伴う混乱により、東京の機能はすべて麻痺するだろう。通信網の発達、ＳＮＳの普及により情報の拡散力が高まり、デマが想像以上の速度で飛び交う危険性があった。何が起きるか、予想もつかない。

「銀座の一件はどのように発表したのか？」

「ガス漏れによる引火と」額の汗を拭いながら、控えていた曾根が答えた。「警官が死んだことについても、今のところは伏せております」

よろしい、と神尾が行儀よくハンカチで汗を押さえた。

「捜査の進捗状況は？」

捜査一課が爆破された銀座二丁目交番現場で捜査に当たっています、と長谷川が答えた。

「機動捜査隊、鑑識、火災捜査官の協力体制も整ってます。また、公安部の公安機動捜査隊の出動も検討中です。つい今し方ですが、時限装置の部品が発見されたという報告もありました。桜田門の遺留品も含め、物証をたどっていけば、必ず犯人を逮捕できると考えます」

管理統括は長谷川の最も得意とするところであり、答えに淀みはなかった。その通りだろう、と麻衣子も思った。

桜田門交差点の爆発物については、防犯カメラの死角でもあり、犯人の特定につながる有力な情報はなかった。

爆破事件においては爆弾そのもの、あるいは起爆装置など遺留品が多いという特徴がある。一般には入手しにくい特殊な部品があるため、犯人の特定は通常の事件と比較しても容易(たやす)いはずだ。ただ、今回はそれだけでは済まない問題が残っていた。

「しかし……間に合うのか」神尾が麻衣子の疑問をそのまま言葉にした。「犯人は第二の爆破、あるいは更なる爆破も示唆している。我々が御厨の釈放を呑まなければ第二、第三の爆破を行うと予告しているわけだが、それまでに逮捕は可能か？」

長谷川が視線を逸らした。

「やはり、時間は必要かと」

苦しげな声だった。犯人の正体は割れているも同然だ。シヴァと名乗ったその人物が教団関係者であることは、確かめるまでもないだろう。だが、シヴァが現在どこにいるのかは不明なままだ。

どこに爆弾を仕掛けようとしているのか、あるいは既に仕掛けているのか。いつ爆発させるつもりなのか。それが問題だった。

「犯人逮捕は絶対条件ですが、それ以上に重要なのは爆発物の発見です」島本が言った。「まだ仕掛けてないのならともかく、既に仕掛けたとすれば……」

その言葉に全員の動きが止まった。時限爆弾の構造についてはさまざまな仕組みが考えられたが、最も単純な場合でも二十四時間以内という時刻設定の上で爆発させることは決して困難といえないだろう。

「教団信者の取り調べはどうなっている？」

沈黙を破るように長谷川が尋ねた。警備部の情報では、と権藤が資料をめくった。

「会は三つに分派しています。ただし、いずれも厳重な監視を続けているため、残ったメンバーの活動は制限されています」

ですが、と苦い表情を浮かべたまま権藤が押し黙った。麻薬や自己啓発の手法を使った御厨の洗脳に対し、その呪縛(じゅばく)から解き放たれたことを理由に教団から脱(ぬ)けた者も少なくなかったが、その中のどれだけが真に言葉の意味通り信仰を捨て、脱会したのかは警視庁も明確に把握していなかった。その数は約五千人いる。すべてを調べ直す時間はない。

「国内に留まっていればまだしも、海外に出た元信者も多数おります。その中の誰かが今回の事件の首謀者とすれば……」

不安そうに息を吐いた権藤の前で、神尾が口をへの字に曲げた。

「何としてでも元信者を全員、事情聴取のこと。事件に関係している人間を徹底的に洗い出せ」

それでも問題はまだ残っている。麻衣子は小さく咳をした。

「シヴァが誰なのかを特定できたとしても、今どこにいるのかわからなければ意味はありません」

東京にいる可能性は高いだろうが、捜査範囲は広い。もし爆弾の設置やタイマーのセットまで済んでいるとすれば、日本にいる必要さえないのかもしれない。

麻衣子は顔を上げた。長谷川と視線がぶつかる。不快そうに小さく舌打ちをした。言われなくてもわかっている、ということだろう。

しばらく沈黙が続いた。特別捜査本部を設置しよう、と重い声で神尾が言った。

8

「人選は任せる。長谷川刑事部長、君が本件の指揮を執りたまえ。異例だが、特別捜査本部は本庁内に設ける。情報管理のためにはそれしかない」

異例中の異例というべき措置だった。過去百数十年に及ぶ日本警察の歴史の中で、警視庁本庁舎内に捜査本部が設置された例は皆無に等しい。

だがこの事件に関していえば、神尾の判断は正しい、とその場にいた全員が感じていた。捜査体制の一元化、命令系統の確立、情報管理などを考えただけでも、本庁舎内に捜査本部を設ける方が現実的だろう。

通常の事件のように、今から当該所轄署内に捜査本部を置くためには最低二時間が必要になる。

「情報の漏洩に留意。必要最小限の指揮官にのみ情報を供与のこと」

神尾が命じた。ですが、と麻衣子が口を開いた。

「現場の捜査官にどのような名目で命令を出すおつもりですか？　どこにあるのかさえわからない爆発物、あるいは犯人を捜し出せという曖昧な命令では、彼らも動きようがありません」

遠野警部、と長谷川がテーブルを強く叩いた。

「それは我々刑事部の管轄だ。君は口を出すな」

有無を言わせない口調だった。警察は縦社会であり、特に警視庁においてその傾向が強い。この事件を扱うのは刑事部で、その長として長谷川は発言している。

総務部広報課の一課員に過ぎない麻衣子が口を出すべき問題ではないと、麻衣子自身が一番よくわかっていた。

「通常の事件なら、おっしゃる通りです。ですが、本件は極めて異例な事件であり、状況も特殊です。広報担当として、また事件に直接関係した者としても、疑問があれば質したいと考えます」

遠野警部、と脇から囁いた曾根が首を小さく振った。曾根もまたキャリア組であり、縦社会の論理をよくわきまえている。そしてそれ以上に、長谷川との間に軋轢が生じるのを恐れていた。

神尾の子飼いといっていい長谷川はラインに乗っている。不興を買うのは得策ではない、それが曾根の本音だった。いえ、と麻衣子が長い髪を後ろにはらった。

「副総監のおっしゃるように、必要最小限の指揮官にしか情報を流さないのであれば、現場の混乱は必至です。不明瞭な命令は、現場に不安を与えるだけだと思います」

「遠野警部、繰り返すようだが、本件の捜査に関して、刑事部は君の助言を必要としない」

鋭い声で長谷川が言った。必要以上に強い口調になったのは、かつて上司を逮捕した麻衣子に嫌悪感を抱いているからだ。

上級職を現場で逮捕した麻衣子に対し、世間の評価は高く、好意的ですらあった。だが、だからこそ許せない、と長谷川が考えているのは、麻衣子にもわかっていた。

警視庁広報課に押し付ける形を取らせたのは、長谷川の判断によるものだ。

そして、他の多くの警察官たちも同じ立場を取っていた。遠野麻衣子警部は職を辞すべきだ、という意見も少なくない。

その麻衣子が再び現場に復帰しようとしている。長谷川としては許せないだろう。刑事部には戻さない、という決意が強い口調になっていた。

落ち着きたまえ、と神尾が髪の毛を整えながら言った。

「遠野警部、言わんとすることはわかる。だが、警視庁管轄下の全警察官に情報を流せば、必ずどこかで漏れる。今の段階では、それによって起こるパニックの方が脅威だ」

約四万二千人の警視庁全警察官が、シヴァと名乗る犯人によって東京あるいは日本全国の都市が狙われていると知れば、すぐにでも情報は漏れるだろう。

その場合、大混乱は避けられない。何が起きるか、予測することさえ不可能だった。

「ですが、副総監――」

「訓練という名目ならどうでしょうか？」

麻衣子の言葉を遮るように島本が言った。子供騙しのような言い訳だが、他に現場の捜査官たちを納得させられる名目がないことも事実だった。

協議しよう、と神尾が言った。この場合、協議とは決定事項という意味合いを持つ。

まず大方針として、と神尾が再び口を開いた。

「警視庁はテロリストの要求に屈しない。御厨の釈放など、あってはならない。その上で犯人の逮捕、爆発物の発見に全力を注ぐ。次の爆破は何としてでも防がなければならない」

いいね、と神尾がそれぞれの顔を見つめた。ほとんど手掛かりがない現状で、神尾の命令は不可能に等しかったが、現在の状況ではそれに従うしかないだろう。

「今言った通り、本庁内に特別捜査本部を設ける。命令系統の確保に留意。捜査本部がすべての情報を掌握し、決定権を持つ。報告はすべて本部に。本件に関し、全部署に対する命令権を長谷川部長が有する。各部署は他の事件に優先して本件の捜査に当たるように」

後は上の判断待ちだ、とハンカチで丁寧に汗を拭った神尾が、もうひとつ、と思い出したように麻衣子の方へ顔を向けた。

「遠野警部、君は臨時に特殊捜査班の島本警部の指揮下に入るように。犯人は今後メールや電話などを通じ、連絡を取ってくるだろう。適宜島本警部の指示に従い、犯人特定に関する情報収集に従事すること」

「待って下さい」権藤が唸った。「彼女は広報課勤務です。捜査の現場から離れてもう二年になります。いったい何をさせるつもりですか?」

「権藤警部の言う通りです」落ち着いた声で長谷川が言った。「彼女を捜査陣に組み込むことは、命令系統の混乱につながりかねないと考えますが」

「しかし、彼女は警視庁全捜査官の中で唯一犯人と直接接触している」神尾が太い首を向けた。「しかも、犯人は彼女としか交渉しないと宣言している。遠野警部を有効に利用すべきだ」

利用、という冷たい響きだけが残った。神尾もまた、麻衣子の存在を快く思っているわけではない。

私は構いません、と島本がうなずいた。権藤が敵意の籠もった目でその顔を睨みつけた。

ですが、と不満を露骨に表した長谷川が口を開こうとした時、テーブルの上で音がした。

9

単調な合成音。麻衣子のスマホだったが、すぐに切れた。

「メールです」

麻衣子が手を伸ばした。待て、と長谷川が制止した。権藤の指が素早くインターホンのボタンを押した。

「逆探はどうだ？」

電話と同じくメールも逆探知が可能だ。犯人が携帯電話などで移動中にメールを送信している場合、正確な場所の特定は不可能だが、それでも区域は特定できる。電波状況などにもよるが、誤差の範囲は数十メートルとされていた。

麻衣子のスマホは本庁のコンピューター端末に接続されているため、すべての情報が共有可能だ。島本がキーボードを押すと、転送されたメールの内容が全員のパソコンに映し出された。

『私はシヴァ。
遠野警部に告ぐ。
御厨大善師の解放について、警視庁との交渉を至急進めるように。
今から神聖なる数字、8時間の猶予を与える。
8時間以内に誠意ある回答がない場合、
東京を更なる悲劇が襲うだろう。
2時間ごとに交渉の進捗状況を
警視庁公式サイトで報告のこと。
真実の光が世を照らさんことを』

インターホンに指をかけた権藤が、発信元は、と尋ねた。

『海外です』スピーカーから返事があった。『現在、国番号確認中。待って下さい……スペインです』

「スペイン?」神尾が眉をひそめた。「犯人はスペインにいるのか?」

違います、とスピーカーから声が上がった。

『恐らく犯人は、プロキシサーバー、つまり代理のサーバーを経由しているのだと思われます』

「今、何時だ？」

会議室にいた全員が時計を見た。壁にかけられた大時計、腕時計、携帯。午後三時二十三分です、と麻衣子が答えた。

「メール着信は三時十九分。つまり犯人は、今日の夜十一時十九分までに何らかの回答をするよう命じていることになります」

麻衣子は時間を計算した。

「釈放などできない。我々は必ずこのシヴァと名乗る犯人を逮捕する」

沈黙が流れた。神尾の発言はその通りだろう。だが、正体も所在も不明な犯人をどうやって逮捕すればいいのか。

今の段階で、手掛かりは皆無に等しい。麻衣子の証言と、不鮮明な横顔の写真があるだけだ。

「特別捜査本部の立ち上げを急げ」神尾が口を開いた。「長谷川部長、各関係部署に連絡を。島本警部、君は彼女と共に、犯人に対し警視庁のサイトを通じて迅速に回答を上げるよう手配を。必要なのは時間だ」

特別捜査本部を立ち上げ、数千人の捜査官を配備するだけでも、数時間はかかるだろう。それから犯人の捜査を開始しても、時間が足りないのは考えるまでもなかった。

「最低でも二十四時間の回答延長を認めさせてほしい」長谷川の視線が島本に向いた。

「副総監の指示通り、遠野警部を臨時に君の指揮下に置くことを許可する。犯人との交渉は君たちに担当してもらう」

「君たちで？」

訝しげに質問した島本に、遠野と二人でだ、と念を押すように長谷川が答えた。

「加えて、特殊捜査班は私の指揮下に置く」

特殊捜査班に籍を置く捜査官はベテラン揃いであり、この種の事件に対しての訓練も積んでいた。長谷川としては犯人との交渉という最も厄介な部分を麻衣子と島本に押し付け、その代わり即戦力となる人材を自らが押さえたことになる。

「遠野警部もそれでいいね？」

麻衣子がうなずいた。優れた人材を自分の手元に置こうとするのは、警察官僚に多く見られる傾向だ。優秀な兵隊さえいれば、事件は必ず解決できるだろう。

同時に、犯人との交渉という任務を押し付けることで、今後問題が起きた場合には責任転嫁ができるようにしておきたいという長谷川の狙いもわかった。

だが、命令は絶対だ。警察官僚として、長谷川が誰よりも早くその階段を上がれたのは、その種の判断力に優れていたためだと、改めて思い知らされた。

その方がいい、と神尾が首を縦に振った。

「必要以上に情報が広がることは好ましくない。二人で対処してほしい」

了解しました、と島本が同意した。情報が下部にまで広がれば、外部に漏れる可能性が飛躍的に高まる。それは確かだった。

「時間が足りない」

神尾が喘（あえ）ぐように言った。シヴァの予告した夜十一時十九分まで、残された時間は七時間四十九分しかなかった。

10

林警視総監の断により設けられた特別捜査本部は警視庁始まって以来の規模で、刑事、総務、警務、警備、地域、公安、交通、生活安全、組織犯罪対策などの各部から管理職クラスが集められていた。それだけでも二百名以上の人数に膨れ上がっている。警察庁からも数十名の担当者が派遣されていた。

巨大な会議室の正面には大スクリーンが展開され、すべての情報がそこに集約されることになった。また、何十本と並べられたスチールのデスクには捜査官の数だけのパソコンが用意されており、そこでも情報を確認することが可能だ。

大スクリーンを背にする形で総合指揮本部がある。その中心にいたのは全体の総括指揮を担当する長谷川本部長と捜査一課の刑事たちだった。

この種の事件を担当するのは、本来なら公安部の捜査官だが、今回に限り捜査一課が中心となることが、警視庁上層部の会議で決定していた。最優先なのは銀座二丁目交番を爆破した犯人の逮捕と、仕掛けられている可能性のある爆弾の発見だ。そのためには捜査一課を主体とする方が事件解決の可能性は高い、というのが上層部の一致した判断であり、林警視総監の意見でもあった。

警視庁参事官、警察庁理事官なども顔を揃えていたが、まだ状況を完全に把握してはいない。シヴァからの連絡が途絶えている今、彼らにできることは何もなかった。

特別捜査本部総合指揮本部に入った右側に通信本部が設けられ、おびただしい数の機材が持ち込まれていた。今後、警視庁傘下約四万二千人の警察官のうち、少なく見積もっても二万人規模の動員が想定されている。

これだけの数になれば、命令系統を維持するだけでも困難が予想された。通信本部の果たす役割は、重要なものになってくるだろう。

麻衣子と島本のいる交渉室は、その通信本部の最奥部に設置された。巨大な通信本部に比して狭かった。

スチールのデスク一つと二脚の椅子があるだけだ。デスクにはパソコンと電話機が置かれていた。

ドアはない。捜査官たちの顔に動揺が走っているのが見えた。

あの、と麻衣子が低い声で言った。

「広報課の遠野です。よろしくお願いします」

副総監がいる会議に加わり、会話も交わしていたが、名乗るのは初めてだった。同じ警視庁舎内で働いているが、捜査一課と広報課ではフロアも違う。顔を合わせたことすらなかった。

「こちらこそ」島本が手袋のまま手をこすり合わせるようにした。「さて、とりあえずメッセージボードを確認しますか」

警視庁のサイトに〝SIT〟というリンクを貼った、と科捜研から連絡が入ったのは、四時前のことだった。一種の掲示板で、〝SIT〟は特殊捜査班の略称だ。

警視庁のサイトは一般にも公開されており、誰でも閲覧可能だ。新聞、テレビなど各マスコミ関係者、加えていわゆる警察マニアと呼ばれる者たちも定期的にチェックしている。

突然現れたリンクを不審に思う者もいるだろう。アクセスするためのパスワードを設定しなければならなかった。

島本は〝ｓｉｖａ〟という四文字をパスワードにするよう科捜研担当者に要請していた。麻衣子の印象通りだとすれば、犯人の知的水準が高いのは明らかであり、それは事件の計画性などから長谷川も認めていた。

現在、警察と犯人が共有している情報は〝シヴァ〟という呼称だけだ。麻衣子の携帯に送られてきたメールでも、犯人は自分の名をシヴァであると告げている。パスワードを要求されれば、〝ｓｉｖａ〟と打ち込むことが予想された。

シヴァなら、必ず自分たちの意図を理解してくれる、と麻衣子も確信していた。むしろ、理解してくれなければ困る。警視庁のサイトのお知らせ欄に、堂々と犯人への回答を載せるわけにもいかない。

「あなたも見ておいた方がいい」座りなさい、と島本が椅子を勧めた。「なるほど、これは目立ちますな」

ブルーを基調とした警視庁のサイト、その右下に赤い文字で〝ＳＩＴ〟と記されていた。過去にはなかったものであり、シヴァならその意味に気づくはずだ。

クリックすると、パスワード入力の指示が出た。麻衣子が〝ｓｉｖａ〟という四文字を打ち込むと、すぐにメッセージボードが開いた。

「とりあえず、これで犯人との通信手段が確保できたということですね」

島本が腕を組んだ。シヴァの要求に、どう応えるべきでしょう、と麻衣子は尋ねた。

「あなたはどう思いますか？」

島本が問い返した。

「最も重要なのは、回答時間の延長を認めさせることだと思います」

麻衣子は答えた。ドラマや映画ではあっという間に広域捜査体制が敷かれるように描かれるが、実際にはあり得ない。数千人の捜査官を配備するだけでも、相当な時間がかかる。

私もそう思います、と島本がうなずいた。

「警視庁はシヴァの要求を呑まないでしょう。ですが、要求を拒否すれば、犯人は何をするかわかりません。同意と理解を示しつつ、時間を稼ぐ必要があります。難しい問題ですな。解けない詰め将棋のようなものです」

ネゴシエーションにおいて、交渉人は犯人の要求を拒んではならないとされている。犯人の人格と要求を認め、交渉人が犯人の側に立っていることを明確に認識させる。すべての交渉はそこから始まる。

互いの利害が一致することを認めさせ、心理的な障壁を取り除くためにあらゆる努力を払わなければならない。そのためにも要求の拒否は絶対に避けなければならなかった。

「既に警視総監名で各方面本部宛てに大規模な動員命令が出ています」島本がプリントアウトされた紙を示した。「名目は訓練。国際テロリストが都内に爆弾を仕掛けたという想定の下、各捜査官はこれを発見し、排除することを目的とする、ということです。実戦同様の訓練が前提となっているため、本当に爆弾が設置されているとすれば、発見できる可能性がある、と副総監は言っています」

島本が苦笑を浮かべた。一千三百万人都市である東京の捜索範囲は広い。二万人の警察官を動員しても、発見できる可能性は数パーセントにもならないのではないか。

「一週間あれば可能かもしれませんが、八時間ではとても無理でしょうね」

麻衣子の言葉に、島本は黙って肩をすくめただけだった。シヴァが一週間の回答延長など認めるはずもない。

現段階では、シヴァが爆発物を仕掛けているかどうかさえ明確になっていなかった。仮に自爆テロをするつもりなら、自ら爆弾を持ち歩けばいい。

それだけで、警察は手も足も出ないだろう。歩いているすべての人間に職務質問することなど、できるはずもなかった。

「シヴァと直接話しているのは、あなただけです」島本が片手を開いた。「そこが非常に重要なポイントだと思いますね。あなたの話では、シヴァの知的水準は相当高いようです」

「そう思います」

「根拠は?」

畳み掛けるように島本が尋ねた。見た目とは違い、理詰めな性格のようだ。実験動物を観察する学者のような目になっていた。

「シヴァの使った言葉は、すべて目的にかなったものでした。最小限の単語量で警察を脅迫してきたこと、そして、わたし個人に関する情報も事前に調べていたと思われます。現在、警視庁が対応に追われているのは、当初からシヴァも予想していたでしょう」

「他には?」

「印象です」

そうとしか答えようがなかった。話し方、声の抑揚。直接話した自分だからこそわかる。

シヴァの知的水準の高さは尋常なものではない。だが、目の前にいる小柄な老刑事を納得させることができるかどうか、麻衣子にはわからなかった。

苦笑を浮かべた島本が、いいでしょう、とうなずいた。

「あなたの警察官としての勘が正しいとすれば、犯人であるシヴァは高い水準の教育を受けた人物ということになります。であるとすれば、警察という組織についても詳しく知っているでしょうな。シヴァが求めている御厨徹の釈放が、警視庁だけで解決できる問題ではないと理解しているはずで、政府や閣僚レベルでの話し合いが必要になるという意味です。しかし、時間がかかるのは、子供にだってわかる理屈ですよ。八時間という限定された時間内に、誠意のある回答はできない、と強調してはどうです？」

既にシヴァのメールを受けてから、一時間近くが経過していた。特別捜査本部は設置されたが、まだ形を整えたに過ぎない。今後、長谷川の指揮下、地取り鑑取りを含め各担当の割り振りが決まっていくだろう。

すべての準備を終え、実際の捜索にかかるまでは数時間を要すると予測された。シヴァの言う八時間のリミットの中では、何もできない。

「その他にも逃げ道を用意しておいた方がいいのではないでしょうか。例えば海外への亡命についても想定している、というような」麻衣子は言った。「シヴァにとって重要なのは、裁判の結果ではなく、御厨を自由の身にすることだと思います。釈放という形が取れない警視庁の立場を説明し、身柄の解放については考慮すると言えば、理解を得られるかもしれません。回答延長に同意する可能性も高くなると思います」

なるほど、と島本が肩をすくめた。

「花より実を取れ、というわけですな」

「法務省、あるいは外務省はどう判断するでしょう」

「弟に聞いてみますか」島本が苦笑を浮かべた。「しかし、それは各省庁の判断というより、内閣の判断によるでしょう。内閣が御厨の海外亡命を許可すれば、関係省庁はそれに従って動くだけです」

他に何かありますか、と島本が尋ねた。今のところは、と麻衣子は首を振った。

「ですが、御厨釈放という要求を考慮するという態度を示せば、シヴァも軟化すると思います」

「返報性の原理ですな。いかにも交渉人らしい答えだ」

島本がうなずいた。返報性の原理は心理学の分野で用いられる用語だ。要求をした側は借りの意識を強く持ち、その要求をかなえてくれた相手に対し、借りを返そうとする。

今回の事件の場合、シヴァは御厨釈放を求めている。それを認めれば、逆に警視庁からもひとつの要求を突きつけられるはずだ。

「島本警部は特殊捜査班所属ですよね。交渉人らしい答えというのは、どういう意味ですか？」

「確かに私は特殊捜査班員ですが、交渉人というつもりはありません。私がここにいるのは、法務省キャリアである有能な弟がいるから、というのが実際のところなんです」

「ですが……」

「もちろん、経験はあります」島本が微笑を浮かべた。「交渉人ではなく、刑事としての経験という意味でね。犯人がどんな人間なのかを考えるための訓練は積んできましたし、その能力もあると自負しています。長年の経験から体で学んだプロファイリング能力というべきでしょうか。今後、それが役に立つこともあるかとは思っています」

ですが、と島本がパソコンを指で弾いた。

「今は交渉の時間です」島本が言った。「犯人との接触は、警視庁サイトを通じて行うしかありません。そして、今後犯人のプロファイリングをしていくためにも、まずは交渉を展開していかなければならないでしょう。シヴァの示す八時間以内という要求に対し、回答時間の延長を納得させるのは、あなたの役目ですよ」

それでは、と麻衣子が顔を上げた。

「シヴァが銀座二丁目交番を爆破したことを強調してはどうでしょう？　死者が出たと伝えるべきではないと思いますから、一般人に負傷者が出たことにしては？　交番爆破はシヴァによる一種の宣戦布告ですが、一般人を巻き込むことが本意だったとは思えません。そこをつけば、交渉の主導権を握れるかもしれません」

リスクがあるのは、麻衣子もわかっていた。どのような事件でも、犯人は自己を正当化する論理を持つ。

この事件の場合、シヴァは御厨を逮捕した警察そのものに対して敵愾心を持っているだろう。非難すれば、過敏な反応をする可能性もあった。

「時間延長を認めさせるには有効な手段でしょう」島本が低い声で言った。「反応してくれれば、そこに判断材料が出てくるというメリットもあります」

捜査官として、島本は犯人像の解明を最重要視していた。だが、今の段階では何ひとつわかっていない。手詰まりの状態を打開するためには、思い切った手を打つことも必要だろう。

「まとめて下さい」

命じた島本の前で、麻衣子はメッセージの作成に取り掛かった。最終的に島本が加筆し、完成したのは以下の文面だった。

『警視庁見解

結論：今回の釈放要求に関し、警視庁はそれが可能である法的根拠を認識している。

非公式な形での海外への亡命は可能。

ただし、いずれにしても政府レベルでの了解を必要とする。現在、地方遊説中の法相を呼び戻す手配をしているが、帰京までに4時間を要するというのが法務省担当からの回答。

全閣僚が警視庁案に同意しなければ、本件は法律上の要件を満たさない。従って提案にある8時間という制限の中では誠意ある回答を示すことができないと予測される。そのため、24時間の時間延長を要請する。

なお、現実的な問題として、同案に反対意見が出ることもあり得る。銀座二丁目交番爆破により、一般人に負傷者が出ている以上、やむを得ないものと警視庁は認識している。

そこで、警視庁は直接交渉を要求する。釈放要求を踏まえ、今後二度とこのような事態を起こさないという直接回答とその保証を得られた段階で、要求を了承する方向で動く、というのが現在の警視庁見解である。誠意ある回答を期待する』

特別捜査本部長である長谷川の了解を得た上で、このメッセージが警視庁ホームページ内の〝ＳＩＴ〟のページに上げられたのは、土曜日午後四時半のことだった。

二章　捜査

1

（どうなってんだ）

高輪署刑事課所属の戸井田啓一巡査部長はつぶやいた。高輪署四階にある大会議室は人で埋め尽くされていた。後から後から警察官が入ってくる。

緊急招集を受け、すぐに大会議室へ向かった戸井田は比較的前の方に座ることができたが、遅れてきた者の中には椅子さえないまま後ろで立っている者もいた。

（刑事課だけじゃないのか）

訓練のために集められたのは刑事課員だけだと思っていたが、そうではなかった。警務課、交通課、生活安全課、そして異常事態であることを物語るように、総務や経理の担当者も会議室に集まってきていた。

その中には女性警官も交ざっている。皆、一様に不安そうな表情を浮かべていた。何があったのか。しかも今日は土曜日だ。

「お前、非番じゃなかったのか？」

隣に座っていた若い男に囁いた。交通課の谷という捜査官だ。

そうなんですが、と肩をすくめながら谷が答えた。

「緊急招集ということで、非番は関係ないと」

「何か聞いているか」

「訓練とだけ」谷が目を伏せた。「訓練のための緊急招集としか」

戸井田さんは、と目だけで尋ねた。俺もだ、とうなずくしかなかった。

対テロリスト用の特別訓練を行うため、至急大会議室に集合のこと。与えられた命令はそれだけだった。

「何があったっていうんだ」

中東地域などの海外武装勢力が東京をターゲットのひとつとして考えていることは、警察官として戸井田もよくわかっていた。この二年間で三度レクチャーもあったし、訓練にも参加している。

だが、それはあくまでも刑事課という単位でのことだ。これほど大規模な形での招集は、経験したことがなかった。

広い大会議室が人でいっぱいになっている。百人ではきかない、と目で数えながら戸井田は思った。百五十人以上いるのではないか。

高輪署の全捜査官は約二百五十人、その六割がこの大会議室に集まったことになる。署内の各部署に残っているのは、最低限の連絡要員だけだろう。

（何が起きてる？）

周囲に目をやったが、誰も事態を把握していないのは明らかだった。囁き交わす声だけが聞こえていたが、その声が一斉にやんだ。

大会議室のドアが開き、榊原(さかきばら)高輪署副署長が入ってきた。その後ろに、痩せた背の高い男が立っていた。正面の壇上に立った榊原が小さく咳をした。

「……遅れている者もいるようだが、やむを得ない。本日午後三時半、本庁より特別訓練実施命令が出た。高輪署も全署を挙げてこの訓練に加わる。訓練の内容については、本庁捜査一課柳井(やない)警部より説明がある」

榊原が場所を譲った。小さくうなずいた長身の男が前に出た。集まっていた捜査官たちの顔をゆっくりと見渡してから、おもむろに口を開いた。

「警視庁一課、柳井です」低いが、よく通る声だった。「榊原副署長から話があった通り、特別訓練の実施を決定しました。有事を想定しての本格的な訓練です。皆さんにもそれをよく理解した上で、参加していただきたい」

室内の空気が揺らいだ。集まっていた全員がうなずいたためだ。

本庁捜査一課の警部といえば、エリート中のエリートといっていい。その命令は絶対的なものだった。

「今回の訓練の目的は、警視庁緊急マニュアルの第三条B項、テロリストにより仕掛けられた爆弾の発見と排除」柳井が淡々と説明を続けた。「命令は以下の通りです。高輪署の担当は六本木の東京ミッドシティ。午後八時までに捜索を終了のこと。念のため、メモの用意を……不審物を発見した場合、必ずこちらに連絡するように」

柳井が電話番号とメールアドレスを各自の端末に送信した。

「今回、警視庁SATチームが、模擬爆弾を都内数カ所に設置しています。ただし、実戦を想定しての高度な訓練のため、爆弾の形状、その他詳細は伝えられません。各員、それを踏まえて模擬爆弾の捜索に当たって下さい」

（どういうことだ？）

戸井田は左右を見た。確かに、テロリストが爆弾を仕掛けた場合、それがどんな形をしているかは予測不可能だろう。だが、それでは訓練の意味を成さないのではないか。

東京ミッドシティ、と柳井は言ったが、その建物がどれだけ巨大か、戸井田もよくわかっていた。ここにいる百数十名の警察官で、どこにあるのか、どんな形をしているのかさえ不明な模擬爆弾を捜すことなど、できるはずがない。見つかったとしても、それは単なる偶然だ。

質問、という声が後ろの方からした。同じことを考えた者がいたのだろう。だが、柳井はその声を無視した。

「訓練に当たり、各員に資料を送付します」

柳井の指示で、画像データが送信された。榊原が一枚の似顔絵を取り出してホワイトボードに貼る。短髪、色の黒い男の顔が描かれていた。

「ひとつはこれです」柳井がホワイトボードを指差した。「今回の訓練に際し、本庁はダミーとして犯人役の捜査官に都内を巡回させています。それがこの似顔絵の男です。繰り返しになりますが、有事を想定した上での訓練ですので、犯人役の捜査官を発見した場合、確保ではなく、先ほどの番号に連絡した上で、所在の確認と追尾に努めて下さい。本庁より確保のための応援部隊を派遣します。絶対にその場で声をかけたりすることのないよう、厳重に注意しておきます。この命令に従わなかった場合、懲罰対象となることもあり得ます」

（意味がわからん）

戸井田はため息をついた。いったい本庁は何を考えているのか。命令は矛盾だらけだ。仕掛けた模擬爆弾の形状は不明、だが犯人の似顔絵はある。訓練という名目にしては念が入りすぎていないか。

「もうひとつ、こちらを」柳井が足元に置いていた小型のバッグから小さな袋を取り出した。「不審物発見の場合は本庁に連絡を入れるように。訓練の進行状況によっては、その場で模擬爆弾の確認作業に従事してもらう可能性があります。その場合に必要となるのが、こちらの工具類です。ただし、使用する必要はないと思いますが」

柳井が袋を開けた。出てきたのは小型のドライバー、ペンチ、ニッパーなどだった。

「訓練内容は以上です。質問は一切認めません。各員、すみやかに六本木へ移動のこと。指揮は高輪署各課の課長が執ります。以上」

「全員、自分の部署へ戻れ」榊原が付け加えた。「課長職会議が別室で行われている。

東京ミッドシティの各分担が、そこで決められる。各課長の指揮の下、班編成を行う。各班の班長の指示に従い、本訓練に参加、模擬爆弾と不審人物の発見に努めるように。以上」

「副署長」思わず戸井田は立ち上がった。「刑事課の戸井田です。訓練の趣旨がよくわかりません。なぜ今日、今の段階で突然、特別訓練実施命令が出たのか、その理由を――」

「本庁命令だ」

榊原が遮るようにして言った。もうひとつ、と戸井田が質問を続けた。

「仮にですが、訓練実施中に高輪署管内で事件が発生した場合、我々はどのように対処すればいいのでしょうか。また、現在継続している事件捜査についても、指示をお願いします」

大会議室にいた全捜査官が戸井田を見つめ、うなずいた。これから数時間のうちに、殺人事件のような重犯罪が起きる可能性は極めて低い。

だが、警察の仕事はそれだけに限らない。交通事故、窃盗、軽犯罪、それらもすべて職務の範囲内だ。そして、その種の事件はいつ起きるかわからない。

加えて、現在捜査が継続中の事件もある。戸井田自身、今週の初めに起きた中国人窃盗団によるパソコン盗難事件の捜査に従事していたが、まだ捜査は始まったばかりで、至急現場に戻らなければならなかった。

戸井田だけではない。総務、経理など管理関係の部署ならともかく、捜査課にいる者なら、誰もが事件を抱えている。

今日、たまたま手が空いている捜査官もいるかもしれなかったが、その方が少ないだろう。いったいどうするつもりなのか。

「戸井田巡査部長」榊原副署長が口を開いた。「質問は一切認めないと言ったはずだ」

「しかし……」

「新たに発生した事件については、本庁が対応する。また、現在手掛けている事件、あるいは継続中の捜査は一時中止、各員今回の特別訓練を優先のこと。これ以上の質問は許可しない。繰り返す。現在継続中の事件捜査は一時中止。訓練を優先する」

隣に立っていた柳井がうなずいた。各員、至急所属部署に戻るように、と榊原が命じた。

周囲を見渡した戸井田に対し、返ってきた反応は同じだった。捜査官の誰もが、肩をすくめていた。

だが、警察組織に属している以上、命令は絶対だ。出口に近い捜査官から順に、大会議室を出ていく。他にどうすることもできないまま、戸井田もその列に並んだ。

2

午後三時五十五分、特別捜査本部は動員した警察官を二百人ずつ二十三の隊に編成し、マニュアルに従いそれぞれを二十三区各区内の要捜索区域に派遣した。

マニュアルでは国会議事堂、総理官邸、東京都庁その他官公庁、大型商業施設、東京タワー、東京スカイツリーなどランドマーク、またJR、地下鉄、各私鉄などの公共交通機関、幹線道路が最優先で捜索されることが決まっていた。

あくまでもこの捜索は訓練である、と警視庁から長谷川刑事部長名で通達されている。テロリストが爆弾を危険区域に仕掛けたという想定の下、それを捜索、発見することが目的であると警視庁は強調していた。

特別捜査本部にとって重要なのは、第一に爆発物そのものを発見し、爆発を未然に防ぐことであり、第二に犯人の特定及び確保だったが、もうひとつ考慮されるべき重要な問題があった。事件に関する情報の完璧な秘匿だ。

現段階では約八千人だが、今後投入される捜査官を含めれば二万人を超える予定だ。末端までシヴァの爆破予告についての情報が行き渡った場合、機密漏洩は避けられない。特別捜査本部が担当捜査官に対し、実戦を想定した訓練と強調した理由はそれだった。

シヴァの爆破予告については、各隊を指揮する方面本部長止まりで、現場捜査官に伝えることは厳重に禁じられた。

同時に、特別捜査本部は警視庁捜査一課を中心とした約三千人の警察官を動員、彼らを四班に分けて犯人捜査を開始していた。

銀座二丁目交番爆破に関しては、鑑識、爆発物処理班、火災捜査官など専門家が捜査に加わった。

爆破を免れた警察官の証言などから、昼零時半までに不審物が交番内に置かれた可能性はないことが判明したため、殉職した警察官との交替の際、その隙をつく形で犯人が交番付近に爆発物を置いたというのが、現場の被害状況による彼らの判断だった。

現場に残っていた大量の部品類、また被害の程度からプラスティック爆弾が使用された可能性が高いことにも言及があったが、精査を経てからでなければ結論は出せないとされた。シヴァが期限を予告した夜十一時十九分に間に合うかどうかは不明だった。

現場付近の銀行、ＡＴＭ、ローン会社、コンビニエンスストア、その他の複合型商業ビルに備え付けられている防犯カメラ、また信号や道路沿いに設置されているＮシステムなどから膨大な量のデータが回収された。その分析にも人員が割かれていたが、夜七時の段階で不審な人物は浮かんでいなかった。

また、警視庁サイバー犯罪対策課を中心として、別班が結成されていた。麻衣子のスマホにかかってきた電話及び、警視庁のサイトへのアクセスログや通信方法についての確認作業を進めるためのチームだ。

いずれも都内を走行中の車両や海外サーバーを通じて発信されたことは判明していたが、発信人の特定はほぼ不可能というのがサイバー犯罪対策課の結論だった。

最も人数が多く動員されたのは、元合同相対教信者たちの取り調べだ。十年前のいわゆる〝地下鉄爆破テロ事件〟の際、警察は信者たちの詳細なリストを押収していたが、今回もそれが役に立った。

信者リストには、教団に入会していた元信者、あるいは現在も継続して後継教団に所属している者もすべて含まれている。

教団が発足したばかりの頃はともかくとして、御厨が会の実権を握るようになってからの信者は入脱会にかかわらず、全員のデータが残っていた。

また、地下鉄爆破テロ事件関係者のリストも同様だった。警察官はもちろんだが、事件の被害者、治療に当たった医療関係者、裁判に係(かか)わった法曹関係者など、その総数は数万人に上った。

裁判の公判維持のため、この二つのリストは合同相対教事件旧捜査本部によって毎年データが更新されており、その信頼度は高かった。

特別捜査本部は旧捜査本部から秘匿データの形になっている信者リスト、地下鉄爆破テロ事件関係者リストを取り寄せ、その二つのリストのデータを所属する捜査官全員が共有した。

都内に限らず、他都道府県に在住するすべての信者もリストアップされ、その行方を追うために多数の捜査官が動いた。

現在も残っている三つの派閥はもちろん、在家信者、脱会した信者についても所在を確認、任意同行の上尋問が開始された。人権問題への発展を恐れる警視庁上層部もいたが、特別捜査本部は捜査上の必要性を主張、取り調べを強行していった。

当初、元信者側は証言を拒否していたが、午後七時の段階で犯人特定の証言をする複数の脱会者が現れた。彼らによれば似顔絵の男は高橋隆也（たかはしりゅうや）、現在四十一歳の脱会者ということだった。ただし、詳しい経歴、現住所を知っている者はいなかった。

これには理由があり、高橋は御厨が教団を率いるようになってから入会したが、狂信的なまでに御厨に心酔していたため、他の信者たちとほとんど接触がなかったという。教団内に友人はおらず、十一年前、突然脱会してロシアに渡ったこともあり、高橋に関しては記録がまったく残っていなかった。

約一時間後の午後八時過ぎ、特別捜査本部は高橋隆也を重要参考人として手配、更に二千人の増員を決定、高橋の行方を追った。過去に類を見ない警察力が集中的に投入され、協力体制も整えられた。

にもかかわらず、高橋隆也の行方は不明なままだった。爆弾も発見されていない。

御厨裁判で弁護団グループに加わっていた弁護士の木下美也子（きのしたみやこ）が元教団幹部と共に特別捜査本部を訪れたのは、ほぼ同時刻のことだった。

3

元教団幹部、現在は分派教団の広報部長という肩書を持つ中山博光（なかやまひろみつ）はよく太った中年男だった。隣にいる弁護士、木下美也子がまだ若く、小柄だが均整のとれた体つきであるのとは対照的だ、と麻衣子は感じていた。

御厨直属の幹部たちと行動を共にすることを嫌い、地下鉄爆破テロ事件に加担していなかった中山は、崩壊しかけた教団を支え、その中心人物となっていた。

もともと単なる〝拝み屋〟に過ぎなかった中山にとって、御厨は信仰の対象ですらなかったのかもしれない。中山は自ら警察にコンタクトを取るようになり、情報を提供することによって教団の存続と自分の安全を確保するようになっていた。

木下美也子は三十三歳という年齢にもかかわらず、数々の難事件を担当し、その美貌も含め法曹界では有名な弁護士だった。

人権派の長老である篠宮喜一朗弁護士の事務所に所属、四年前に扱った事件で死刑囚の冤罪を明らかにして再審を勝ち取って以来、マスメディアへの出演も多い。

警察関係者の間でも、木下美也子の名前は知られていた。ひとつには、彼女自身が十七年前に両親、弟を強盗によって自宅で殺害された過去があったためだ。

異常かつ残忍な殺人事件だったが、遺された証拠が多かったにもかかわらず、容疑者不明のままになっていた。

ただ、それよりも彼女が有名になったのは、その若さにもかかわらず人権派の弁護士として有能だったためだ。

例えば、一年ほど前に起きた警察官殺しの犯人である女性の弁護を担当、殺害の動機が警察官側にあると立証したことがあった。

殺された警察官は万引きで逮捕した女性に、見逃す代償として性行為を強要、その後も関係を継続するよう迫り、更には金品を脅し取っていたことが法廷で明らかにされた。警察にとって最悪の事件であり、木下美也子の名前にいい印象を持つ警察官はほとんどいないだろう。

木下美也子は警察と相反する立場の人間であり、応対に当たった特別捜査本部の麻衣子や権藤警部のみならず、誰もが人権を無視した警察の取り調べへの抗議に警視庁を訪れたと考えたが、そうではなかった。

「高橋隆也について、中山広報部長より情報提供を申し出るようわたしが要請しました」

警視庁舎十階の会議室に通された木下が、独特の落ち着いた口調で説明を始めた。黒のビジネススーツに短めの髪形、マスクを着けていた。

「部長が高橋の写真数枚を所持しているからです」

こちらに、と中山がその上に手を置いたまま封筒を差し出した。中山は赤ん坊のような白い肌の中で、唇だけが赤かった。

自発的な申し出に感謝します、と権藤がうなずいた。

「こちらを提出しても構わないのですが」中山の手は封筒の上に置かれたままだった。

「何があったのか、教えていただくわけにはいきませんか？　あなたたちは総出で教団関係者を追いかけ回しているようですが、わたしたちは何もしていませんよ」

「教えるわけにはいかんのです」

「捜査上の機密でして」権藤が常套句で切り返した。

肩をすくめた木下が、お任せしでしょうな、と首を振った中山が隣に視線を向けた。

ます、と鼻声で言った。大きな瞳が印象的だった。

「結構です。それでも提供しましょう。善良な市民の義務として」

ただし条件があります、と中山が封筒から手を離した。

「現在警察が進めている教団関係者の不当勾留を中止していただきたい。何があったのか知りませんが、教団としては一切関係ないことを明言しておきます。高橋君が何をしたかは、我々もわかりません。それは本人の問題で、教団はまったく関与していないのですよ」

「現在、調査中ですが、善処します」

封筒の中に四枚の写真が入っているのを確認した権藤が麻衣子を手招きした。犯人を直接視認している麻衣子にしか確認はできない。

写真を見つめ、麻衣子は小さくうなずいた。間違いない。この男がシヴァだ。

「こちらは警察が預かります」権藤が封筒に写真を戻した。「ご協力に感謝します」

「刑事さん、信じていただきたい。本当にわたしたちは――」

ドアが開き、入ってきた刑事に封筒を渡した権藤が座り直した。

「わざわざご足労、ありがとうございます。もう少しお伺いしたいことがありますが、よろしいですね」

「同席します」

木下が言った。中山は善意の第三者であり、取り調べが強制ではなく任意である以上、やむを得ない。構いません、と権藤が答えた。

刑事と共に退室しようとした麻衣子に、木下が声をかけた。

「今日起きた銀座二丁目交番爆破事件と関連があるんですか？」

「彼女は何も知りません」

遮るように権藤が鋭く言った。麻衣子も何も答えなかった。小さく笑った木下が、始めて下さい、と権藤に顔を向けた。

4

麻衣子のスマホにシヴァからのメールが入ったのは、午後十時ちょうどだった。事件発生から既に九時間が経過していた。
すぐに特別捜査本部の大スクリーンにメールの文面が転送された。麻衣子と島本のいる交渉室からも、その文字ははっきりと読めた。
『遠野警部
警視庁並びに関係者との交渉を進めていると信ずる。

警視庁が我々の要求を受け入れれば
無意味な悲劇は避けられ、流血を見る必要もなくなる。
これは脅しではない。
今後、明確な意思表示がない場合、
11時19分、我々は予告を実行する。
誠意ある回答を期待する』

末尾にシヴァの署名があった。すぐに内線が鳴り、電話に出た権藤が小さくうなずき、スペイン、マドリード、と長谷川の耳元で囁いた。

島本警部、と正面の大スクリーンを見つめていた長谷川が座ったまま顎だけを動かした。

「延長要求はしているのか？」

「三十分おきに」

警視庁ホームページに〝ＳＩＴ〟というリンクを貼り、麻衣子と島本はそこに書き込みを続けていた。二時間ごとに警視庁との交渉の進捗状況を報告するように、とシヴァは命じていたが、麻衣子と島本にとって、それでは遅すぎた。

そのため、二人は三十分おきに回答延長要求をしている。午後六時に一度、そして九時過ぎの段階でもう一度、掲示板に外部からのアクセスがあったことがわかっていた。

警視庁サイトにログインしてきたのは汐留付近を走行中の車両からだったこともあり、場所の特定は失敗に終わっていた。ただし、これは警視庁にとって大きな前進でもあった。犯人は間違いなく東京にいる。

海外から連絡を取ってきているとすれば、警視庁は捜査の手段を失う。それを思えば、まだ打つ手はあった。

その後増員が進み、現在、約一万五千人の捜査官が動員されていた。重要参考人として手配している高橋隆也を発見することも不可能ではない。

「シヴァは我々の回答延長要求を見ている」

長谷川の口からつぶやきが漏れた。だが、送信されてきたメールには、要求を受け入れない限り、十一時十九分に爆破を決行すると記されていた。

銀座二丁目交番で使われた爆弾と桜田門交差点から発見された爆弾の分析結果が、特別捜査本部に届いていた。科学捜査研究所の報告によれば、時限装置でセットした時間になれば爆発するように設計されていたが、もうひとつ起爆の方法があることが判明していた。外部からの信号を受信した場合、設定時刻以外でも強制的に爆発させることが可能だという。

この場合、外部信号の受信とは爆発物の内部に組み込まれている携帯電話による受信を指している。つまり、犯人が電話をかければ起爆装置が作動し、爆発が起きる。

警視庁にとって、最悪の状況といえた。設定時刻になれば爆弾は爆発するだろう。

その前に爆弾を発見したとしても、犯人が電話をかけるだけでやはり爆発させることができる。高橋隆也の行方は依然として不明なままで、残された時間はほとんどなかった。

わずかな望みは、麻衣子と島本による交渉チームが犯人を説得し、自首もしくは爆弾の場所を知らせてくること、もしくは時間の延長を認めさせることだったが、この段階で送られてきたメールにより、犯人側にその意志がないと明確になっていた。

「今までシヴァに送ったメッセージを見せてくれ」

長谷川の命令に従い、通信本部の技師が十数通のメッセージをスクリーンに映し出した。警視庁の立場を説明した上で、政治的な判断が必須で、時間が必要だという基本姿勢を明らかにしている。

三十分前、九時半の段階で送ったメッセージでは、犯人であるシヴァの罪を問わず、今後二度と同様の事態を起こさないと約束すれば、一切を不問に付すという最大限の譲歩項目までが含まれていた。

もちろん、警視庁にその意志はない。シヴァの逮捕は既定事項だが、今の段階ではどこまで譲歩しても爆破を中止させることが大命題だった。

「本部長、時間がありません」権藤が腕時計に目をやった。「最後の手段ですが、政府が御厨釈放に同意したというメッセージを上げてはどうでしょう？　御厨釈放を確定させれば、犯人は時間延長を呑むと思われます。釈放に当たってはさまざまな手続きが必要なことぐらい、犯人だってわかっているはずです。釈放を認めたから即実行といかないのは、納得するでしょう」

長谷川が目だけを動かした。視線の先に神尾がいる。落ち着きなく左右に目をやっていた神尾が、それもひとつの案だな、とほとんど聞き取れない声でつぶやくだけだった。島本を呼べ、と命じられた権藤が交渉室に目を向けた。呼べ、というほどの距離ではない。数メートルも離れていないのだ。

交渉室を出た麻衣子は、呼ばれた島本の横に立った。長谷川が口を開いた。

「まずはこのメールに対して回答を出そう。政府レベルでの了解が取れる可能性が高くなったと答えろ。爆破決行までの間に、シヴァは最低でも一度はメッセージを確認するはずだ。その間に我々は虚偽の情報を流す了解を政府から取り付ける。了解が取れ次第、御厨釈放の許可が出たと再びメッセージを送る。釈放準備のために、二十四時間の猶予を要請するんだ」

本部長、と麻衣子は低い声で尋ねた。

「犯人に対し履行不可能な虚偽の回答を出した場合、その後犯人を取り逃がすと致命的な事態を招きかねません。それは考慮に含まれていますか？」

長谷川の対処が間違っているとは、麻衣子も思っていない。犯人の爆破予告時刻まで約一時間となった今の段階で、それ以外に取るべき手段はない。ただし、交渉人としてその確認は必須だった。

「虚偽ではない」長谷川が麻衣子に目を向けずに言った。「実際に釈放が今決定されたとしても、すぐに御厨を解放できるわけじゃない。それなりに時間がかかる。超法規的措置であったとしても、法に則って処理しなければならないことは、犯人もわかっているはずだ」

「それは警視庁の言い分に過ぎません。了解するかどうかは、シヴァの側に選択権があります」

「遠野警部、犯人の代理交渉人である君の立場はわかっているつもりだが」皮肉な笑みを浮かべた長谷川が、初めて二人に視線を向けた。「君はあくまでも警視庁の捜査官であり、私の指揮下にいる。君はこの数時間、何をしていた？　犯人と交渉し、説得するのが君の任務だろう？　説得はともかく、時間延長を認めさせるぐらいのことがなぜできない？」

簡単な交渉ではありません、と言いかけた麻衣子の肩を島本が押さえた。今は言い争っている場合ではない、という意味だ。

「では、犯人に対し回答案を作成します。今おっしゃった内容で進めますが、構いませんね？」

島本が意図的に麻衣子と長谷川の間に入った。そうしてくれ、と横を向いたまま長谷川が答えた。戻ろう、というように島本が麻衣子の肩を押した。

5

(どうしろっていうんだ)

戸井田は目の前にそびえ立っている巨大な建物を見上げた。六本木の東京ミッドシティ。その大きさは圧倒的だった。

総面積十・二ヘクタール、就業人口約二万人、店舗数だけでも百三十二店を数え、また住宅総数は五百十七戸ある。その中にはザ・ウエスト・カールトン東京をはじめとするホテル、あるいは有名な総合商社ナカトミが設立したライト&ライフ美術館など多くの文化施設も含まれていた。

レクの後、工具セットの袋の配布と共に、拳銃の携行も指示された。単なる訓練とは思えない物々しさだ。

午後六時、覆面パトカーで六本木へ集合した。タクシーや電車などを使って六本木へ出てきた者もいた。そこまでして人数を集める必要があるのか。

「課長、我々だけでこのビルを捜索するのは無理ですよ」

高輪署が二百名の捜査官を動員しても、東京ミッドシティ全体の捜索は難しい。人数に比して、あまりにも捜索範囲が広すぎる。

戸井田は刑事課員二十名のうち六名を率いる班長を命じられていた。意見具申は、自分だけの判断ではない。他班の班長たちと協議をした上での結論だった。

「我々だけではない」刑事課長が眉間に皺を寄せた。「品川署、その他の応援もある。我々高輪署の担当はこのビルのミッドシティタワー四十階から最上階五十四階までの捜索だ。時間内に終了させるように」

しかし、という言葉は呑み込んだ。課長自身、不可能だとわかっている。それでも命令に従わざるを得ない立場だ。

指示を受け、六人の捜査官と共にビルの最上階へ上がった。本庁がどのような手配をしたのかは不明だが、ビルの管理会社の責任者、警備会社の担当者が同行しているため、模擬爆弾の捜索自体については問題がなかった。

捜す場所は決められている。模擬爆弾が堂々とフロアの中央に置かれていることは考えられない。訓練という以上、何らかの形で隠蔽(いんぺい)してあるはずだ。

その判断の下、戸井田は三名を五十四階の機械室に向かわせ、自分は残った二名を率いて他の場所の捜索を開始した。機械室は部外者立入禁止で、ビル内の管理は基本的にここで行われる。

テロリストが爆弾を仕掛けるとしたら、これ以上の場所はないはずだ。事前にビル全体の設計図を渡されていたため、チェックポイントの確認はスムーズだった。

(だが、それでも無理だ)

捜査官の人数に比して、建物はあまりに巨大すぎた。例えばホテルの客室をひとつずつ確認していくのは、客のプライバシーの問題も含め、事実上不可能だ。模擬爆弾が室内に仕掛けられているとしたら、それを確かめる手段はない。

丸一日あれば、そして無制限の権限があれば、担当区域の完璧な捜索が可能かもしれない。だが、与えられた時間は二時間、そして捜索のための許可をビル関係者から得る必要もあった。

両手両足を縛られたようなこの状態で、いったい何をしろというのか。戸井田が率いている他の班員たちも、同じことを考えているだろう。山城（やましろ）という若手の捜査官が、機械室から戻って報告を始めた。

「班長、この人数では広すぎて手に負えません」

具体的な対処方針はそれしかない。

「ポイントを絞ろう」戸井田は設計図を広げた。「重点捜査に切り替える」

機械室の捜索こそ続行するが、フロアそのものについては捜索を中止する旨、刑事課長に報告した。やむを得ない、というのが回答だった。

戸井田は部外者であっても比較的出入りが容易い、トイレ、エレベーター、オフィスフロア、共有スペースなどへの立ち入り調査のため人員を集めた。

特に、エレベーターと空調関係の捜索は念入りに行われた。テロリストが爆弾を仕掛けたという前提条件に従えば、そこしかないだろう。

戸井田自らも捜索に加わっている。他班との連携もある。悪条件の下、懸命の努力を続けたが、模擬爆弾は発見されなかった。徒労感が班員たちの間に広がっていくのを、戸井田も感じていた。

各フロアからの報告が上がり始めたのは、捜索を開始して約一時間半後だった。五十四階の機械室及び捜索可能な区域すべての確認を終えたが、模擬爆弾は見つからなかった。状況を報告すると、再度確認の指令が下った。

やむなく、人員の配置を変更した上で、もう一度捜索を開始した。当然ながら、不審物が見つかることはなかった。

『似顔絵の男はどうか』

刑事課長から問い合わせがあった。ビル関係者に対し似顔絵を見せ、聞き込みを行っていたが、当該人物はいない、という回答があった。

「他のフロアはどうですか?」

『発見に至っていない』

「課長、本当にこの建物内に模擬爆弾はあるんですか?」思わず、声が高くなっていた。

「ないのなら、これ以上の捜索には意味がないと思いますが」

『命令を順守せよ』

受令機から声が響いた。どうにもならない、と戸井田は目をつぶった。

最終的な確認作業が終了したのは、捜索を開始してから約二時間後、午後八時だった。

6

午後十時、新宿区で模擬爆弾の探索に当たっていた最後の一班から特別捜査本部に報告が届いた。要捜索区域に指定されていたビル、建物について不審物捜索が終了、爆弾は発見されず、というのがその報告の内容だった。

中東武装勢力などによるテロに備え、警視庁の危機意識は創設以来最も高い。〝訓練〟という名目で命令を出していたが、捜索隊の能力、また最新型の金属探知機など、探査機器の導入についても満足すべき状況にあるといえるが、爆弾は発見されなかった。

犯人についても同様だ。官公庁など公的な建物を含め多くのビルがテロ対策を講じている。防犯カメラはもとより、不審者の出入りに関してさまざまな形で監視の目が光っていた。

個人IDカード等を所有していなければ、立ち入りさえできないビルも多い。警視庁は犯人と想定される男の顔写真を配布している。

犯人がどんな手段を取るにしても、彼らが見逃す可能性は低いが、情報は何ひとつ上がっていなかった。

「やはり電車か」

立ったまま長谷川がつぶやいた。視線はまっすぐ正面のスクリーンに向いている。

多くの専門家、有識者が指摘するように、テロリストのソフトターゲットとして真っ先に挙げられるのは鉄道だった。ビルを破壊するより犠牲者の数は多くなり、復旧作業なども含めれば経済的損失は莫大な金額になる。

しかも電車車両内、あるいは駅構内への侵入は決して困難といえない。都内に混乱をもたらすことが目的だとすれば、鉄道以上のターゲットはなかった。

犯人側にとって有利なのは、警視庁側に完璧な警備体制が望めないという事実だった。例えばＪＲ新宿駅の場合、一日の乗降客は約五十万人に上る。全員の動向をチェックすることなど不可能だ。

他の交通機関としては飛行機、船舶などがある。だが犯人が予告した午後十一時過ぎに、羽田、及び成田空港から発着する便はなかった。民間の航空会社も営業を終えている。海運関係についてもほぼ同じだ。

高速道路に爆弾を仕掛ける可能性も考えられるが、被害は限られたものとなるだろう。鉄道が狙われると常識的には予測できた。

その場合、捜索が困難になるのは確実だ。場所を東京都内と限定したとしても、東京を何らかの形で通過する鉄道はＪＲ、私鉄、地下鉄などがある。その車両総数は延べ何千、あるいは何万という数になる。

車両すべてを調べるだけの警察官を揃えられるはずもない。日本全国の警察官を動員しても不可能だ。

当初から、特別捜査本部は犯人が鉄道を狙うことを想定していた。捜索開始直後から、約六千人の警察官が各路線の車両に乗り込み、捜索を行っている。だが、爆発物の発見には至っていない。

網棚、連結部、駅舎内のトイレ、新幹線について言えばゴミ箱や用具入れに至るまで確認作業が進められていたが、気休めでしかない。自爆テロなら、犯人自らが爆弾を持ったまま席に座っていればそれで目的を達することができる。荷物を抱え込んでいるだけで職務質問をしていたら、警察官が百万人いても足りない。

現在、都内すべての駅構内に防犯カメラが据え付けられている。そのデータも特別捜査本部に集められ、分析が始まっていたが、高橋隆也の姿は発見されていなかった。

各駅、走行中の車両には警察官が配備されている。不審な乗降客の確認を続けていたが、高橋の姿はなかった。

「ただ、彼らが配置についたのは午後六時以降です。それ以前にシヴァこと高橋隆也がどこかの駅から電車に乗っていたとすれば……」

権藤が低い声で指摘した。駅の防犯カメラには当然午後六時以前の映像も残っているが、顔認証装置では特定されなかった。

二十三区内で爆弾捜索に当たっていた全捜査官が事前に準備されていた配置表に従い、都内主要駅、電車車両に乗り込んだという報告が入った時、時計の針が午後十時二十分を指した。爆破予告時刻まで、一時間を切っていた。

7

特別捜査本部に入ってくる情報は、交渉室も共有していた。犯人との交渉を担当する麻衣子と島本が特別捜査本部の方針を把握していなければ、事態は混乱するだけだ。

交渉室の側からも、シヴァに対するメッセージに関して、常に報告を上げている。長谷川が爆弾の捜索目標を電車を中心とした交通機関に集中させた、という連絡は交渉室にも入っていた。

電車でしょうか、と麻衣子はつぶやいた。可能性は高いでしょうな、と島本が答えた。

「長谷川部長の方針は間違っていません。正攻法に過ぎるきらいはありますが、押さえるべき点を押さえていると言っていいでしょう。融通が利かないのはキャリア組なら皆同じですよ。スタッフも腕利き揃いで、人を見る目はあるようですな。ただ、下級職の者の意見をもう少し取り入れてもいいかと思いますがね」

まるで上級職のような口ぶりだった。あるいは評論家的というべきだろうか。

奇妙な人だ、と麻衣子は目の前の小男を見つめた。

「ですが、もう二時間早く捜査官の集中投入を図るべきでしたね。あと一時間足らずでは、無理がありすぎます」島本の口調は変わらなかった。「決断力に欠けるのは、大きな欠点といっていいでしょう。もっとも、決断力に富んだキャリアというのも、現場にとっては困りものですが」

「なぜ、進言しなかったんですか？」

とがめるように麻衣子は言った。二時間早く、と言うからには、島本にもそれなりの計算があったのだろう。にもかかわらず、沈黙していたのはなぜなのか。

無駄だからです、と島本があっさりとした声で答えた。

「私が口を出せば、意地でもあの人は集中投入に踏み切らなかったでしょう」

「何でもおわかりになるんですね」

麻衣子の口調に皮肉が混じった。何でもわかりますよ、と島本が真面目な顔で言った。

「長谷川部長とはつきあいも長い。深くはありませんがね。どう反応するかは、すべてわかるつもりです」

「犯人についてはどうです？」

「犯人とはつきあいがないので判断できません。私にわかっているのは、犯人から届いた数通のメール、その送信状況、銀座二丁目交番爆破及び桜田門交差点に爆弾を設置したこと、そしてシヴァと話したあなたの証言だけです。それだけのデータで何か判断を示せと言われても無理ですよ」

「ですが、あなたは長谷川部長の指示は正しいと指摘しています。犯人が電車を狙っているという根拠があるんですか？」

「言葉が足りなかったようですね。一般論、あるいは常識論として、犯人が電車を狙うのは予測がつきます。その辺の交番勤務の巡査にだってわかりますよ。犯人の狙いを、正確な意味で私は摑んでいません。ただし、御厨解放を要求している以上、シヴァは都内に、あるいは国内において、大きな混乱をもたらさなければならない。そのために最もわかりやすい標的となるのは、電車でしょう。本当に犯人が電車を爆破するかどうかについては疑問がありますがね」

「なぜです？」

「教祖釈放のためには、マイナス要素が大き過ぎるからです。電車を爆破した場合、犠牲者は千人規模になるでしょう。民家、住宅地などを巻き込めば、被害は更に増えます。被害が大きくなればなるほど、御厨の釈放は困難になります。我々警察はともかく、国民感情がそれを許さないでしょう」

今の状況が犯人にとって一番有利です、と島本が続けた。

「プレッシャーを与え続けることが、御厨釈放のためには最も効果的です。交番爆破によって、犯人側に有利な状況が生まれたのに、わざわざ自分の不利益になるようなことをする必要はありません。しかも犯人の知的水準は高い。あなたがそう言ったんですよ？」

確かに、と麻衣子はうなずいた。島本が椅子に腰を下ろした。

「我々は我々の任務に専念するしかありません。日本の警察が優秀なら、犯人かあるいは爆弾を見つけるはずです」

待つしかありません、と島本が目をつぶった。焦りを覚えながらも、麻衣子はうなずくしかなかった。

8

午後八時に東京ミッドシティの捜索が終了した。戸井田は班長として刑事課長に報告すると、本庁の方針が変更になったという理由で、ＪＲ大崎駅へ行くように命じられた。今後は鉄道関係の捜索を重点的に行うという。

同時に高輪署員はＪＲ各駅に分散配置され、それぞれ各駅を担当している本庁の指揮官の命令に従うことになった。

確認のための質問を申し出たが、却下された。やむなく、戸井田は地下鉄と山手線を乗り継いでＪＲ大崎駅に向かった。

駅に着くと、駅舎内に多数の警察官がいた。同業者なら、互いに臭(にお)いでわかるものだ。制服はもちろんだが、私服も多い。こんな状況は初めてだった。

指示されるまま、駅構内の捜索に当たったが、何も出てこなかった。他の署に勤務する顔見知りの捜査官もいたが、彼らの顔に緊張感はなかった。

だが、指揮官である本庁の警部の表情は違った。焦りの色が濃い。何が起きているのか。

意図不明なまま、午後十時過ぎに駅に入ってきたＪＲ鎌倉新宿ライナーで横浜方面へ向かえと指示された。車両内に爆弾が仕掛けられている可能性があるため、それを捜せという命令だった。

それから三十分後、電車に乗って爆弾を捜していると、別の命令が入った。最寄の駅で上り電車に乗り換え、車両内の爆弾捜索に従事せよという。命令系統に乱れが出始めている。自分の上級職が誰なのかわからなくなりそうだ、と戸井田は思った。

大船の駅で、入ってきた電車に乗り換えた。疲労感が強くなっている。肉体的にもそうだが、目的が不明なまま、ただ動かされている状況へのストレスによるものだ。

何があったのか。ここまで大規模な動員をかけ、更に指揮系統にこれだけの乱れが生じているのは、実際に誰かが爆発物を仕掛けたからではないか。

まさか、という思いもあった。仮にそうだとしても、犯人が鎌倉新宿ライナーに爆弾を仕掛けたとは考えられない。

山手線を走る一部区間を除けば、栃木と神奈川を結ぶローカル線だ。自分が犯人なら、この電車を狙うなどあり得ない。

むなしさが胸をよぎった。所轄の警察官に与えられるのは、常に裏方としての仕事だ。馬鹿らしい、というつぶやきが唇から漏れた。

車両内の乗客は下り電車と違い、まばらだった。土曜の夜だ。週末、この時間から都心へ行く者は少ない。

無機質な声で受令機から与えられた命令はこれまでと違い、乗車した駅から時間の許す限り、先頭車両から最後尾の車両までを捜索、犯人及び爆弾の発見に従事せよというものだった。

まず不審人物の確認。今回、高輪署の大会議室に集められた後、似顔絵が示されていた。男、大柄、痩せ型、短髪、いくつかの特徴も記されていた。その後、鉄道関係の捜索を始めた際、鮮明な顔写真も各捜査員の端末に送信された。

SATの隊員だろうが、いかにもそれらしい人物を見つけてきたものだ、と写真を見直しながら戸井田は苦笑した。尖った顎、目の下の隈、底光りのする目。

当該不審者がいない場合もあり得る。爆弾を放置して犯人が逃げたという想定だ。その時は爆弾を見つけなければならない。網棚。明らかに持ち主のいないバッグ、リュック、袋はないか。

あるいは、荷物の下に誰かがいたとしても、不釣り合いな場合。例えば若い女性の頭上に男物のバッグがあれば、捜索対象となる。

その他にも捜すべき場所はあった。乗降口脇の空きスペース。連結部を確認した。一度だけ写真の男に似た人物を見つけたが、よく見ると明らかに別人だった。

バッグについては何度か怪しいと感じたこともあったが、いずれも思い過ごしだった。最近は男物のバッグを使う女性も多いし、その逆もある。いずれにしても、自分の見ている限り何もなかった。

（何か知っているか）

停車した戸塚駅のホームにいた捜査員に目だけで尋ねたが、答える者はいなかった。さっぱりわからない、というようにお互い肩をすくめただけだ。

十時五十二分、電車が戸塚の駅を出た。次は横浜、というアナウンスが流れた。十分ほどかかるはずだ。

こんなことをして何になるのか、と諦めに似た思いを抱きながら、不審人物と爆弾を捜して車両内を歩き続けていた戸井田の足が止まった。

スーツ姿の中年男。どこで飲んできたのか、顔が真っ赤だった。だらしなく着崩したスーツの襟元に、有名な化粧品会社光生堂（こうせいどう）の社員バッジが光っている。

隣の席に女が座っていた。三十代前半、眼鏡をかけた小柄でおとなしそうな女だ。ジーンズにＴシャツとナイロン製のパーカー、そしてアポロキャップという軽装だった。ショートカットでほとんどノーメイクに近いが、肌は美しい。細面の整った輪郭をしていた。

横から伸びてくる中年男の手を迷惑そうに避けている。明らかな迷惑行為だ。

「失礼……おじさん、ちょっと飲みすぎじゃないのか」

割って入ると、感謝の眼差しを向けた女が手を口元に当てたまま席から離れていった。

何だよ、というように中年男が見上げたが、それ以上からんでくることはなかった。

戸井田は身長百八十五センチ、屈強な体格をしている。とてもかなわないと悟ったようだ。酔った頭でもそれぐらいの判断はつくらしい。

　電車が速度を緩めだ。横浜駅だ。小さく頭を下げた女が足早に降りていった。

「いいじゃねえか。何だよお前……何が悪いんだよ！」

　いきなり中年男が怒鳴り始めた。それなりに女への執心があったようだ。

　わかったわかった、と苦笑交じりにうなずいていた時、足元に目が行った。最近日本に一号店を出店したアメリカの有名なデパート、ウールメイシーの手提げ袋があった。ピンク色の派手な袋に、薄いブルーで上品なロゴが印刷されている。

　それだけだったが、違和感が残った。なぜそう感じたのか。社員バッジだ。

　光生堂の本社は銀座にある。つまり、この男は銀座へ通勤しているのだ。土曜日だが、休日出勤だろう。

　もちろん、男にもデパートへ行く用事があったかもしれない。だが、それなら三越やＧＩＮＺＡ ＳＩＸに行くはずだ。

　決して情報に詳しいわけではないが、アメリカの大デパートが日本に上陸するというニュースは、新聞や雑誌などで読んでいた。

　ウールメイシー本社が選んだのは銀座や新宿のような既にある繁華街ではなく、お台場と書かれていたことも記憶にあった。

「おじさん、ちょっと……これはあんたのか？」

　手提げ袋を持ち上げた。ずっしりとした重さが手に残った。

袋の口から中を覗くと、入っていたのは小さな段ボール箱だった。包装はされていない。

「何なんだよ！」

立ち上がりかけた中年男の肩を軽く押さえて、あなたのものですか、ともう一度丁寧に言葉を重ねた。

知らんよ、と横を向いたのを確認して、それでは遺失物ですね、と腕時計に目をやった。午後十一時二分。

これなのか。警視庁SATがテロリストの襲撃を想定して都内数カ所に設置したという模擬爆弾。

戸井田は命令を頭の中で復唱した。特別訓練の目的は模擬爆弾の発見にある。発見時は本部に報告、実戦と同様に爆発物処理班が回収に向かうので、模擬爆弾に手を触れてはならない。付近に人がいる場合には避難させる可能性もあるので、現場に待機のこと。

考えれば考えるほど無理のある命令だった。一切手を触れずに、どうやってそれが模擬爆弾だと確かめればいいのか。

模擬というからにはそれなりの装飾が施されているのだろうが、表面に〝爆弾〟と記されているはずもない。結局は中を見なければならなかった。

段ボールの上蓋に目をやった。縦四十センチ、横は二十センチ、奥行きも二十センチほどだ。

蓋はテープで留めてある。紙袋を床に置き、テープを剝がした。

中に入っていたのは金属製の箱だった。横から赤、青、黄、黒と四本のコードがはみ出している。

段ボールから出そうとした時、赤いデジタル数字が目に飛び込んできた。16：11。見る間にその数字が16：10、16：09と変わっていく。

戸井田は中年男の隣に膝をついた。不安そうな表情を浮かべた男が、酔った足取りで席を離れていった。

内ポケットからスマホを取り出した。発見時に連絡するよう命じられていた番号を、戸井田は素早く押した。

9

目の前のスピーカーから不審物発見、と通信班員の声がした。特別捜査本部に緊張が走ったのが、麻衣子にもわかった。

今まで二件、同様の通報が入っていたが、いずれも違った。爆破予告時刻が迫っているという焦りが彼らの中にある。場所は、と長谷川が短く言った。

「鎌倉新宿ライナー、走行中の車両からです。現在位置、横浜。たった今、横浜駅を車両が出たところです。現在時刻、二十三時三分」

「通報者は？」

「高輪署刑事課、戸井田巡査部長。認識番号照会済み」

「発見したと言っているのか？」

通信班員は答えなかった。回線をオープンに、と長谷川が命じた。麻衣子は交渉室から飛び出した。

「こちら警視庁刑事部長谷川。聞こえるか？」

『聞こえます』

男の声がした。麻衣子は長谷川に近づき、耳元で囁いた。

「戸井田刑事を知っています」

以前、共に捜査に当たったことがあった。我の強い性格だが、優秀な刑事だ。

黙ってろ、と正面を見据えたままつぶやいた長谷川が、次の停車駅は、と確認した。

「大崎です。現在時刻二十三時四分、大崎駅停車は二十三時十九分の予定」

あと十五分、と通信班員が叫んだ。本部長、と近づいてきた島本が言った。

「大崎到着時刻と犯人の予告時刻は同じです。だから、八時間後という中途半端な猶予を我々に与えたか……」

そうかもしれない、と長谷川が首を動かした。その表情がわずかに動揺していた。

「戸井田刑事、聞こえるか。何を見つけた？」

『未確認ですが、模擬爆弾と思われます。指示願います』

音声をオフにした長谷川が、その電車に爆発物処理班は乗っているのか、と左右に顔を向けた。後部車両の制服二名だけです、と答えた権藤が目を逸らした。長谷川が音声をオンにした。

「今から確認を取る。スマホのカメラで問題の不審物を撮影、大至急、画像を送れ」

『どういうことです？　何があったんですか？』

質問には答えず、急げ、と長谷川が繰り返した。はあ、と頼りない返事が聞こえた。

「あと何分ある？」

「十三分を切りました」

答えた権藤に、彼が乗っている車両は、と長谷川が重ねて尋ねた。

「戸井田のＧＰＳによれば先頭車両です」

部長、と麻衣子は一歩近づいた。

「状況を説明するべきです。戸井田刑事は優秀な捜査官で、臨機に対応する能力も十分にあります。でも、情報が与えられないままでは、何もできません。模擬爆弾ではなく本物であることを伝えた方が、処理はスムーズに行くはずです」

十秒ほどの沈黙の後、マイクを握り直した長谷川が、戸井田刑事、と呼びかけた。

「聞いてくれ。メール送信後、至急その模擬爆弾を持って、後部車両に移動のこと。最後尾車両までだ」

『今ですか？』

「急げ。戸井田、これは訓練じゃない。今、君が持っている模擬爆弾は本物の可能性がある。詳細は後で説明する。至急、最後尾車両へ移動せよ」

答えはなかった。聞こえているのか、という長谷川の問いに、了解、というくぐもった返事があり、同時に通話が切れた。

「どうなっている？」

「電波障害か？」

特別捜査本部の全捜査官が立ち上がっていた。

「受令機、至急確認します」

通信班員が怒鳴った。長谷川が麻衣子を見つめた。

「所轄の刑事に対処できるのか？」

「優秀な警察官がいるのは、本庁だけではありません。所轄にも、町の交番にもいます」

通信を至急回復せよ、と長谷川が命じた。通信班員の一人が、特別捜査本部の外へ飛び出していった。

10

スマホのカメラを使い、戸井田は手提げ袋の中に入っていた箱の中を撮影した。高輪署に緊急招集された際、メールアドレスは登録済みだ。件名と本文は空欄のまま、添付した写真を送った。

刑事部の長谷川、と相手は名乗っていた。長谷川均刑事部長といえば、交番勤務の巡査でも知っている。雲上人(うんじょうびと)のキャリア組だ。

直接話すことになるとは、戸井田も思っていなかった。逆に言えば、この箱の中に本当に爆弾が入っていることになる。

〈今、君が持っている模擬爆弾は本物の可能性がある〉

写真を送り、速足で後部車両へと向かった。向かいの席から学生が不審そうに見つめていた。

電車はそれほど混んでいない。立っていた乗客たちが、戸井田の顔を見ただけで左右に退いていった。

(いつ爆発するのか)

一分後か、五分後か、それとも十分後か。箱の中を覗くと、赤い数字が11:59へと切り替わった。十二分を切ったという意味だろう。

袋を捨ててそのまま逃げ出したかった。死にたくない。このままでは十二分もしないうちに爆死する。そんな死に方は嫌だ。

だが、逃げることはできなかった。犠牲者を出すわけにはいかない、と戸井田は足を速めた。

長谷川の指示の意味はよくわかっていた。最後尾まで行けば、犠牲者を出さずに済む。最悪の事態を想定しての指示だ。

「すいません、どいて下さい」

声が裏返った。自分が怯えているのがそれでわかった。怖い。死にたくない。腋の下に汗がにじんだが、しゃにむに進んだ。

戸井田を見ていた若い女が、目を見開いたまま後ろに下がった。自分は今、どんな顔をしているのだろう。

「どいて下さい」

叫びそうになるのを必死で堪えた。不安を与えてはならない。パニックを誘発することになる。

小走りになった。左手で摑んでいた袋の紐が、汗で濡れていた。

連結部のドアを右手で開く。立ったまま抱き合っている若い男女がいた。男が何か囁き、女が嬉しそうにうなずいた。

その横を通り過ぎる。あと何分あるのか。

恐怖で時間の感覚がおかしくなっていた。デジタル時計の表示を確かめたのはついさっきだが、一時間以上経過しているような錯覚に襲われた。いつ爆発するのか。

もう一度表示を見る勇気はなかった。後部車両へと向かった。

「どいて下さい!」

低く叫んだ。乗客たちが一斉に振り返ったが、強引に進んだ。また連結部。今何両目なのか。それすらもわからない。

ドアを開いた。中年の女とぶつかる。すいません、と体をひねって謝った。足が勝手に走りだした。プレッシャーに耐えられなくなっていた。

またドア。手をかけたが動かなかった。動かない？

手提げ袋を床に置いて両手で引いた。それでも動かない。焦る目の前に、乗務員室、という文字が揺らいだ。最後尾車両へ行く前に、乗務員室に遮られた。

「誰か！　誰かいるのか！　開けろ！」

不透明のガラス窓を素手で叩いた。何事が起きたのかと周りの乗客が覗き込んでくる。どうすればいい。

「誰か！　開けてくれ！　開けなさい！」

人の気配はなかった。乗務員室には誰もいなかった。ガラスを割るしかない。

足で蹴り込んだが、罅(ひび)さえ入らなかった。血走った目で辺りを見回した。その姿を見た乗客たちが、車両の反対側へ下がっていく。何かないか。ガラスを割るような何か。

ポケットの中に高輪署で渡されていた工具セットの袋がある。だが、ドライバーで割ることができるほど、硬質ガラスはもろくない。

何もない。目に見える範囲に、硬質ガラスを破るだけの道具はなかった。

あと何分だ、と戸井田は手提げ袋の中に目をやった。04：41。もう終わりだ。ここに袋を置き捨て、周囲の乗客に避難勧告をするしかない。

だが、それでは爆破が起きた際、ここより後ろの車両に乗っている者たちが犠牲になる。どうすればいいのか。その時、受令機が鳴った。

11

「戸井田、聞こえるか？」

特別捜査本部のモニターを見据えながら、長谷川がマイクを摑んだ。その隣に爆発物処理班の白岩（しらいわ）課長が待機していた。

既に選抜された処理班員二十名がJR大崎駅に急行している。救急隊、消防、レスキュー、またJR東日本東京総合指令室にも連絡が入っていた。

緊急停止命令を、と麻衣子は手を上げた。

「電車を止めるべきです。今なら間に合います。電車を止め、戸井田刑事を降ろせば、彼が安全な場所まで爆弾を運ぶはずです」

緊急停止は最後の手段だ、と長谷川が言った。

「理由もなく電車を止めれば、乗客がパニックを起こす」

「急病人が出たとアナウンスで流せばどうでしょう」島本が割り込んだ。「そうすれば乗客は待つしかありません。その間に戸井田刑事を降ろし――」

「爆弾が本物とは言い切れない」長谷川がスクリーンの方を向いたまま言った。「もし偽装なら、それこそ犯人の思う壺だ」

「本物です」

麻衣子は叫んだ。ここまでの犯人の行動、あるいはメールの内容などから判断すれば、犯人が爆発物を所持していることは明らかだった。

鑑識によれば、桜田門交差点に放置されていたプラスティック爆弾は、少なくとも電車の車両を破壊するのに十分な威力を持っている。

同じものが仕掛けられているとすれば、爆発した場合、時速約八十キロで走行中の電車は横転事故を起こすだろう。その場合、被害の規模がどれほどのものになるか、予測もつかなかった。

確認が先だ、と長谷川が唇を噛んだまま言った。白岩が無言のままうなずいた。

爆破予告時刻まで、あと四分三十秒残っている。それだけの時間があれば、爆弾の解体は可能だ、と考えているようだ。

同意を得るため、長谷川が神尾副総監に目をやった。神尾の側には電車を停止させたくない理由が他にもある。走行中の電車を緊急停止させれば、メディアが気づく。

情報が漏れれば、都内はパニック状態に陥る。混乱を回避せよ、と警視庁上層部は命じていた。

何も答えない神尾から目を離した長谷川が、聞こえるか、とマイクに呼びかけた。はい、と返事があった。

『奥に行けません。乗務員室があります』

「わかっている」

長谷川の前に図面があった。戸井田が乗っている鎌倉新宿ライナーの走行車両の全体図だ。十一両編成のちょうど真ん中、六両目で戸井田は立ち往生している。

「メール、受信」通信班員が叫んだ。「写真、添付あり」

確認を、と白岩に命じた長谷川が、マイクを強く握りしめた。

「時間がない。命令に従え」

『はい』

スクリーンに画像が大写しになった。四角い箱が映っている。色はグレー、金属製だ。間違いありません、と白岩が囁いた。

「桜田門交差点で発見されたプラスティック爆弾とまったく同じです」

爆発物発見に際しての対応は検討済みだった。銀座二丁目交番爆破の際使用された爆弾、また桜田門交差点で発見されたプラスティック爆弾について、その内部構造解析は完了していた。

過去、過激派などによる爆破事件の多くがそうだったが、犯人は基本的に同じ仕様の爆弾を用いる。所持している爆発物、犯人側の技術的な問題などから、そうならざるを得ない。

次の爆破事件に際しても、犯人は同仕様の爆弾を用いると爆発物処理班は予測していた。大きさは、と白岩が確認した。

「縦四十センチ、横と奥行きはそれぞれ二十センチほどです」

時間がありません、と口走った権藤に、三十秒ごとにカウントを、と落ち着いた口調で白岩が命じた。

爆弾の構造は複雑と言えない。時間になればタイマーが作動して、起爆装置のスイッチが入る。作動停止のために要する時間は一分もかからないはずだ。

「戸井田刑事、解体用工具の用意はあるか？」

『あります』

訓練参加に際して、全捜査官に支給された工具セットを戸井田も所持していた。

「ドライバーで上蓋を開けろ」

『開けるんですか？』

怯えたような声がした。すぐに、と白岩が言った。二分五十九秒、と権藤がカウントした。

通常、爆弾の起爆装置解除は、液体窒素で爆発物そのものを凍結させ、装置全体の機能を停止させてから行う。映画のようにコードを切断して起爆装置を解除することはない。

ただし、今回の場合爆弾そのものの構造解析は済んでいた。どうすれば起爆装置が停止するかもわかっている。

「コードは三本だな?」

念を押すように白岩が言った。桜田門の爆弾には三本のコードがあり、二本はダミーだった。赤のコードを切断すれば、作動は停止する。

同仕様の爆弾である以上、今回も構造は同じであり、やはり赤のコードを切ればいい。赤のコードを切断するように、と白岩が命じた。だが、返ってきた答えは白岩も含めた爆発物処理班の予想を覆すものだった。

『いえ、四本あります。赤、青、黄、黒です』

「四本?」

白岩の口から呻き声が漏れた。二分二十九秒、という権藤の声が重なった。

「どうする?」

長谷川がスクリーンを睨みつけながら囁いた。至急、車両停止命令を、と低い声で白岩が答えた。

「犯人は我々の出方を読んでいます。ダミーコードが増えている以上、同じ赤を切断するのは危険です」

本部長、と麻衣子は顔を上げた。

「車両の緊急停止命令を」

しかし、と躊躇するように長谷川が声を震わせた。命令を、と麻衣子は繰り返した。

「このままでは車両内で爆発する可能性があります。その場合、車両が横転、転覆するでしょう。被害は甚大なものになります」

『どうすればいいんですか！』

戸井田の押し殺した悲鳴がスピーカーから響いた。神尾が顔を両手で覆った。

現在位置の確認を、と島本が言った。

「窓を割ってはどうです？　そこから、爆弾を放擲しては？」

「大崎駅まであと二キロ地点を通過」通信班員が答えた。「付近には民家が立ち並んでいます。窓から爆弾を捨てても、周辺家屋などに被害が及ぶ可能性は高いでしょう」

くそ、と青ざめた顔で島本がつぶやいた。目の前に現場付近の詳細な地図がある。

三分前なら、広大な空き地があった。そこに爆弾を投擲していれば、被害は最小限に留まっていただろう。だが、今となっては遅すぎた。

「一分五十九秒」

権藤が言った。指示を、という戸井田の声にノイズがかぶった。通信死守、と長谷川が怒鳴った。

「窓は開けられるのか？」

確認した長谷川に、新型車両のため窓は開きません、と権藤が答えた。

『通常工具での破壊は不可能です。拳銃使用を許可してもらえれば、割ることは可能ですが』

長谷川が口をつぐんだ。今回、警察官動員に当たり、全員が拳銃の携行を指示されていた。

だが、緊急事態とはいえ、警察官が電車の窓を割るために発砲したとなれば、重大な責任問題になる。奇跡的にすべてが無事に終わったとしても、責任を問われるのは長谷川だ。

メディアも騒ぐだろう。判断がつかなくなるのは、ある意味で当然だった。

「警視正、大崎には操車場があります」地図を確認して、麻衣子は叫んだ。「そこなら爆発があったとしても、被害は最小限に抑えられるのでは？　電車を止めて、ドアを開ければ戸井田刑事が外へ出ることも可能です」

一瞬黙り込んだ長谷川が、あと何秒ある、と権藤の顔を見た。一分三十八秒、という答えが返ってきた。

「大崎操車場通過まで、約四十秒」

複雑な計算を瞬時にこなした白岩が言った。交通局に連絡、と長谷川が命じた。

「緊急停止だ。乗客には人身事故とアナウンスしろ。戸井田、聞こえるか？」

聞こえてます、という返事があった。

「今から電車を止め、ドアを開く。大崎操車場だ。君の判断で、安全と思われる場所まで爆弾を運び、可能な限り遠くへ投げ捨てろ。わかったな？」

その命令は戸井田にとって死を意味していた。少なくとも、その可能性が高いことは間違いない。

『……了解』

力のない声が響いた。戸井田自身も、それを悟っているのだろう。

「停止信号が出ました」権藤が受話器を持ったまま叫んだ。「あと三十秒で停車」

「爆発までは？」

「五十九秒！」

「戸井田、君に残された時間は約三十秒だ。その間に可能な限り遠くへ走れ。爆発に乗客を巻き込んではならない。爆発五秒前の時点で、その爆弾を捨てろ。その後は自分の安全を優先し――」

「待って下さい」

麻衣子は、ズームされた写真を見据え、長谷川を押しのけてマイクの前に立った。

「戸井田さん、遠野です。デジタル表示を見て下さい」

スピーカーから鋭い金属音と乗客の悲鳴が重なって聞こえた。緊急停止が始まっている。

「停車まで二十秒！」権藤が怒鳴った。「停車次第、ドアが開きます」

「戸井田さん、デジタル表示を見て下さい」

何をしている、と長谷川が怒鳴りつけたが、麻衣子はマイクの前から動かなかった。

「その横にボタンがありますね？」

『あります。遠野警部、自分は――』

拡大表示された写真に小さなアルファベットが並んでいるのを、特別捜査本部にいた全員が確認した。S・T・O・P。

「押して下さい」

「あと十秒」

麻衣子と権藤の声が重なった。危険だ、と白岩が叫んだが、麻衣子は首を振った。

「押す必要もないはずです」

押します、という戸井田の返事があった。やめろ、と長谷川が麻衣子を突き飛ばしてマイクを摑んだ。

「戸井田、それが起爆装置のスイッチの可能性も……」

「停車！」

権藤の叫び声と同時に、押します、と戸井田がもう一度言った。次の瞬間、爆発音がスピーカーから響いた。

12

特別捜査本部が騒然となった。

「今の音は？」

「爆発か？」

声が交錯した。通信班員がヘッドセットをむしり取った。

「ＪＲ東日本東京総合指令室より連絡、当該車両、大崎操車場で緊急停止中。車両に被害損傷なし」

「では、今の爆発音は何だ？」

拝むように見つめた神尾の前で、長谷川がマイクに向かった。

「戸井田刑事、聞こえるか。現状を報告せよ」

『……戸井田です』

かすれた声がした。何があった、と長谷川が尋ねた。

「ボタンを押すと、小さな爆発音がして、箱の上蓋が跳ね飛び……それだけです」

どういうことだ、と神尾が顔をしかめた。脅しですな、と島本が答えた。深い息を吐いた長谷川が再びマイクを握った。

「戸井田、内蔵されている爆発物が本物である可能性はまだ残っている。今から電車の扉を開く。大崎の駅で待機中の爆発物処理班をそちらへ向かわせる。到着を待て」

爆弾自体は本物でしょう、と麻衣子は囁いた。

「ですが、この爆弾騒ぎの目的は脅しです。次は本当にやるぞ、とシヴァは宣言しているんです」

「遠野警部、それより問題は君の行動だ」横を向いたまま長谷川が吐き捨てた。「ここの指揮官は私で、君がしたのは明らかな越権行為だ。君に戸井田刑事への命令権はない」

警察において命令系統の固守は絶対だ。個人が勝手な判断で動けば、指揮を執ることは不可能になり、組織だった捜査活動ができなくなる。

「申し訳ありません」

麻衣子は頭を下げた。組織論として、長谷川の発言に誤りはない。

「島本警部、彼女は君の管理下にある。後で懲罰委員会に報告するが、そのつもりでいてくれ」

仕方ありませんな、と島本が肩をすくめた。曾根課長、と長谷川が左右に目をやった。特別捜査本部の隅にいた広報課長の曾根が、はい、と力のない声で答えた。

「すぐにマスコミが動くぞ。君の方で抑えてくれ。あくまでも訓練で押し通すんだ。絶対に外部への情報漏洩があってはならない」

すぐ手配しますと曾根が答え、捜査本部から出た時、デスクの中央にあった麻衣子のスマホが鳴った。メールだ。

「発信元は」

「前回と同じくスペイン、マドリード」通信班員が鋭く叫んだ。「犯人からと思われます」

通信班員が手元の機材を操作した。スクリーンにメッセージが映し出された。

『遠野警部
見つけたようだな。
今回の件は、御厨大善師の大いなる慈悲の表れである。
可能な限り、無関係な人民を巻き込むことは避けたいと考えている。
だが、次はない。
大善師の釈放を認めない限り、必ずや大きな悲劇が起きるだろう。
話し合いの余地はない。
12時間与える。
このメッセージが届いた時点から12時間以内に、
御厨大善師の釈放を決定し、発表すること。
君たちは無条件でこの勧告に応じなければならない。
神の光が共にあらんことを』

全員が時計を見つめた。午後十一時二十二分。残り時間は十一時間五十九分だった。

三章　殺害

1

「都内各位、至急連絡」長谷川がマイクに向かった。「特別訓練、一時中止。各班は現在位置をそのまま保持。別命あるまで待機」

厳しい声でそう言うと、スイッチを切った。当然の措置だ、と麻衣子は思った。

シヴァが鎌倉新宿ライナー内に放置した爆弾は脅しだったが、再びメールを送りつけ、御厨釈放を迫っている。

まだ犯人が逮捕されたわけではない。捜査体制は現状のままにしておかなければならなかった。

通信班員がヘッドセットを外して振り向いた。

「爆発物処理班、小野警部より入電。ビデオ通話です」

つないでくれ、と長谷川がマイクに手をかけた。正面の大スクリーンに、小野警部の角張った顔が映し出された。

『小野です』四角い顔に似合わない美声だった。『爆発物、回収作業終了。負傷者なし』

カメラが横に動いた。警視庁警備部特科車両隊に配備されている爆発物処理車がアップになる。後ろに大崎駅操車場のレールが何本も映し出されていた。

爆発物処理車は現代ハイテク技術を結集して造られたワンボックスカーで、電車車両内で発見された爆発物をこの車に回収するのは既定方針だった。

車体内部には厚さ約一メートルのコンクリート内壁が設けられており、ダイナマイト数十本規模の爆発が起きたとしても、その衝撃に耐えられるように設計されている。

爆発物回収後は車体後部からの遠隔操作も可能で、爆発物処理班担当者の安全も確保されている。長谷川に代わって白岩が前に出た。

「小野警部、爆発物について確認したい。間違いなく本物か？」

『本物です。ただし、コードの接続がありませんので、爆発はしません』

「形状、特徴、その他について詳しく報告しろ」

『桜田門交差点のプラスティック爆弾は自分も見ています。形状、材質等はまったく同じ仕様かと思われます。タイマーの時計を動かす電池が入っていませんでしたが』小野の説明が続いた。『今回、タイマーは生きています。ですが、内部配線を故意に断線させているため起爆はしません。犯人に爆発させる意思はなかったようです』

小野の顔が消え、カメラが爆発物処理車内部に切り替わった。スクリーン上でシヴァの放置した爆弾が大写しになった。タイマーのデジタル表示は00：00でカウントが止まっていた。

機械の内部から何本もの電線が垂れ下がっていたが、よく見ると先端はすべてきれいに切断されていた。

『その他の部品、爆薬そのものはすべて生きています。配線が接続されていた場合……』

小野の言葉が途切れた。鎌倉新宿ライナー内で爆発が起こり、車両が脱線、転覆しただろう。

「その他に何かあるか？」

『プラスティック爆弾の内部をX線で調べています。やはり携帯電話が内蔵されているようです。外部信号による起爆も、構造上可能ということでしょう。それ以上は本部に戻り詳しく調べてみないと、今の段階では何とも……』

「安全を確保した上で本部に戻れ」

「犯人は……本気なのか」

神尾がつぶやいた。どういう意味ですか、と長谷川が問い返した。

「本部長、私には犯人に爆破の意図がないと思える。目的が教祖の釈放というのはその通りだろう。だが、すべては脅しとしか思えない。いくらカルト教団とはいえ、電車を爆破すれば世間からの非難は必至だ。そのリスクを冒す意味があるか？　桜田門も、今回の電車についても、構造上爆発しない爆弾を放置したのがその証拠だ」

「確かに、可能性はありますが……」

二人が小声で相談を始めた。どう思いますか、と島本が隣にいた麻衣子に囁いた。

「脅しではないと思います」

「理由は？」

爆弾の形態です、と麻衣子が答えた。

「桜田門の時は電池を入れず、今回の電車では配線を未接続にしてます。一連の爆弾事件から導き出される可能性は二つしかありません。副総監の言うようにあくまでも脅迫の意図を示すためか、いつでも完全な爆弾を作ることができるという意思表示です」

「あなたは後者だと考えている。その理由は？」

「わたしはプロの交渉人として、メールという形で犯人との接触を続けてきました。犯人の意図はわかっているつもりです。既にシヴァは交番を爆破しています。犠牲者が出ても構わないという考えが根底にあるのでしょう。次は本当に爆破を決行するはずです」

確かに、とつぶやいた島本の唇が閉じた。長谷川がマイクに向かって命令を発していた。

「爆発物処理班は回収した爆弾の分析を急ぎ報告のこと。通信本部、送られてきたメールについて、発信元を至急調べるように。交渉室は――」一旦言葉を切ってから、長谷川が再び口を開いた。「交渉室は引き続き犯人との交渉を続けること。新たに十二時間という時間が指定されたが、加えて十二時間以上の回答延長を認めさせろ。絶対にだ」

マイクを手から離した長谷川が、今後の捜査方針を検討する、と権藤を差し招いた。

待機していた捜査官たちが集まってきた。

2

特別捜査本部が交替要員も含めて新たに動員した一万人の警察官の再編成を終えたのは、翌日曜日午前四時だった。

犯人が選ぶ次のターゲットについて、考えられる場所は無限といってもよかった。建物と限定されているならともかく、朝になれば再び電車は走りだす。

加えて、長谷川をはじめとする特別捜査本部の指揮官たちが最も恐れを抱いていたのは空港、そして飛行機だった。

当初からその可能性は想定の中にあったが、犯人が予告していた午後十一時過ぎという時間帯に羽田、成田から発着する便はなかった。船舶もほぼ同じだ。その意味で空港関係の動員は少なくてよかったが、今後は状況が違ってくる。

シヴァが新たに予告してきた十二時間後、つまり日曜日の午前十一時二十分過ぎともなれば、国内線、国際線、共に便数は多い。

搭乗前保安検査で、手荷物や乗客が身につけた爆弾を発見できる可能性は高いが、待合ロビーや空港内商業施設は自由に出入りできる。

長谷川は五千人の警察官を羽田及び成田空港に手配し、残った者たちを鉄道関係と高速道路の警戒に振り当てた。

最も危険と考えられる羽田空港における警察官の密度は、計算上利用客の三十人に一人が警察関係者となるほどだったが、それでも万全ではない。

夜が更けるにつれ、教団関係者への取り調べも遅々として進まなくなっていた。ただ時間だけが流れていく。疲労と焦りが濃度を高めていき、特別捜査本部の誰もが内心の苛立ちを隠せなくなっていた。

その間、科学捜査研究所から二度報告が入っていた。ひとつは爆薬そのものについてであり、いずれのプラスティック爆弾もロシア陸軍が正式に採用していたが、実験の結果その威力が証明されていた。殺傷力は高く、量にもよるが建造物破壊も決して困難ではない、というのが科捜研の結論だった。

部品については中国、日本、アメリカなどで市販されている日用品を利用したもので、すべてが大量生産品と判明していた。犯人捜索には、膨大な人員と時間が必要になるだろう。

もうひとつは爆弾そのものの構造に関してであり、鎌倉新宿ライナー内で発見された爆弾を解析した結果が出ていた。桜田門交差点に放置されていた爆弾と同じく、内蔵されている携帯電話が信号を受信した場合も爆発する仕組みになっていた。時間設定だけではなく、遠隔操作によって強制的な起爆も可能、と科捜研は報告した。

つまり、犯人は爆発を自らの意思で操作できる。具体的に言えば、電話をかけるだけでいい。十年前、合同相対教が地下鉄爆破テロ事件で使用したものと同じ構造だった。

いずれも、特別捜査本部にとって最悪の知らせだった。犯人逮捕に際し、所持している携帯電話を使用させてはならないことを意味していたが、ただひとつの方法を除いてそれは不可能だろう。

「犯人を発見した場合……射殺命令を出しますか？」

確認した権藤に、それは危険だ、と長谷川が首を振った。単独犯であれば、最悪の選択としてそれもあり得るが、複数犯という可能性も十分に残っている。

その場合、起爆装置を押すことについて、共犯者は躊躇しないだろう。夜明けが近づいていた。

3

麻衣子と島本は深夜二時の段階から、一時間ごとに警視庁ホームページの更新を続けていた。既に五時間近くが経過している。

シヴァに対して、最初の通信があった時点から、二十通り以上のメッセージを送っていた。状況の確認、警視庁との交渉の進捗状況。

繰り返しになっても構わない、というのが島本の方針であり、麻衣子もそれは正しいと思っていた。重要なのは、犯人との交渉の扉を閉ざさないことだ。

ただし、同じ話を繰り返すわけにもいかない。御厨釈放に向けて、事態が進展しないとシヴァが考えれば、感情的になって目標物を爆破することもあり得る。

一字一句に細心の注意を払わなければならず、精神的な意味で疲弊する作業だった。膠着した局面を打破するため、二人は全力を尽くしていたが、シヴァから返信はなかった。

本来、交渉人は言葉で犯人の説得に当たる。日本のみならず諸外国の例でも、交渉においては例外なく電話が使用される。

犯人の喋(しゃべ)り方、声質、調子、抑揚、すべてが判断材料になる。相手の声から怒りを感じればなだめ、弱気になっているとわかれば言葉を尽くして説得する。会話がなければ交渉は成立しない。

しかし、メールによる要求に、感情が介在する余地はない。そこから、シヴァの内面を推し量るのは困難だった。

それでも、二人はあらゆる表現方法を用いて呼びかけ続けた。どれだけメッセージを送っても答えはなく、徒労感の伴う作業であり、状況は絶望的ですらあったが、わずかに希望が残されていたのは、シヴァが自分たちのメッセージを確認している事実だった。

科捜研の技術者が作製したＳＩＴのリンクは、パスワードを入力しなければ閲覧できない設定になっている。〝ｓｉｖａ〟というパスワードは、犯人以外わかるはずがない。事件発生後にリンクを貼ってから、二度、外部からのログインが確認されていた。

侵入者の現在位置は特定できなかったが、二度とも都内からのアクセスであると明らかになっていた。シヴァは警察の反応を確認している。

「これで……どうでしょうか？」

麻衣子がパソコンに打ち込んだ文字をプリントアウトした。受け取った島本が文章に目を向けた。

『警視庁より、以下の回答を示す。
警視庁は超法規的措置を取る構えを持つ。
内閣各閣僚、関係各省庁の了解を取りつつ、作業を進めている。
基本的な考えは一致しており、超法規的措置について、問題はない。
ただし、世論、マスコミからは拒否反応が出ると予測される。
そのため、御厨教祖の受け入れ先についての考慮時間が必要と思われる。
これは政治的な手続き上の問題であり、12時間で解決がつくことはあり得ない。
今後48時間、最低でも24時間の回答延長を要求する。
相互の利益のため、警視庁と政府は譲歩を重ねており、最大限の努力をしている。
御厨教祖釈放のため、回答時間延長を認めた場合、
絶対的な安全を保障した上での釈放が可能になる。
なお、それに当たっては、以下の条件を提示する。

①すべての爆発物及び部品類を警視庁に引き渡すこと
②既に爆発物を仕掛けている場合、その場所と解除の方法を教えること
③今後、二度とこのような事態を招かないよう警視庁と協定を結ぶこと
以上3点の条件が遵守され、時間の延長を受け入れた場合、
　御厨教祖の釈放を約束する。
　早急な回答を要求する』

「最低でも二十四時間という条項は必要でしょうかね」文面を熟読した後、島本が顔を上げた。「このままでは、二十四時間までしか回答延長を犯人は認めないと思いますが」

「犯人は四十八時間の延長を認めないでしょう」麻衣子は答えた。「ここまで、犯人は最長十二時間の猶予しかわたしたちに与えていません。いきなり四倍というのでは、シヴァも納得しないでしょう。二十四時間というのが、心理的にも妥当な時間だと思われます」

「では、なぜわざわざ四十八時間という数字を入れる必要が？」

「ドア・イン・ザ・フェイス・テクニックです。まず過大な要求を突きつけ、その後対応可能な要求をすれば、心理的に受け入れやすくなることが実証されています」

　ドア・イン・ザ・フェイス・テクニックは初歩的な交渉術だが、最も効果的といわれる。例えば車のディーラーが、まず高価格の車を客に提示、とても買えないと断られて

から、本当に売るつもりだったそれより安い車を見せる。

人間の心理は、ストレートな金額を提示されるよりも、比較対象があった方がそれ以上に安く感じるものだ。今回麻衣子が用いたのはその応用だった。

島本がうなずいた。狙いは時間の延長にある。特別捜査本部に犯人捜索のための猶予を作るのが二人の目的で、麻衣子が作成した文章はその目的にかなっていた。

「長谷川本部長の了解を取りましょう」

キーボードに手を置いた麻衣子の前で、通信本部のアラームが鳴った。

「犯人よりメール受信。時間、午前七時ジャスト。転送します」

正面のスクリーンに短い文章が並んだ。麻衣子と島本だけではなく、長谷川も含めた特別捜査本部全員が立ち上がった。

『遠野警部

君の努力に感謝する。

明日10日、月曜日の午後1時までに、

御厨大善師釈放の具体的な回答を用意するという条件で、

30時間の回答延長に同意する。

シヴァ』

　麻衣子はそっとキーボードから手を離した。ようやくシヴァが回答延長の要求を認めた。今、作り終えたばかりのシヴァに対する文章は無意味なものになってしまったが、これは朗報だった。

　場所は、と長谷川が腕を組んだまま言った。港区、という返事があった。

「港区海岸一丁目付近。ただし、走行中の車両から送られたものと思われます。正確な位置特定、不能。現在Nシステム画像、確認中」

　期待していたわけではない、というように長谷川が肩をすくめるのが、麻衣子のいる交渉室からも見えた。Nシステムでの確認は困難だろう。犯人の乗っている車種が特定されているわけではない。

　特別捜査本部の扉が開いた。入ってきた捜査官が興奮を抑えきれないような表情で足早に近づき、権藤に耳打ちした。うなずいた権藤が長谷川に報告を伝えた。

「高橋隆也について、詳しい情報を持つ元信者が発見されたということです」

　すぐに、と長谷川が命じた。権藤が男と一緒に出ていった。

　捜査には流れがある。どれほど困難な状況が続いていても、流れが変われば事件そのものの様相も変わる。警察官なら誰もがそれを知っていた。

「これで、一歩シヴァに近づいた」

　それだけ言って、長谷川が腰を下ろした。

4

元合同相対教情報センター室長、今田勝昭が弁護士木下美也子と共に警視庁に現れたのは九月九日午前十時だった。

今田に関しての情報は、準備されていた教団の信者リストにも載っていた。三十七歳。本籍、現住所共に東京。

大学進学後、精神世界に興味を持つようになり、二、三の新興宗教団体に参加した後、同教団に入会した。それから四年間活動を続けたが、古参幹部と対立、脱会している。教団在籍時にはコンピューター情報の管理を担当していた。今田は地下鉄爆破テロ事件の前に脱会していたが、システム運営も彼の担当範囲内だったため、後に電波法違反などの容疑で警察の取り調べを受けていた。その後は実家に戻り、家業の花屋を手伝っているという。

今田の事情聴取は捜査一課の二名の刑事と麻衣子が担当し、木下弁護士が再び立ち会う形で行われることとなった。既に警視庁は高橋隆也について、他の元信者たちからも数多くの個人情報を得ていた。

父親が元商社マンで、旧ソビエト連邦赴任時に高橋が生まれたこと、従ってロシア語に堪能であること、父親が死亡したため、母親と共に日本へ帰国したことも判明していた。

その後高橋は教団幹部だった北川幹二の勧誘により教団に入信、教祖御厨に帰依した。御厨に対する傾倒ぶりは教団発足時からいる古参幹部、信者よりも強いものだった。実父のように慕い、敬虔な信仰の対象だったと元信者たちは証言した。父親を早くに亡くしているためか、御厨への依存の度合いは異常だったと証言する者もいた。

ただし、十年前の地下鉄爆破テロ事件に当たって、高橋が直接関与していたという記録は残っていない。事件が起きる一年前、高橋は教団から脱会していた。

もともと、御厨に対して絶対的なまでの信仰心を抱いていた高橋は、教団内に親しい友人を持たなかった。そのため、高橋の脱会について詳しい事情を知る者はいなかった。自発的な脱会と思っていた者もいれば、除籍処分を受けたと聞いたという者もいた。御厨に固執するあまり扱いづらくなっていた高橋を、幹部が排斥したという複数の証言もあった。また、理由は不明だが御厨自らが会を脱けるよう促したという説もあった。

いずれにしても高橋の脱会に関して、教団幹部が係わっていたのは事実だと警視庁は判断していた。当時、拡大路線を敷いていた教団は海外進出を計画、中国、ロシアなどに教団支部の設立を決めていたが、その前段階として現地に会社法人を立ち上げていた。

高橋はロシアに作られた中古車、家電製品などの輸入販売会社の設立に協力していた形跡があり、それには御厨もしくは教団幹部の意向があったと考えられた。

その後教団がテロ事件を起こし、解散するまで、高橋がロシアの会社で働いていたことは確かだが、それ以降の消息は不明だった。

テロ事件において教団が爆発物、武器類などを入手したのはロシアルートという事実が明らかになっていたが、いわゆるロシアンマフィア、軍関係者が関与していたため、詳細については未だに不明な部分が多い。

高橋について、爆発物及び武器類の密輸への関与を示す証拠はなかった。当時のテロ事件捜査本部は、どのような容疑においても高橋を容疑者として認定していない。

御厨逮捕から二年後、高橋は日本に帰国している。外務省の渡航記録によれば、帰国してから一カ月後、折り返すようにフランスへ渡っていた。

フランスで高橋が何をしていたか、また渡仏の目的が何だったのか、いずれも不明だ。フランス外国人部隊に参加、傭兵としてアフリカ戦線に加わっていたと証言する者もいたが、あくまでも推測の域を出ない。

その後約七年間、高橋に関する公的な記録は残っていない。入国管理局も高橋隆也帰国の記録は把握していなかった。

元教団信者で現在分派教団に籍を置く中山の証言通り、犯人が高橋だとすれば、偽造パスポートの類で入国した可能性が考えられたが、警視庁も、他のいかなる関係省庁も、高橋隆也がどこで何をしていたのか、現在どこにいるのか、まったくわからないというのが結論だった。そして、警視庁を訪れた今田勝昭が持っていたのは、その情報だった。

「木下弁護士から、あなたが元信者の高橋隆也を見たという情報供与がありました」

捜査一課の豊川警部が事情聴取を始めた。麻衣子も取調室に入っている。

「それは事実ですか？」

隣に座っていた木下美也子の顔に一瞬目を向けた今田が、無精髭を手の甲でこすった。

「そうです」

「いつのことでしょう？」

「正確な日付までは」今田が苦笑した。「二週間ぐらい前だったと思うけど」

「八月末ということですね。どこで見たのですか？」

「千駄ヶ谷のコンビニ」

「高橋とは親しかったんですか？」

「親しくはなかったけど。あいつは教団でも浮いてたしね。ただ、歳が近いからさ、会えば挨拶ぐらいはしてたよ」

「会ったときの状況を詳しく話して下さい」

「詳しくって言われても」助けを求めるように、今田が美也子を見た。「ちょっと話しただけだから」

「今田さんは、千駄ヶ谷で実家の花屋さんの手伝いをしています」美也子が説明した。「高橋を見かけたコンビニは、そこから数百メートル離れたところにあり、今田さん自身もよく行くお店だということです」

既に今田勝昭の住所は調べがついていた。店の名前を聞かれた今田が大手コンビニの名称を言った。取調室にいたもう一人の刑事が、外へ出ていった。

「あなたが気づいたんですか？　それとも、向こうの方から？」

豊川が事情聴取を再開した。俺からだよ、と今田が答えた。

「十年ぶりぐらいだと思うけど、すぐわかった。あんまり変わってなかったな」

「その時の高橋の服装は？」

「夏だしねえ……確か、Tシャツと短パン、サンダルみたいなのを履いて、そんな感じじゃなかったかな。あるでしょ？　ちょっと家を出てコンビニに何か買いに行くみたいな」

「軽装だったわけですね……あなたから声をかけた？」

「そう」

「高橋の名前は覚えてましたか」

「高橋っていうのはね」

「何と呼びかけましたか？」

「よおって。久しぶりだなあって」

「声をかけたのは店内？　それとも店の外？」

「店の中。なあ、そんな細かいこと聞いてどうするわけ？」

「ご協力下さい……店内の、どの辺りで？」

覚えてない、と不機嫌な表情で今田が答えた。

「レジ前とか、そんなとこじゃなかったかな」ああ、そうだ、と机を軽く叩いた。「俺が店に入ったのは、奴がレジで支払いを済ませた時だった。それで表に出ようとしてたんだ」

「そこで声をかけた……高橋はあなたを覚えてましたか？」

「どうだろう。顔はわかったみたいだけど」

「何を話しましたか？」

「さっき言ったじゃん。久しぶりだなあって。向こうは、そうだなって。別に仲が良かったわけでもないし、そんなに長くは話してない」

「長くなくても結構です。どんな話をしたのか、覚えていますか？」

「お前もこの近所に住んでるのかって聞いたな」

「何と答えましたか？」

「ああ、とか、うん、とかそんな感じ。よくわかんなかったね」

「仕事のこととかは？」

「俺が花屋やってることは言ったけど、向こうは何も言わなかった。昔から薄気味の悪い奴だったけど、それも変わってなかったな。痩せてて、目ばっかりでかくて」

「それから？」

「じゃあって言って、奴は店を出ていった。どっちに行ったのか……どうだろうな、覚えてないいや」

突然、今田が口をつぐんだ。どうしました、と尋ねた麻衣子に、あいつはまだ信者のつもりなのかな、と逆に今田が問い返した。

「どういう意味です？」

「いや、あいつがコンビニの袋に入れてたものがチラっと見えたんだけどさ、確かトマトジュースと、野菜サンドか何かだったと思うんだよね。ほら、合同相対教って、基本的に肉は食っちゃいけないことになってたからさ、そういうことなのかなって」

その後もしばらく事情聴取は続けられたが、それ以上の情報は得られなかった。だが、これらが有力な情報であることは間違いなかった。

報告を受けた長谷川は、すぐに特別捜査本部の捜査官を問題のコンビニエンスストアへと向かわせた。

5

約二週間前、千駄ヶ谷で高橋隆也と偶然遇（あ）ったという今田勝昭の証言が正しいとすれば、その際の会話、また服装などから、高橋は千駄ヶ谷近辺に住んでいたと推測できた。長谷川が多数の捜査官を千駄ヶ谷周辺へ送り込むと、その推測が正しいと実証するように、特別捜査本部へ続々と高橋隆也に関する情報が集まってきた。

今田が言っていたコンビニの防犯カメラに映っていた高橋本人の映像はもちろんだが、

近所の書店、JR千駄ケ谷、代々木及び原宿駅構内の防犯カメラ、銀行、金融業者、ガソリンスタンドその他至るところから高橋の痕跡が発見された。

区域が限定されたことで、捜査官の集中投入が可能になった。渋谷区及び隣接区域で長谷川は近隣住人、周辺の会社、事務所などへローラー作戦を実施した。

このような場合の常套手段だが、収穫は大きかった。聞き込みの結果、高橋は千駄ヶ谷近辺に住んでいたか、もしくは何らかの拠点を持っていると判断された。

長谷川は渋谷区の担当捜査官に、高橋の住居を捜すよう命じた。そこに必ず証拠が残っている、と全捜査官は確信していた。

高橋がまだそこに潜伏している可能性も十分にある。あるいは爆弾を設置した場所を示す手掛かりが残っているかもしれない。

犯罪の性格上、爆弾犯は計画性が高い。加えて、爆弾製造に当たっては臭い、音など、目立つ作業工程がある。それもまた捜査官たちが高橋の行方を追跡するに当たって有力な手掛かりといえた。

日曜日の午後一時、長谷川は渋谷区周辺に更なる増員を決定した。待つ以外、できることはなかった。残された時間はちょうど二十四時間だった。

肩を軽く叩かれて、麻衣子は顔を上げた。耳元で急にざわめきが高くなった。

6

特別捜査本部の片隅に設けられた交渉室で、居眠りしていたことに気づいた。すみません、と立ち上がろうとしたが、紙コップのコーヒーをデスクに置いた島本が椅子に腰を下ろした。

無理はいけません、と島本が自分専用のカップにミルクを注いだ。

「他班と違って、ここには二人しかいませんから」

シヴァとのやり取りは、麻衣子と島本の二人だけが担当している。多くは長谷川との確執によるものだが、そうでなくても二人以外に割ける人員がいないのは事実だった。

麻衣子は犯人と接触した唯一の捜査官であり、島本以外の特殊捜査班員は特別捜査本部内で長谷川の指揮下に入っている。

交渉においては、人数が多くても意味がない。二人で作業に当たり、定期的にメッセージを更新し、シヴァに最新情報を伝えてきた。

交渉人は嘘をついてはならない、とされている。嘘をついて犯人を欺くのは簡単だが、交渉が長期化した場合、次々に嘘をつき続けなければならなくなるからだ。

神経過敏になっている犯人は、すぐに交渉人の欺瞞に気づく。信頼関係がなくなればどうなるか、考えるまでもない。

現場捜査官からは、口先だけの交渉人と揶揄（やゆ）されることもあったが、口先だけだからこそ絶対に死守しなければならない一線がある。嘘をつかない、というルールがそれだった。

ただ、この事件では、当初から特別捜査本部は犯人に対して虚偽の情報を与え続けてきた。脅迫による未決囚の釈放などあってはならないというのが警視庁、警察庁、政府に共通する見解だ。

神尾及び長谷川の指示により、初動段階で、〝御厨釈放の可能性はある〟と伝えてしまった。そのために、二人は嘘をつき通すことを余儀なくされていた。

状況は刻一刻と変化していく。それに応じたメッセージを送り続けなければならない。だが、論理的に矛盾した文章であれば、シヴァはすぐに見抜くだろう。

シヴァが裏切りを許すはずもない。その気になれば、片手を動かすだけで都内に大爆発を起こすことも可能だ。指一本で、というのは決して比喩（ひゆ）ではない。

そのため、シヴァへの文面作成には神経を遣わなければならなかった。たったひと文字、ひと言だけで、あるいはその解釈だけで、シヴァは目標物を爆破するかもしれない。精神的に疲弊し、消耗するのはやむを得ない。

「長谷川部長がどう思っていようと、最前線にいるのは私たちです。倒れるわけにはいきません。休める時には休むのも、重要な仕事だと思いますね」

島本が言った。日曜日、午後五時を回った段階で、シヴァから交渉人に対する回答はなかった。朝七時の段階で、回答延長を認める連絡が入っただけだ。

だが、シヴァが二人の送り続けているメッセージを確認しているのは間違いなかった。七時以降も、通信本部がアクセスを数回確認している。回答延長承諾メールについても、二人のそれまでの呼びかけに対する答えと考えられた。

シヴァとの通信は、メールという目に見えない形でのみ存続していた。その線を断ち切れば、今でさえも制御不可能なシヴァをコントロールする術はなくなる。どんなに細い線であっても、つないでおかなければならない。

「島本さんこそ、少し休まれた方がいいのでは？」

「休んでますよ。見えないところでね」島本が苦笑を浮かべた。「さて、そろそろメッセージを更新する時間です」

はい、と麻衣子はうなずいた。既に文章は用意してある。長谷川の許可も得ていた。状況に変化はない。新たに記載すべき内容もなかったが、更新しなければシヴァの注意を留めることはできない。ただし、シヴァがそれに対して反応を示すかどうかは不明だ。

ここまでの流れから言えば、望みは薄いが、それでも続けなければならなかった。交渉する側が諦めたら、その段階ですべてが終わってしまう。

「メール、着信！」

悲鳴のような叫びが特別捜査本部内に響き渡った。通信本部が機材を操作している。すぐにスクリーンが切り替わった。麻衣子のスマホにシヴァからのメールが入っていた。

「文面を」

立ち上がった長谷川が怒鳴った。再びスクリーンが切り替わり、画面がスクロールされていく。記されていたのは、一行だけのメッセージだった。

『あと20時間』

「これだけか？」

長谷川が壁のデジタル時計に目をやった。午後五時五分を回ったところだ。それだけです、と返事があった。

「逆探は？」

控えていた権藤がインターホンのボタンを押した。確認中、という短い答えの後、しばらく沈黙が続き、イギリスです、という声が聞こえた。

「イギリス？」

権藤が首を傾けた。今まで、外国を経由したメールはスペインから送られていた。

「発信元を悟られないように海外サーバーを利用しているだけで、国自体に関連あるかどうかは不明です」

メッセージの更新を、と島本が指示した。麻衣子はマウスをクリックした。

7

『捜査一課小松です。神宮前三丁目、集合アパート〝メゾン・コトブキ〟を連続爆破事件犯人高橋隆也の住居と断定。応援の要請願います』

日曜日午後七時五十分、スピーカーから特別捜査本部に男の声が流れた。住居を確認していた通信班員が手配の連絡を始めている。本人の確保は、と長谷川がスピーカーに向かって言った。

住居がどこにあるかは、時間があれば必ず突き止められる。問題は高橋本人がどこにいるのか、その確保が可能かどうかだ。

『本人は不在』スピーカーを通して声が響いた。『ワンルームのアパートです。隠れる場所もありません』

「何か出たか？」

しばらく間があった。長谷川が苛立たしげな表情を浮かべている。

『あります』重い声がした。『クローゼットに白いマント状の服を発見。信者が儀式などで着用するものでしょう。また、机の前の壁に、教団が無料で配布している御厨の写真が貼ってあります』

「他には？」

『ほとんど捜す場所がないので』狼狽したような声が返ってきた。『家財道具もろくにないですし、衣類、靴その他、身の回りの品についても遺留品はありません』

ちょっと待って下さい、と声にノイズが混じった。

『天井裏にも何もないようです。今一人入りましたが、何も出てきません』

現場と映像がつながりました、と通信班員が言った。映せ、と長谷川が命じた。

装備課担当者によって、撮影用のカメラが設置されている。その映像が特別捜査本部に届いていた。切り替えられた正面スクリーンとパソコン画面に、部屋の様子が映し出された。

「机の中は？」

『すべて空です。犯人はこの部屋を出る際、念入りに清掃を行ったようですね。証拠を残したくなかったのでしょう』

違いますね、とやり取りを聞きながら麻衣子は囁いた。

「違う？」

問い返した島本に、証拠とは関係ないはずです、と麻衣子は言った。

「それなら、教団の白装束や教祖の写真を残しておくはずがありません」

うなずいた島本が顎を撫でた。高橋は麻衣子の前に姿を現している。写真はともかく、顔や身体的特徴を麻衣子が記憶していることは認識しているはずだ。

いずれかの段階で、住んでいた部屋を警察が捜し当てることも、高橋は予測していたのではないか。

「からかっているんです」

つぶやいた麻衣子の色白の頬がうっすらと紅潮した。シヴァは警察を愚弄している。無能さを露呈させようとする悪意が感じられた。明らかに挑発だ。

部屋を発見したところで、状況は何も変わらない。爆弾、そして高橋本人を見つけなければ、状況を支配するのはシヴァの側だ、という意志が白装束と教祖の写真に籠められていた。

他に何かないのか、と長谷川が最後に確認した。長谷川にも、そして特別捜査本部に詰めていた捜査官全員にも、麻衣子と同じ想いがあった。

いいえ、と声がした。どうにもならない、と長谷川が目をつぶった。

「警視正、どうするつもりだ」黙って現場とのやり取りに耳を傾けていた神尾副総監が椅子から身を起こした。「君は犯人のアジトが判明すれば、必ず何らかの証拠が見つかると言っていた。だが、何も発見されていないも同然だ」

「わかっています」

「このままでは、予告通り爆破が起きるかもしれない」

まだ約十七時間あります、と長谷川が時計に目をやった。

「それまでに必ず逮捕します」

「どうやってだ？」神尾がデスクを強く叩いた。「犯人は警察によってアジトが発見されることを予想していた節さえある。我々を馬鹿にしているんだぞ」

長谷川は何も答えなかった。その顔色が紙のように白くなっていた。

「緊急に会議を招集する。今のままではどうにもならない」

「副総監、それは……」

「現状では、犯人逮捕は困難だ。犯人が予告通り実行すれば、犠牲者が出る。それだけは避けなければならない」

本当に御厨を釈放するつもりですか、と詰め寄った権藤を長谷川が制したが、待って下さい、とそれを押しのけるようにして権藤が叫んだ。

「この時点で方針を変えれば、犯人の思う壺です。それに、テロリストの要求を断固拒否するのは、政府の大方針だったはずです！」

私は長谷川警視正と話している、と神尾が手を振った。警察において、階級差は絶対だ。捜査一課の警部に過ぎない権藤に、意見具申の自由はない。

「権藤警部、やめたまえ」

「副総監！」

叫んだ権藤から目を逸らした神尾が、長谷川に視線を向けた。

「とにかく、会議だ……そこでの結論には従うように。以上だ」

足音高く、神尾が特別捜査本部を後にした。

8

日曜日だったが、警視庁警視総監以下上層部、警察庁長官、国家公安委員長、並びに法務大臣など関係閣僚が緊急招集された。その会議において、結論が下されたのは二時間後だった。

警察庁、警視庁のトップから、閣僚に至るまで、犯人の要求に応じることはあり得ない、という大方針を変更するつもりはなかった。

だが、現実的な問題として、関係者の証言、写真などに基づく捜索は、既に二十六時間に及んでいる。にもかかわらず、犯人高橋隆也の行方は不明なままだった。高橋が拠点にしていたアパートこそ発見されていたが、行方を示す証拠は見つかっていない。

犯人が予告した次の爆破時刻は明日、月曜日の午後一時だった。今後も捜索は夜を徹して行われるが、時間の経過と共にますます困難が増していくことが予想された。最悪の場合、高橋を発見できないまま予告時刻を迎えてしまう可能性もある。

対応策として、無条件で御厨を釈放すると犯人に伝えてはどうか、と警視庁は提案した。これまで御厨釈放に関して最低限の条件を付帯させていたが、それをすべて撤回するという意味だ。

ただし、無条件釈放と簡単にいっても、さまざまな問題がある。最も犯人が重要視するのは、御厨の安全の保証だろう。ただ単に拘置所の外へ出せばいいとは、犯人も考えていないはずだ。

御厨を直接引き渡すためには、犯人が姿を現さなければならない。御厨釈放を餌に犯人をおびき出す、それが警視庁の案だった。

異論も出たが、最終的に総理大臣の意向を受け、警視庁案の採用が決定された。緊急性の演出のため、警視庁はサイトのトップページに、以下のメッセージを上げた。


『警視庁よりサイト緊急メンテナンスのお知らせ
ただいま、緊急メンテナンス中です。

メンテナンスに多少のお時間をいただければ、問題の早急な解決を目指し、鋭意努力していくつもりです。

お待たせして、大変申し訳ございません。

皆様のご要望につきましては、万全な形でお応え致します。

申し訳ございませんが、今しばらくお時間を下さいませ。

なお、緊急の場合は下記連絡先まで直接お電話いただければ、トラブル処理の手配が可能です』

警視庁のサイトはセキュリティに関して万全の体制が整えられている。ホームページ開設当初はともかく、ここ数年メンテナンスされた事歴はない。異例の事態であり、シヴァならその意味に気づくはずだった。

〝皆様〟というのがシヴァの、〝問題の早急な解決〟が爆破事件の、〝ご要望〟が御厨釈放の暗喩（あんゆ）であることはすぐに理解できるだろう。解決のための時間が欲しいという警視庁からのメッセージは伝わると考えられた。

もちろん、シヴァが警視庁の意図を完全に把握できるかどうかは誰にも断言できない。サイトのメンテナンスは、シヴァに対して緊急の提案があると伝えるための措置だ。

SITのメッセージボードはそのままにしてある。0から9までの数字、aからzまで二十六のアルファベットを含めれば、四桁とはいえその組み合わせは無数にあり、シヴァ以外の侵入は困難だ。警視庁はそこに具体的なメッセージを上げていた。

『警視庁見解

警視庁は、銀座二丁目交番爆破犯人の要求をすべて了解した。

元合同相対教代表、御厨徹を無条件で釈放する。

この決定には閣僚も係わっており、最終決定である。

ただし、御厨徹釈放に関して、外部に情報が漏れた場合、

御厨本人の安否についての保証ができないため、

直接の引渡しを要求する。
そのための具体的な方策について、提案があれば警視庁は無条件でそれに応じる。
提案があり次第、24時間以内に御厨釈放の実行を約束する』

この提案には二つの意味があった。ひとつは当初の計画通り、御厨引渡しと同時に犯人を逮捕することだが、望ましいのはそれ以前にシヴァを発見、逮捕することだった。月曜日の午後一時、というタイムリミットが犯人側から設けられていたが、この提案にシヴァが応じれば、その時点で更に二十四時間がプラスされる。最後の一分まで、シヴァの捜索は続けられるだろう。

何重にもわたる複雑なアクセス方法を取ったのは、直接的な形で御厨釈放の文章を表に出せないためだった。マスコミは警視庁サイトで更新があれば、それを常に確認している。

そして、それ以上に怖いのは、警察マニアと呼ばれる人種だった。彼らはサイトはもちろん、あらゆる情報をチェックしている。

午前零時ちょうど、警視総監名でサイトのメンテナンスが命じられた。シヴァが連絡してくるのを待つ以外、できることはなくなっていた。

多数の捜査官が真夜中にもかかわらず、高橋隆也と都内のどこかに仕掛けられている爆発物を捜索していたが、結果がどうなるのかは誰にもわからない。

刻々と時間だけが過ぎていく。彼らにできるのは、それぞれの時計を確かめることだけだった。

9

夜が明けた。

月曜日午前六時、特別捜査本部は捜査体制を再編成し、高橋隆也の捜索を再開していた。シヴァが予告していた爆破時刻の午後一時まで、あと七時間となっていた。

高橋が住んでいた神宮前三丁目や千駄ヶ谷周辺の聞き込みは夜半までに終わっていた。コンビニエンスストア、学校、病院、商店街、銀行、金融機関、鉄道関係、幹線道路のNシステムなどに備え付けられていた防犯カメラのデータはすべて回収され、映像の確認作業も済んでいる。

その結果、元信者の今田が高橋と会った約二週間前の八月二十五日以降、高橋がその周辺から姿を消していることが明らかになった。それから麻衣子の前に姿を現した九月八日まで、高橋を見た者はいない。カメラにも映っていなかった。

そこから導き出されたのは、高橋が他にもアジトを持っているのではないか、あるいは何らかの宿泊施設を利用しているのではないかという可能性だった。

ＪＲを中心に、私鉄も含め鉄道関係の防犯カメラが入念に確認された。高橋が八月二十五日の段階で東京を離れたとしても、九月八日には戻っていなければならない。

もちろん、車での移動も十分にあり得る。それについても特別捜査本部は対策を講じ、Nシステムの確認を続けていたが、高橋を撮影した画像は発見されなかった。

その前提条件の下、特別捜査本部は今田と偶然遇った後に神宮前三丁目のアパートを出た高橋が、東京都内に潜伏しているのではないか、と推測していた。

一日二日ならともかく、二週間あるいはそれ以上に潜伏期間が長引くことを考えれば、別のアジトを持っているはずだ。長谷川が特別捜査本部の総力を結集して捜索をかけたのは、そのアジトだった。

真夜中から明け方に至るまで、長谷川たちが無為に過ごしていたわけではない。都内の不動産会社、ホテル業者に照会をかけ、不審人物の割り出しを進めるべく準備を整えていた。

通常の場合、約八時間のうちにその手配を完了させることはできないが、約二万人という圧倒的な捜査官の数がそれを可能にしていた。

午前零時にサイトを停止してから、六時間が経過している。だが、シヴァはＳＩＴのメッセージボードにアクセスをかけてこなかった。

なぜ反応がないのかについては、特別捜査本部内にもいくつか意見があったが、アクセスがない以上、シヴァが予定通り月曜日の午後一時に爆弾を爆発させる可能性は残っていた。

それまでの間に犯人高橋隆也の潜伏先を確認し、逮捕すること。更に爆弾を仕掛けている場合には、その場所を割り出し、発見と解除に当たること。それが彼ら捜査官に課せられた命令だった。

もちろん限界はある。たとえ警視庁の全警察官約四万二千人をすべて動員したとしても、高橋を発見できる保証はない。極端に言えば、下水溝など人目につかないところに身を隠しているとすれば、発見は困難だろう。

長谷川が捜索リストに挙げていたのは通常の賃貸アパート、マンション、ウィークリーマンション、ホテルなどの宿泊施設だけではない。既に夜の内からサウナ、ネットカフェ、終夜営業の喫茶店、ファミリーレストランなどへの立ち入り調査が始まっていた。だが、すべてを網羅しているとはいえない。膨大な数の捜査官を擁してなお、都内すべての要捜索区域を確認するには、残された時間が少なすぎた。

その他、別動隊五千人が二十三区全域から取り寄せたカメラの映像をチェックしていた。高橋の変装も考慮に入れ、防犯カメラ追跡システムも発動しているが発見には至らなかった。

午前十時の段階で各部署からの報告が特別捜査本部に上げられたが、犯人逮捕に結びつく有力な情報はなかった。時間だけが凄まじい勢いで流れていた。

10

（あと半月か）

柏木良幸はゆっくりとハンドルを回しながら考えた。先週、五十七歳の誕生日を迎えた。会社の定年は五十五歳だったが、自動延長する形で二年の契約を結んだ。

だが、それも終わる。あと半月で、バス運転手を辞めなければならない。それが大角観光の規定だった。

給料が四割カットでいいなら事務職として残っても構わない、と人事部長から伝えられたが、それは断った。運転手としてでなければ、会社にいる意味はない。

柏木は自分の仕事に誇りを持っていた。定年は誰にでも来る。やむを得ない。

三十九年前、高校を卒業して運送会社に入った。その後大型二種免許を取得した。トラックではなく、バスを運転したかった。それは子供の頃からの夢だった。

勤めていた運送会社が倒産したこともあり、今の会社に移った。今ではバスが自分の体の一部になったような気がしていた。考え事をしながらでも、体が勝手に動く。次は銀座五丁目、と音声アナウンスが流れた。

五十五歳になった時、それまでの路線バスから、大角観光が運行している二階建てのバス〝シルバースター〟の運転手にならないかと誘われ、一も二もなく飛びついた。

〝シルバースター〟はロンドンの有名な観光バスをモデルにして、一時間に一本の割合で銀座を中心に都内を走る巡回バスだ。運転手として最後の花道を飾るにふさわしい仕事に思えた。

〝シルバースター〟は主にランドマーク、観光名所を回っていく。観光で訪れた人たちが使うことが多いが、はとバスと違って一般客も利用できる。停留所もある。観光バスと路線バスの中間的な存在だ。

クラシックな様式に則り、赤く塗られた車体が郷愁を誘うと評判で、老若男女を問わず人気があった。一緒に写真を撮りたいという客も多く、その要望に応じるのも柏木の重要な仕事だった。

いい人生だった、と思う。子供の頃からの夢をかなえられた人間がどれだけいるだろう。その意味で、自分ほど幸せな男はいないのではないか。

市営バスを振り出しに、さまざまなバスの運転をしてきた。親会社の鉄道会社が深夜バスを始めた時も、成田空港までのリムジンバスの運行を開始した時も、その運転手に選ばれた。

運転技術に対する評価は高く、無事故、無違反で三度表彰されている。それは柏木の誇りだった。今まで車体に傷ひとつつけたこともない。

改めて幸せを感じた。決められたコースを決められた時間内に回る。それが自分に合っている。

運転手という仕事を辞めた後にすることも決めていた。今度は乗客としてバスに乗る。大角観光だけではなく、都内すべての路線バスに乗り、妻と共に客席から流れていく外の風景を楽しむつもりだった。

『次、停まります』

ゆっくりとブレーキを踏んだ。銀座五丁目の停留所。降りた客は二人、乗ってきたのは五人だった。料金先払いで、どこまで乗っても三百円均一。

客が交通系ＩＣカードをタッチするのを確かめた。老夫婦、中年の女が二人。買い物客だろう。そして最後に一人、背の高い男。

全員が乗ったのを確かめてから、軽くクラクションを鳴らした。ウインカー。思う通りに体が動いた。

確認事項は他にもあった。料金。車両の整備。時間、混雑、道路状況。今、何人の客が乗っているのか。

〝シルバースター〟は二階建てのため、二階にもカメラが設置され、モニターで様子がわかるようになっていた。

今、二階には十四人の客がいる。一階は六人。多くの客は二階へ上がる。眺めがいいからで、バスの売りもそれだった。

ただ、近距離利用の一般客や老人などは、一階に席を取る場合もある。今乗ってきた客もそうだった。老夫婦は一階に、三人の男女は二階へと上がっていった。

ブザーが鳴った。モニターに目をやると、二階の客が押したのがわかった。

『次、停まります』

アクセルを踏む足がわずかに浮いた。違和感。

(変な客だ)

前の停留所で乗ってきた若い男。降りるのはいいが、銀座五丁目と四丁目のバス停の間は二百メートルもない。混雑具合にもよるが、平日のこの時間帯なら歩いた方が早い。歩くのが辛い年寄りならともかく、男は若く、頑健そうな体つきだった。

(忘れ物でも思い出したのか)

考えるより先に習慣で体が動いた。ブレーキ、減速。クラッチを切り、ギアを一段下げた。ウインカーを出す。バス停に年配の男と、若い女が立っているのが見えた。

バックミラーで確認すると、例の男が下まで降りてきたのがわかった。長身、短髪。色の入った眼鏡。グレーのスーツにはやや不釣り合いだが、不審なところはない。

バスを停め、ドアを開く。男が降りていき、入れ替わるようにして二人の客が乗り込んだ。いつものように確認して、出発します、とアナウンスをした。

その時、突然胸が苦しくなった。猛烈な不快感。胃が痛いわけでもない。急な腹痛でもない。それが不安から来るものだとすぐに悟った。

理由はない。ただ真っ暗な闇が体の中に広がっていくようだった。こんなことは初めてだ。それでもしばらく走るうちに指が自動的に動いていた。スイッチを押す。

『次は、銀座三丁目』

アナウンスが流れた。目が霞んだ。しっかりしろ、柏木。唇を強く噛んだ。

三十五年、バスを走らせてきた。こんなところで事故を起こすわけにはいかない。

そのまま百メートルほど走った。次のバス停が見えてくる。その時、不安の正体に気づいた。

男。

バスに乗り込んできた時、手に紙袋を持っていた。降りる時は手ぶらだった。忘れ物か。違う。絶対に違う。

「停止します」

ハザードをつけて、ブレーキに足を乗せた。ゆっくり踏んだつもりだったが、タイヤが激しい音をたてて車体が停まった。

路肩に寄せるべきだとわかっていたが、それより先にシートベルトを外していた。

「どうしたのよ」

不満そうな中年女の声が聞こえたが、構わず運転席を出た。通路を大股で進み、中央にある階段を駆け上がった。

二階にいた十数人の乗客が、柏木を見つめていた。何が起きているのか、という視線。

すいません、と何度も繰り返した。額から汗が垂れた。馬鹿じゃないのか、柏木。今まで、こんな行動をしたことはない。

首を強く振った。確認するだけだ。

男が座っていた席はわかっていた。中央、左側。目をやった。近づくと、足元にデパートの紙袋があった。

派手なピンクのチェック柄。持ち手と袋の口の中央部分がガムテープで封じられていた。

「これは」声がかすれた。「お客様のでしょうか？」

一番近くの席にいた中年の男に尋ねた。いや、という返事を聞く前に声を張り上げた。

「どなたか、このお荷物をこちらの席に置かれた方はいらっしゃいますか？」

誰も答えなかった。紙袋に目をやると、口の部分に隙間があった。

中を覗くと、時計が見えた。文字盤。そこから下に向かって赤と青、黒のコードが延びていた。

「降りて下さい」

つぶやきが漏れた。本当にそうなのか。勘違いだとしたら、どれだけ仲間たちから笑われることか。

構わない。長い経験から、自分が正しいと直感していた。それに、と思った。どうせ半月後には辞めるのだ。

「降りて下さい！　早く！　急いで！」

自分でも驚くほどの大声が出た。何があったんだ、と学生風の二人連れが席を立って近づいてきた。早く降りなさい、とその体を押しやった。

「運転手さん、いったい……」

立ち上がった中年男の前に立ち塞がり、降りるように手で指示する。困るよ、と男が不機嫌そうに口元を歪めた。それが限界だった。

「爆弾だ！　爆弾！」

口を大きく開いた学生が、喚きながら階段を飛び降りた。我先にと乗客たちが後に続く。最後に一人、老人が一段ずつ確かめるようにステップを降りていった。

通路を往復して、早く降りろ、と喚いた。誰も残っていないことを確かめてから自分も下に降りた。最後の段を飛ばした時、足首をひねったが、痛みは感じなかった。

「どうしたっていうんだ？」

問いかけてきたスーツ姿の男に、いいから降りて、と怒鳴った。肩をすくめた男がドアに向かった。

「降りたら離れて！　みんなバスから離れて！」

叫びながら一階の通路を前部座席まで走った。誰も残っていないか。指差し確認。急げ。

本当に爆弾なのか。いや、もう考えるな。その時はその時だ。

座席。誰もいない。子供が隠れてはいないか。大丈夫だ。後ろはどうか。後方の座席。

胸ポケットからスマホを取り出した。非常用の番号を押すと、すぐに担当者が出た。

早口で状況を説明すると、落ち着いて、という声がした。わかってる、と言い返した。自分も逃げなければ。ドアから表を見た。街を歩く人たちが不思議そうに見ている。

「下がって！　下がって！　離れて下さい！　ガソリンが漏れてる！」

爆弾というよりその方が通じる、と一瞬の判断で思った。人波が引いていく。離れてくれ、頼む。ドアから出ようとして最後に振り返った時、足が止まった。一番後ろの座席から、老婆が見ていた。自分の指示を聞いてなかったのか。走り寄った。松葉杖。

乗ってきた時もそうだった。ステップを上がるのに、他の客の腕を借りていた。空いた席が後ろにしかなくて、そこに落ち着くまでしばらく待たなければならなかった。おばあちゃん、と呼びかけたが、虚ろな目がさまようだけだ。腕の時計に目をやった。午後零時三十五分。

老婆の腕を摑み、背中に担いで通路を走った。ドアから出ようとした時、かすかな金属音が聞こえた。

轟音。

閃光が周囲を覆った。柏木はバスの外にほうり出された。

11

『銀座三丁目でバスが爆発、炎上。原因不明』

スピーカーから殺気立った声がした。正確に状況を報告のこと、と長谷川が腕を組んだまま命じている。麻衣子は交渉室を出て、辺りを見回した。

『銀座周辺を走行中の観光バス〝シルバースター〟が緊急停止。その後午後零時三十五分、爆発、炎上。詳細不明。現在乗客その他を確認中』

「運転者は？」

『乗客一名と共に負傷、現在意識不明。頭部を強く打った模様。外傷は軽度の火傷、その他の怪我の状態は不明。救急車要請中』

上ずった声が続いた。落ち着け、と長谷川が言った。

「爆発の原因は？」

『不明。現在乗客その他に事情聴取を始めています。運転者が爆弾と叫んでいたと証言する者もおりますが、通行者の中にはガソリン漏れと聞いたという者もいます。情報が錯綜（さくそう）しており、現在のところ何もわかりません。至急応援の要請を』

「消防は？」

『応援を至急願います』

落ち着け、と繰り返した長谷川が、消防は、ともう一度尋ねた。冷静さを取り戻したのか、向かっています、とスピーカーから声が流れた。

『消防、レスキュー、所轄警察署も現場に向かっていますが、到着時刻は不明。至急応援を願います』

わかった、と長谷川がうなずいた。権藤が送話口を手で覆いながら指示を出している。

「被害状況を即時まとめろ」長谷川が言った。「運転者、乗客はもちろん、通行人、建物、その他すべてだ。現場保全を厳重に。すぐに応援を出す」

了解、という悲鳴に似た声が権藤の口から漏れた。長谷川が別の電話に向かった。

「港区、千代田区、中央区の全捜査官に連絡。大至急銀座三丁目に集結せよ。銀座で爆発事故発生。高橋隆也による犯行と思われる。高橋が現場周辺にいる可能性もある。主要道路、鉄道、その他すべての交通手段に関して検問を張れ。以上」

通話を終えた長谷川に、いったいどういうことだ、と神尾が問いかけた。

「本当に高橋が爆破したのか？　奴の予告していた時間まで、まだ三十分近くあるぞ」

神尾が指摘したように、シヴァは午後一時までの回答延長要求を認めていた。信頼していたわけではないが、ここまでシヴァは自分が定めた時刻を忠実に守ってきた。

鎌倉新宿ライナー爆弾放置事件もそうだ。その後、警視庁は無条件で御厨釈放を認めるメッセージを出していたが、現段階でシヴァからのアクセスは確認されていない。逆に言えば、午後一時というタイムリミットは生きていたはずだ。

だが、現実には午後零時三十五分にバスが爆発した。シヴァの犯行なのか、という神尾の疑問もおかしくはない。麻衣子も同じだった。

「しかし……それ以外、考えられません」

長谷川が言った。走行中のバスが突然爆発、炎上するような事故が起きた事例は過去にない。そして現在の状況下で、高橋隆也以外その犯人はあり得ない。「犯人は我々との交渉を望んでいる。御厨釈放が彼らの要求だ。そうだろう？　だがこれでは交渉決裂だ。こちらからの呼びかけに対し、高橋からの連絡もない。問答無用で、しかも約束を無視してバスを爆破するというのでは、御厨釈放など呑めるものではないことぐらい、奴にだってわかるだろう」

「だが、時間が」抵抗するように神尾が腕を大きく振った。

「犯人が時刻の設定を誤ったのか……あるいは爆発物の構造に何らかの問題があったのかもしれません」

可能性はあるが、とつぶやいた神尾の視線が宙をさまよった。目撃者を捜すように、と長谷川が指示した。電話に向かっていた捜査官たちがうなずき合った。

バスの乗客、通行人などはまだ現場に残っている。月曜の昼、人通りの多い銀座通りで爆発は起きたが、今のところ周辺建物、車両その他に人的な被害は出ていないと報告が入っていた。

「情報が錯綜しています。爆弾と運転者が言ったと証言しているのは二名のみ、それ以外は状況を把握しないまま、強制的にバスから降ろされたという認識のようです。逆にガソリン漏れだという叫び声を聞いた者は十名以上います」

爆破によってバス火災が起きた、というのが特別捜査本部にいたほとんどの捜査官の共通認識だったが、今のところ確実な証拠はなかった。鑑識、火災捜査官、消防などによる現場検証を経なければ、詳細はわからないというのが実情だった。

「犯人から連絡は」

長谷川が問いかけた時、それに答えるように携帯の着信音が鳴った。聞き覚えのある音に、麻衣子は振り向いた。メール。

『無条件釈放について、警視庁の申し出を受諾する。
24時間以内に、御厨大善師を成田空港へ移送のこと。
搭乗する飛行機、便名、行き先はその時点で指示する。
この指示に反するようなことがあれば、
更に大きな悲劇が東京を襲うだろう』

目をつぶった神尾が顔を伏せた。犯行声明だ。銀座のバス爆破は、やはりシヴァの犯行なのだ。

「公式サイトにログインあり」通信班員がヘッドセットを耳に当てたまま言った。「発信地、アメリカ、ニューヨーク。位置測定、不能」

「駆け引きをする時間はないということか」

しばらくの沈黙の後、神尾が吐き捨てた。ここまで二つの爆破事件が起き、数名の死傷者が出ている。

最初の交番爆破はともかく、たった今起きたバス爆破は明らかに不特定の一般市民を対象にしたものだった。

バスには二十名前後の客が乗っていた。爆発前に爆弾が発見され、被害は最小限に留まっていたが、次の爆破でもそうなるとは限らない。むしろ、シヴァのメールを読む限り、更に大規模な爆破を目論んでいるとしか考えられなかった。

十年前、東京を中心に数千人の被害者が出た合同相対教による地下鉄爆破テロ事件。特別捜査本部にいた捜査官の胸に言いようのない不安が忍び寄っていた。

「まだ時間はあります」長谷川が低い声で言った。「問題は高橋隆也の所在です。今も彼の行方を追って捜査が進められています。バスに爆弾を直接仕掛けたのなら、必ず現場付近にいるでしょう。そうであれば、明日までに逮捕することも可能です」

「確かに君たちは犯人に迫っているだろう。既に奴の住み処も発見した。だが、今この瞬間、高橋はどこにいるんだ？」

肩を震わせながら神尾が唸り声をあげた。答えられる者はいない。麻衣子も目を伏せるしかなかった。

12

ホテルの部屋に籠もったまま、高橋隆也は長身を折り曲げるようにして直接床に座り込んでいた。全身の震えが止まらない。

いったい何が起きたのか。なぜバスが爆発したのか。シヴァが桜田門に放置しておいた爆弾と同じように、電池を抜いていたのに。なぜだ。

〝シルバースター〟に爆弾を仕掛けるのは当初からの計画だったが、バスを降りたのは偶然だ。電車も、そして最後に予定している爆破についてもそうだが、バスを狙うのも計画の内に入っていた。

すべてが終わった後、警察は自分たちの意図に気づくだろう。だが、それまでは何が起きているのかわからないまま捜査を進めざるを得ない。

無能な警察に自らの愚かさを知らしめるために必要なのだというシヴァに、高橋も同意していた。御厨大善師もそれを望んでいたというから、なおさらだった。

バスに乗り、予定通り二階へ上がった。空いていた席の足元に爆弾の入った紙袋を置き、そのままビジネスホテル前の停留所まで乗っていくつもりだったが、座っていた乗客の一人と目が合った。刑事かもしれない、と反射的に思った。

銀座の街には巡回中の警察官が多数いるはずだ。表通りを徒歩で移動するのは避けたかったが、やむを得ないと判断し、バスを降りた。

ホテルまでは一キロほどの距離だ。変装もしている。問題はない。

月曜日、昼の銀座は多くの人でごった返していた。買い物客や観光客などの人波に紛れながら、顔を伏せて歩き続けた。

これだけ多くの人がいれば、警察もすべてを確認することは不可能だろう。だが、ホテルに入るまで安心はできない。道路の要所要所に制服警官が立っているのがわかった。

自分を追い抜いて走っていたバスが、急に停まった。しばらくして、乗客が降りてきた。一様に緊張の色を浮かべていた。

そんなはずはない。爆弾を入れた紙袋を置いてきただけだ。気づく者がいるとは思えない。

だが、勘の鋭い人間がいたのだろう。降りろ、爆弾、ガソリンが、という短い叫び声が続いた。周囲を歩いていた人たちが、一斉にバスへと視線を向けていた。

速足で通り過ぎた。騒ぎが始まっている。すぐに警官も来るだろう。ここにいては危険だ。

だが、走りだすわけにはいかない。それこそ怪しまれるだろう。

駆けだしそうになる足を意志の力で抑えようとしたが、その必要はなかった。凄まじい爆発音が耳に飛び込み、足が勝手に止まった。

振り向くと、バスが炎上していた。取り囲んでいた見物人たちの多くが道路に倒れている。足元に黒く焦げた金属片が転がってきた。

呆然と立ち尽くした。なぜだ。なぜ爆発したのか。

確かに、爆弾をバスに放置してきたが、爆発させるつもりはなかった。タイマーの電池を抜いたのも自分だし、シヴァもそれを確認している。

設定した時刻になっても、あるいは内蔵している携帯電話に電話をかけても、絶対に爆発することはない。それなのに、なぜ。

その後のことはよく覚えていない。ビジネスホテルの二階の部屋に入った。何が起きたのかわからないままだった。

すべては順調に進んでいた。爆弾で警察を脅し、御厨大善師を釈放させる。計画通り、何もかもがうまくいっていた。

教団による対ディープステート開戦前、大善師に直接呼び出された。幹部以外で呼ばれたのは自分だけだと聞かされ、誇らしく思ったのをよく覚えている。

文明の異常な進歩と共に誤った方向に進んでいる世界は、まもなく滅亡する。それは教団設立当初から一貫した大善師の主張であり予言だった。

疑いようのない事実であることは、誰よりも高橋自身がよくわかっていた。大善師の言葉に間違いなどあるはずがない。

大善師は今後について予測し、そのために何をするべきかを指示した。具体的には、東京都内の鉄道などを爆破し、その混乱に乗じて革命政権を打ち立てる。それが聖戦計画だ。

一時的に首都制圧に成功するが、その後自分を含めた幹部たちは逮捕され、その罪を問うための裁判が開かれるだろう。最終的な判決が下りるのは十年後だ。

その間、自分の蒔いた種が育つ。世界中でテロや戦争が起きる。地震、台風、津波、感染症など、要人テロも起こるだろう。すべては自分の力によるものだ、と大善師は語った。

聖戦計画は地下鉄を二路線で爆破した段階で終わった。その後大善師たちが逮捕され、裁判が始まった。予言通り十年後の今年、二審判決が下りる。死刑は確実だった。大善師が志を同じくしていた中東武装勢力によるアメリカへの攻撃、あるいは核武装宣言。

他にも排外主義の広がりなど世界中の至るところで、大善師が予言した通り、新しい時代を迎えるための準備が着々と進んでいた。

何もかもを予言する力を備えた者を人は神と呼ぶ。御厨大善師こそ、神の名にふさわしい聖人だ。

「……私は法廷闘争に全力で挑むつもりです。そこが罪を裁く場であるならば、誰もが私の言葉を真実として受け入れるでしょう。ですが、法廷闘争に敗れた場合に備え、あなたに教団からの脱会を命じます」

「脱会？」

意味がわからないまま問い返した。救世主が捕らえられたら、誰が私を救うのです、と大善師が微笑んだ。

聖戦に加われば、高橋もまた逮捕されるだろう。最前線にいなくても、教団に籍を置いていれば、その後の行動の自由は大幅に制限される。

あの時大善師が脱会を命じていなかったら、今頃どうなっていたか。他の信者たちと同じく警察の監視下に置かれ、尾行がついただろう。

旅行はおろか、電車に乗るだけでも厳しい制限がつくようになったはずだ。教団から離籍したために、警察が高橋に注意を払うことはなかった。

数カ月後、大善師の指示により、ロシアで教団支部が設立された。現地で会社を興し、側面からの協力を命じられた。資本金は教団から供与された。

十年、時を待つように、というのが大善師から与えられた最後のメッセージだった。十年経てば、高橋隆也の前歴は消え、疑う者はいなくなる。

その間に、資金を蓄え、ロシア陸軍とのコネクションを作った。プラスティック爆弾はロシアルートから調達したものだ。

大善師の指示は最初から明確だった。爆弾を用い、無差別テロを演出し、警察を脅迫した上で超法規的措置と解放を勝ち取る。それがすべてだった。

自分の意を受けた者が連絡を取るので、それを待つようにと大善師は命じた。それから十年は雌伏(しふく)の時期だった。

重火器、爆発物などを扱う経験を積むため、三年ほどフランスの外国人部隊に身を投じたこともある。すべては大善師を現世に取り戻すためだった。

シヴァから連絡があったのは、半年ほど前のことだ。ロシアへ渡ってきたシヴァによれば、御厨大善師の死刑判決は免れないという。

それこそが高橋の待っていた機会だった。すべての準備は整った。

既に入手していたプラスティック爆弾、その他起爆用の部品、機材は会社のルートを通じて日本に持ち込んだ。計画は完璧だった。

御厨大善師が綿密に練り上げた計画書をシヴァは所持していた。それ以外に必要な物はすべて自分が準備を済ませていた。恐れるものは何もなかった。

古代フェニキア語で、シヴァは〝協力者〟を意味すると教えられた。その名前の通り、計画に関してシヴァはサポートに回ってくれた。

大善師の解放に成功すれば、あなたは教団から救世主として迎えられる、とシヴァは言った。シヴァは大善師との連絡役を務め、自由に動くことができるように尽力してくれた。

銀座二丁目の交番爆破など、表舞台に立つのは自分の役目だった。何もかも大善師の指示通りで、すべてを司る全能の神、世界の王の言葉に従っていれば間違いはない。シヴァの言う通りだった。

それなのに、なぜバスに置いてきた爆弾が爆発したのか。あり得ない。

頭が混乱していた。後頭部が激しく痛んだ。どうしていいのかわからないまま、冷蔵庫の上にあるミニバーからミニチュアのウイスキー瓶を取り出して、生のまま一気に飲んだ。

ロシア時代から、飲酒は高橋の習慣となっていた。そうでもしなければ、不安を紛らすことができなかった。

チャイムの音がして、高橋はドアを開けた。立っていたのはシヴァだった。

13

どういうことでしょう、とシヴァは後ろ手にドアを閉めた。こっちが聞きたい、と高橋が目を上げた。

「どこにいたんだ?」

「近くのビルの屋上に」シヴァは上を指差した。「確認しようと思っていたのですが……まさか、バスが爆発するなんて」

どういうことだ、と苛立ったように高橋が繰り返した。

「わたしにもわかりません」

シヴァは冷蔵庫の扉を開き、奥に入っていたミネラルウォーターのボトルを取り出した。ホテルが用意したものではない。シヴァが自ら飲むために買ってきたものだ。飲みますか、と勧めたが、高橋は首を振った。

「酒をくれ」

無言のまま、シヴァはミニバーからウイスキーのミニチュアボトルを渡した。

「なぜ爆発が起きたんだ？」

呷るように酒を飲んだ高橋の唇から、あり得ない、というつぶやきが漏れた。わかりません、と答えて、シヴァは水のボトルに口をつけた。

「爆発するはずがないのに……タイマーの電池は抜いてあった。そうでしょう？」

何かの間違いとしか思えません、とつぶやいたシヴァに、高橋が空になったウイスキーのミニチュアボトルを投げつけた。

「わからないで済むかよ！　ひとつ間違ったら、俺も死ぬところだったんだぞ！」

座り込んだままの膝が、大きく震えていた。フランスの外国人部隊にいた時、爆弾の暴発事故で死んだ兵士を見たことがある、とシヴァは聞いていた。

「俺はすべてを大善師に捧げている。それなのに、なぜこんなことが起きた？」

もしかしたら、とシヴァはつぶやいた。

「すべては大善師の意志かもしれません」

「大善師の意志？」

他に考えられません、とシヴァは言った。

「わたしは現世の迷い人に過ぎません。もちろん、あなたも。神の意図を察することはできません。すべてを支配下に置き、コントロールしている神が、あのバスを爆破すると決めたのでは？　そうだとすれば、爆弾の構造など何ほどのものでもないはずです。神の意志によって、あのバスは爆破されねばならない運命にあったのでしょう」

「なぜ、あのバスを……」

それはわかりません、とシヴァは頭を垂れた。

「あのバスの運転手が、乗客の誰かが、あるいは遠い未来に生まれてくる彼らの子孫が、この国、または現世に災いをもたらす運命の持ち主で、それが単なる災いではなく、この星を破滅させるほど強烈なカルマを持っている者だとしたらどうでしょうか。それを見通していた大善師が、災いを未然に防ぐためにその者を排除しようと考えたとすれば……」

「そんな偶然があるのか」押し殺した声で高橋が言った。「俺が爆弾を置くために乗ったあのバスに、そんな運命を持った人物が乗り合わせているなんて……」

思い出して下さい、とシヴァは重い声で言った。

「大善師の教えにもあったはずです。この世に偶然などない。すべては大善師の支配下にあるのです。あのバスに災いをもたらす者が乗っていたこと、そのバスにあなたが爆弾を置いたこと、すべては大善師の奇跡の業(わざ)なのではないでしょうか」

「では、俺がバスを降りたのも？」

立ち上がろうとした高橋の足がよろめき、ベッドに手をついて体を支えた。

「それは違います」シヴァは苦い表情を浮かべた。「なぜバスから降りたのです？　このホテルの前まで、乗ってくるはずだったのに……」

「刑事が……いるような気が」

頭をひとつ振った高橋の膝が落ちた。呂律が回らなくなっていた。

力を振り絞って立ち上がろうとした高橋の足をシヴァは払った。鋭い音と共に、高橋の体が床に倒れ込んだ。

「あなたの役目は終わりました。爆弾を準備し、交番を爆破してくれた働きには感謝しています。もちろん、今日のバスについても。遠野警部の前に姿を見せてくれたことには最大限の感謝を表したいと思っています。あなたが彼女の前に立ってくれたからこそ、警察はあなたの行方を追っているのですから」

どういうことだ、とかすれた声が高橋の喉から漏れた。その肩をシヴァは足で突いた。

「大善師を救うためには、誰かが犠牲にならなければならない。そういうことです」

高橋の目から力が失われていった。なぜだ、ともつれた舌が囁く。

酒です、とシヴァは転がっていたボトルを指した。

「水溶性の睡眠薬、ソセボンを入れてあります。即効性があるとは聞いていましたが、これほど速いとは思っていませんでした」

高橋がアルコール依存症なのはわかっていた。何かあればアルコールに逃避するのは予想通りだ。

高橋の外出を確認した後、ミニバーのウイスキーボトルの封を切り、睡眠薬を入れ、もう一度蓋をきつく閉め直した。やったのはそれだけだ。

万にひとつの可能性だったが、バスが爆発した際に、高橋が死を免れることもないとは言い切れない。それを考慮してウイスキーのミニボトルに睡眠薬を入れていた。

馬鹿な、と高橋が空を指で摑んだが、ゆっくりとその瞼が閉じていった。

立ったまま様子を見ていたシヴァは時計に目をやった。午後一時二十分。

ベッドサイドの小さなテーブルにあったノートパソコンを開き、文書ファイルを呼び出した。

いずれ、警察はこのホテルに気づくだろう。予定とは違う、と怒りがシヴァの胸をよぎった。

なぜ言われた通りバスに乗っていなかったのか。爆発と共に死んでいれば、こんな手間をかける必要はなかったのに。

仕方がない、とつぶやいた。結果は同じなのだ。

持参していた紐で輪を作る。部屋に備え付けられているエアコンにきつく紐を縛りつけ、その輪を垂らした。そのまま力を込めて、倒れている高橋の体を持ち上げた。

四章　混乱

1

銀座を走行中のバスが突然爆発、炎上したという第一報が警視庁特別捜査本部にもたらされたのは月曜日午後零時四十分だった。

テレビを、と特別捜査本部に飛び込んできた権藤が怒鳴った。報道の状況を知る必要も出てきたからだ。

「見ている」

腕組みをしたまま長谷川が答えた。その目は正面のテレビモニターに注がれていた。

淡いベージュのスーツを着た若い女性が、銀座の現場にいた。その後ろに、まだ煙を上げているバスの残骸が見えた。

誰かこの女を知っているか、と長谷川が尋ねた。小さく咳をした広報課長の曾根が、遠野警部、と言った。交渉室から出た麻衣子は、門田清美(かどたきよみ)、テレビジャパンの報道部記者ですと答えた。

広報課に籍を置いている麻衣子はよく知っていたが、数カ月前に異動してきたばかりで、記者としての経験は浅い。かすかに上ずった声で現場の状況を報告していたが、問題はその内容だった。

『……ご覧の通り、消防隊による消火活動が始まっています』

カメラが素早く消防隊をアップにした。消防士がホースをバスに向けている。勢いよく放水が始まっていた。

『門田さん、バス爆発の状況について、わかっていることはありますか？』

女性キャスターの声がした。

『バスの中央部が大破しています。道路には椅子や鉄片など、さまざまな部品が広範囲にわたって散らばっているのが見えます。警察が回収作業に当たっているようですが、詳しくは今のところ不明です。発表もありません』

『バス火災の理由は何でしょう。原因について、わかっている事実はありますか？』

『それも不明です。エンジンの整備不良、あるいは何らかの理由で漏れたガソリンに引火したのではないかということですが〝シルバースター〟のエンジンは後部にあるため、他の可能性もあるかと考えられます』

『他の可能性とは何でしょう？』

『……爆発物が仕掛けられていたかもしれない、という情報も入ってきています』

イヤホンをはめた左耳を押さえたまま、清美が言った。その顔にかすかな陰がさしていた。

『爆発物？』

『未確認情報ですが、時限爆弾をバス内に仕掛けた、という犯行声明が出ているようです。また、銀座だけではなく、他の場所にも爆弾が仕掛けられているという噂も流れていると――』

すぐ中止させろ、と長谷川が怒鳴った。スマホを取り出した曾根が、電話をかけた。

「……どこから漏れたんだ？」

権藤のつぶやきに答える者は誰もいなかった。完全な箝口令が敷かれている。あってはならない事態だ。

まずいな、とつぶやいた神尾が立ち上がって長谷川の横に並んだ。その顔色が蒼を通り越して黒に近くなっているのが、そばにいる麻衣子にもわかった。

「……どこで情報の漏洩が起きたのか、早急に調べろ」

「早急に」長谷川がうなずいた。「内部から漏れたとすれば大問題です……そのようなことはないと思いますが、至急確認します」

神尾が黙ったまま腕を組んだ。長谷川が再びテレビモニターに目をやった。危険だな、というつぶやきが神尾の口から漏れた。

他局は、という長谷川の問いに、まだです、とモニターをチェックしていた権藤が答えた。

「ですが、時間の問題でしょう。爆発物の可能性にテレビジャパンが言及している以上、他局も追随してくると思われます」

モニターがスタジオに切り替わった。事件報道の中止要請をテレビジャパンが受け入れました、と曾根がスマホをしまった。

「情報漏洩の理由も判明しました。各マスコミに向けて、犯人が犯行声明を出したようです」

「どういうことだ？」神尾が眉をひそめた。「犯行声明？」

メールを、と曾根が通信本部の方を向いた。受信中、という答えと同時に、スクリーンに〝シヴァ〟という署名の入った文章が映し出された。

『本日午後0時35分に起きた銀座のバス爆破事件について

警察発表は虚偽である。

実際には我々が仕掛けた爆弾による爆破であることを、ここに宣告する。

被害者が出たことを遺憾に思うが、これは警視庁の誠意なき対応への報復である。

これ以上不誠実な対応を取るようであれば、

他の場所に仕掛けている爆弾を爆発させるつもりである。

今後、二度とこのような事態を招くことがないよう、留意されたし』

2

最悪です、と交渉室に戻った麻衣子は言った。まったく、と島本がうなずいた。

「シヴァは何を考えてるのでしょうな。なぜこの段階でマスコミに犯行声明を出したのか?」

「混乱を狙ってのことでしょうか?」

それはおかしい、と島本が頭を振った。

「それなら、銀座二丁目交番爆破の時点で犯行声明を出すべきでしょう。あるいは鎌倉新宿ライナーの時でもいい。どちらの場合でも、大混乱を引き起こすことができたはずです。なぜ、このタイミングだったのか……」

特別捜査本部の電話が一斉に鳴り響いた。広報からです、と通信班員が叫ぶ声が聞こえた。

「テレビ、ラジオ、新聞、各マスコミ媒体から問い合わせが殺到しています。どのように対処するべきか、指示を仰いでいますが」

「差し戻せ」長谷川の声が響いた。「コメントは出すな。捜査中という線で押し切れ」

「しかし、それは」

「押し切るんだ!」

長谷川が怒鳴った。島本が耳を指で塞いだ。

「あの人はよく声が通りますね……しかし、シヴァについての認識を改めないといかんでしょうな。シヴァは本気です。本気で、警察あるいは国家に戦いを挑んでいます」

「……パニックが起きるでしょうか？」

尋ねた麻衣子に、このままならそうなります、と島本が答えた。

「シヴァのメッセージは、そのまま読んでも意味不明でしょう。目的を書いていませんからね。ですが、逆に言えばどのようにでも解釈が可能だということです」

麻衣子は唇を強く嚙んだ。テレビジャパンの臨時ニュースでは、犯人像に具体的な形で触れていなかったが、少しでも想像の翼を広げれば、かつて起きた合同相対教地下鉄爆破テロ事件、あるいはアメリカで起きた9・11同時多発テロ事件を想起させることは間違いない。

今日は九月十日、9・11の一日前だ。東京都内に無差別爆破テロを仕掛けてくる者がいるとすれば、中東のテロリストか合同相対教関係者だろうと想像される可能性は高かった。

最も怖いのは、このニュースを見た一般市民が疑心暗鬼に陥ったあげく、集団パニック状態になることだ。

テレビジャパンの報道に対して警視庁が規制を加え圧力をかけたのは捜査上当然の措置だったが、それがかえって人々の不安を呼ぶのではないか、という危惧が麻衣子の中にあった。その通りですな、と島本がうなずいた。

「ですが、現段階で今回の事件について今から情報を開示すれば、余計に混乱が増すだけでしょう。犯人は優れた棋士のようですな。何手も先を読み、行動している。直感ではなく、論理で物事を決める性格なのでしょう」

「どちらにしても、このまま放置しておくのは危険です。何らかの形で警視庁見解を出すべきではないでしょうか？」

島本が肩をすくめた。

「どう見解を出せと？　ひとつ間違えれば、都内は大パニックに陥りますよ」

では報道協定を、と麻衣子は言った。

「事態を鎮静化するために報道協定を結ぶことを、曾根課長に上申します」

島本の答えを待たずに、麻衣子は交渉室を出た。

3

麻衣子の進言を待つまでもなく、広報課に戻った曾根が報道協定を各記者クラブと結ぶべく根回しを始めていた。

報道協定は、例えば誘拐事件などで取られる措置だが、被害者の不利益を招かないため、あえて事実を伏せ、報道を控えるというものだ。

今回の場合、被害者となるべき対象は狭義に考えても東京都民、広い意味では日本国民すべてがそれに当たる。爆破の犠牲者はもちろんのことだが、パニックによる二次災害の可能性を踏まえ、警視庁はメディア各社に対し報道協定の締結を要請した。

協議の末、各記者クラブはこの要請を受け入れた。ただし、そこには条件がひとつだけあった。報道協定解除の時間を設定することだ。

犯人は更なる爆破の可能性に、犯行声明の中で触れている。今後、二度とこのような事態を招くことがないように、というのがその暗喩であることは明らかだった。

無差別爆破といっても、一般市民の住む一軒家に爆弾を仕掛けることは考えられない。犯人は鉄道、飛行機、あるいは巨大ビルなど、大規模な犠牲者を出す場所の爆破を狙っているだろう。

都民及び国民の安全のためには、可能な限り速やかに都心を離れ、自宅へ帰るのが犠牲者を少なくするために最も有効な手段であると考えられた。

警視庁はメディアからの要求に対し、夜十時をもって報道協定を解除する、と回答した。現在時刻は午後二時五十分、十時までは約七時間ある。

既に高橋の住居も発見済みであり、また行方を捜索するための手配も整っていた。

高橋を逮捕すれば、事件は解決するはずだ。動員された警察官の総数は二万人を超えている。七時間あれば、高橋の逮捕は十分に可能だ、と警視庁は判断していた。

夜十時までに逮捕できなかった場合、警視庁としては報道協定解除の撤回も考慮に入れていた。その後は順次後倒しにすればいい。

非難の声は出るだろうが、マスコミへの配慮よりも、犯人逮捕が優先されるのは当然だ。

この決定事項を広報課長の曾根が各社に伝えたのは、二時五十二分だった。各社の担当者が会議室を出るのを待ち、麻衣子は曾根のいる広報課へ入った。

「本件について、ＳＮＳに情報が流れ始めています」

交渉室で、麻衣子はスマホをチェックしていた。

「テレビを見ていた視聴者によるものだろう」

匿名の無責任な大衆が、勝手な憶測と理屈をつけて犯人像を推理したり、論評を加える。特定の個人を犯人として名指しすることさえあった。

「違います」麻衣子の声が怒気を帯びた。「いくつものＳＮＳに、マスコミに流れた犯行声明と同様の文章が記されています。いずれも時刻は午後一時半前後、テレビジャパンが報道する前、テレビ局、その他マスコミに情報が流れたのとほぼ同時刻です」

「……では、マスコミが流したと？」

麻衣子は額に指を押し当てた。可能性がないとはいえない。

例えば、犯行声明を読んだテレビ関係者が、入手した情報を書き込んだのかもしれない。あるいは、テレビ局や新聞社にハッキングをしたハッカーによる悪戯ということもあり得る。

だが、それにしてもタイミングが早すぎる。そして、メディア各社にとって情報は生命線だ。

他社の状況が不明な中、そんなことをする必要があるだろうか。誰が情報をSNSにアップしたのか。

「遠野君……マスコミに対するメール及びSNSで最初に情報を流したアカウントを調べてはどうだ？　調べれば、犯人の使用していたパソコン、あるいはスマホがわかる。人物を特定することも可能だ」

やってみますと答えて、麻衣子は交渉室へ戻った。

4

特別捜査本部は喧噪（けんそう）に満ちていた。怒号が交錯し、広報課だけではなく、庁舎内の各部署から問い合わせの電話が殺到していた。犯人が各メディアやSNSに上げた犯行声明のためだ。

五大紙はもちろん、時事、共同の二大通信社、またNHKに加え在京キー局五社、BS、CS各社、その他スポーツ紙や夕刊紙、ラジオ局や出版社、ネットニュースや動画サイトなども含めれば、百社以上に犯人は犯行声明を送りつけていた。

その確認窓口は警視庁広報課になっていたが、長谷川の命令によりノーコメントを続けていた。そのため、メディア各社はあらゆるつてをたどって警察関係者に問い合わせをかけた。

総務、経理など通常捜査とは関係のない部署にまでメディアからの電話が入り、答えに窮した彼らは特別捜査本部に連絡せざるを得なかった。通信本部はその対応だけで手一杯になっていた。

本来なら、特別捜査本部長である長谷川が他部署に対し、外部からの連絡について部署内で対応するよう命じていれば混乱は最小限に抑えられたはずだが、そこまで気を回す余裕がなくなっていた。

事件発生以来、五十時間以上が経過している。捜査官たちは不眠不休で捜査を続けていた。

混乱が収束するまで、一時間がむなしく費やされた。その間、特別捜査本部の機能は麻痺し、現場で捜査に当たっている捜査官からの報告についての分析も棚上げされた。

その時点で、長谷川以下特別捜査本部に詰めていた捜査官たちは、ようやく犯人の意図に気づいた。犯人がなぜ各メディアやネット上に犯行声明を出したのか。警視庁を混乱させるためだ、というのが彼らの結論だった。

午後四時、長谷川が特別捜査本部長名で警視庁内の各部署に通達を発した。メディアを含め、外部からの問い合わせに対して一切コメントを出してはならない、加えて、他部署は特別捜査本部に緊急の場合を除いて連絡を禁じる、と命じた。

三十分後、特別捜査本部への他部署からの電話は一切なくなった。ただ、その処置は遅すぎた。特別捜査本部の通信班員はもちろん、その他の捜査官たちも電話への応対で疲弊しきっていた。

もはや報道協定は意味をなさず、弛緩（しかん）した空気が漂い、誰もが無言になった。彼らは黙々と自分の仕事だけに取り組み、他に対して配慮できなくなっていた。

5

JR東日本東京総合指令室を襲っていたのは、まさにパニックだった。

巨大なデジタル掲示板が彼らの目の前にある。そこにはJRすべての路線図及び駅名と、運行している電車の位置が映し出されていた。

平常時であれば、そのシグナルはすべてグリーンだったが、二時半の段階で東京総合指令室担当者たちが目にしていたのは、悪夢のような光景だった。

二十三区内すべての駅がレッドシグナルを点滅させている。緊急事態を意味しているのは、いうまでもない。

JR東日本の東京圏輸送管理システムは、世界的な水準を誇っている。地震国である日本は、欧米などと比較して、地震災害に見舞われる可能性が高い。そのリスクに鑑（かんが）みて、システムの作成には完璧な上に完璧を期した形での安全性が求められていた。

仮に関東大震災級の大地震が発生した場合、運行中の電車は緊急停止を余儀なくされる。ただし、地震が起きてからでは意味がない。

ＪＲ東日本は東日本大震災の教訓をもとに、気象庁の地震探知システムと彼らの東京圏輸送管理システムを直接つないでいた。

異常を感知した場合、気象庁は三十秒から一分前に地震の発生を関係各所に一斉通報するが、その情報が入れば即時電車の運行を停止、車両の転覆、横転などの事故を未然に防ぐことができる。

トンネルの崩落、あるいは線路の切断などが起きれば、被害は免れないだろう。だが、その被害を最小限に抑えるためのシステムは完成されているはずだった。

にもかかわらず、二十三区内すべての駅、あるいは運行中のすべての電車から、レッドシグナルが出ていた。あり得ない、と誰もが目を疑った。

混乱の始まりが新宿駅なのはわかっていた。二時十五分、ＪＲ代々木駅と新宿南口付近で、遮断機が下りているにもかかわらず、一台のトラックが踏切に突っ込んだためだ。トラックはそのまま踏切内でエンストを起こし、停車した。これがすべての連鎖の始まりだった。

山手線は内回り、外回りが共に緊急停止、トラックの排除を待つこととなった。めったに起きない事故だが、対処不能というわけではない。数分、長引いても十分ほどのダイヤの乱れが生じる程度のトラブルのはずだった。

だが、停車していた内回り線の乗客が非常用のドアコックを引いて、ドアを開いた。

約一分後、同様の事態が他の外回り線でも起きていた。

乗客は線路に降り、そのまま新宿駅を目指した。制止する駅員の声を聞く者は誰もいなかった。

指令室にとって理解不能だったのは、同様の事態が同時多発的に各所で起きていたことだ。中央線、総武線、京浜東北線、埼京線、その他全線で停車した電車から乗客が降り、パニック状態のまま離れていったという報告が入っていた。確認すると、私鉄及び東京メトロでも同様の状況が起きていることがわかった。

不確定情報によるパニックがその理由だ、と判明したのはほんの十分ほど前のことだ。最悪なのは、平日ということだった。

会社員、学生など外出している者が多い。彼らが逃げ出そうとしているのは一種の帰巣本能だ。本能的な行動を制止することはできない。

「全線、停止」

スピーカーから声が流れた。都内を走っているすべての電車が運行を停止している。どうすればいいのか、指令室の誰にもわからなかった。過去、類例のない事態だった。国交省に連絡する以外、できることはなかった。次に届いたメモには、赤羽駅で乗客四名が負傷、神田駅でも同じく乗客が負傷、一名は重体だと記されていた。

6

バス爆破の犯行声明以来、合同相対教からは連絡がなかった。麻衣子と島本はシヴァへの呼びかけとホームページの更新を繰り返す以外、何もできずにいた。

特別捜査本部内に都内二十三区の警察署、あるいは関係各省庁からの連絡が相次いでいた。いずれも、情報パニックによる被害の報告だった。

「国交省から、鉄道関係の事故について至急の連絡あり。都内JR及び私鉄電車がすべて運行停止、また乗客が電車から降りて、自らの判断で避難行動を始めています」

被害の程度は、と長谷川が確認した。不明です、という答えが返ってきた。

「国交省でもまだ現状把握には至っていないと……乗客数名が死亡した可能性があるということですが、詳細は不明です」

「状況もわかっていないまま報告だけ上げてどうする！」長谷川が声を荒らげた。「国交省の担当に伝えろ。明確な被害状況を示さない限り、警視庁としては対処不能だ！」

交渉室にいても、長谷川の怒声が聞こえた。麻衣子は島本と顔を見合わせた。

「しかし」

「しかしも何もあるか。常識で判断しろ。何でもこっちに持ってくるな！」

総務省、外務省、法務省あるいは気象庁、消防庁などからも至急の連絡が入っていた。

ただし、情報はどれも不正確なもので、はっきりとした状況を把握している省庁はなかった。

特別捜査本部には通信本部をはじめとして、関係各省庁の担当者がいる。彼らもまた、対応に苦慮していた。報告や連絡に曖昧な部分が多かったためだ。

ＪＲ新宿駅で乗降客によるパニックが起きた模様、死者が出た可能性がある、目黒の駅ビルで火災発生との連絡あり、被害状況は不明、杉並区のスーパーマーケットで小規模な暴動があったらしい、公立小中学校、あるいは高校の生徒を帰宅させるべきかなど、問い合わせは多岐にわたったが、いずれも明確な情報とは言えなかった。警視庁としても、特別捜査本部としても、それだけの情報で対処できるものではない。

現場に捜査官を派遣するべきだが、人員の余裕はなかった。彼らにとっての最優先事項は犯人の逮捕と爆弾の発見であり、それ以外ではない。焦燥感が捜査官たちの間にくすぶり、火種として残った。

麻衣子もそうだが、全員が疲れ切っていた。事件発生以来、ほとんど休息を取っていない。

食事すら満足に摂（と）っていない者も多かった。睡眠については言うまでもない。

その疲労が彼らの精神を蝕（むしば）んでいた。そこへ各方面からの連絡が殺到している。

それでも対応しなければならない。彼らのストレスが沸点に達するのはやむを得なかった。

「他省庁からの問い合わせは報告書にまとめた上で、こちらに上げるように」

度重なる確認に対し、長谷川はそう答えたが、捜査官たちの間から反対の声が上がった。緊急事態でなければそれもいいだろう。

だが、関係各省庁からの問い合わせは、そのほとんどが至急に対処する必要があるものだった。

特別捜査本部が対応しなければ、現状の把握が困難になる。そして、現状を認識した上でなければ、今後の捜査方針を決定することは不可能だ。

現時点で、高橋隆也捜索についての続報はない。急遽会議が開かれ、特別捜査本部に詰めていた捜査官を中心に、関係する各省庁からの連絡に対応するための別班を立ち上げることになった。

それでなくても人員が不足している中、大きな痛手だったが、やむを得ないというのが長谷川及び神尾副総監の判断だった。別班立ち上げのために時間が割かれ、また特別捜査本部の一部が空けられることとなった。

九月とはいえ、残暑は厳しく、気温は三十度を優に超えている。特別捜査本部内は空調が完備されていたが、通信機材、パソコンなどから放出される熱で、室内の温度は外とほとんど変わらなかった。

悪条件が積み重なっている。捜査官たちの間でも、些細な理由による口論が起きるようになり、麻衣子のいる交渉室にも聞こえていた。

また、命令系統にも乱れが出始めていたが、統括する長谷川も、それに対処する気力が薄れかけているようだ。特別捜査本部そのものが危機的状況に陥っていた。

問い合わせの電話が鳴り続けている。特別捜査本部自体が、パニックを起こしていた。

7

東日本高速道路は二時四十分の時点で、首都高速インターチェンジの閉鎖命令を出した。高速道路の混雑状況が悪化するという見通しを受けての措置だった。ほぼ同時刻、中央高速、東名高速など、各高速道路においても閉鎖及び通行規制命令が出された。

だが、霞が関、赤坂、高井戸、箱崎などでは、一部車両が規制を無視して高速道路内に進入、あるいは路上に車を放置したまま運転者のみ高速道路の外に出るなど、異常な事態が各所で相次いでいた。

高速道路上が車で溢れたのは、直接的には銀座バス爆発事件のテレビ報道と、SNS上で、バス爆発の理由がテロリストの仕掛けた爆弾によるものという情報が流れたためだ。

警視庁の指示により報道協定が結ばれているため、事件に関する情報は一切報道されず、逆にそれが市民の不安を煽(あお)っていた。

テロリストが狙う場所は、常識的に考えて鉄道、空港、ランドマークなどだが、高速道路という可能性もないとはいえない。我先にと高速道路から降りようとする者、あるいは高速道路を使って東京の外へ出ようとする者たちの思惑が交錯し、道路上は前代未聞の大混雑状態となった。

都内では交通関係を中心としたパニックが起きていた。鉄道、高速道路、国道、その他各地で死者も出ている。その勢いは拡大する一方で、東京に隣接する神奈川、千葉、埼玉県内の一部にも、混乱は飛び火していた。

その混乱を解決するためには、更に大規模な警察官の動員が必要とされたが、それ以上に必要なのは情報の公開だった。

現段階で、各メディアは爆発物が仕掛けられている可能性には一切触れていなかったが、ＳＮＳを見れば何が起きているかは一目瞭然だ。

その現実を踏まえ、報道協定を解除した上で、警視庁あるいは政府が正確な情報を一般に伝え、パニックの鎮静化を図るべきではないかという議論が警視庁内部でも起こり始めていた。

だが、事件捜査の指揮を執っている長谷川特別捜査本部長と林警視総監、神尾副総監は頑としてその方針を曲げようとしなかった。

今になって正確な情報を上げても、どれだけの効果を上げられるかは不明であり、場合によっては火に油を注ぐ結果となりかねない、というのが彼らの主張だった。

ただ、彼らの本音は別にある、と麻衣子は思っていた。メディアに対し、報道協定を結ぶべく根回ししたのは警視庁であり、それを撤回するのは面子（メンツ）に係わる、と考えたのだろう。

都内で頻発しているパニックに関して、その現場に捜査官を向かわせれば、最重要課題である高橋隆也の捜索及び爆発物発見のための人員が手薄になる。

パニックの原因が爆破事件にある以上、犯人逮捕と爆発物の確保ができれば、混乱は収束するはずだった。

特別捜査本部は当初その基本方針の変更を拒否したが、度重なる各省庁からの問い合わせと要請、あるいは抗議、そして政府筋からの強い命令に対し、不本意ながらも善処すると回答した。

ただし対処の内容は、都内の主要な道路へ白バイ隊を派遣し、混雑緩和のための手配をするなど、最小限に留まった。

夜を迎え、車道は渋滞する車で溢れていた。彼らが考えていたのは、自分及び家族の身の安全と、自宅へ帰ることだけだった。深夜になっても、クラクションの音とハイビームの光がやむことはなかった。

8

混乱が少なかったのは空港だった。空港及び航空会社はテロリスト対策についてこれまでも大規模な訓練を続けており、有事を想定したマニュアルも整備されていた。トラブルの多くを未然に防ぐことができたのはそのためだ。

羽田及び成田空港は即時全便欠航の指示を出し、それに伴い全国の空港へ着陸便を強制的に振り分けていった。乗客と各航空会社との間にいくつかのトラブルが起きていたが、空港警察及び警視庁、あるいは千葉県警の指示により混乱は最小限の形で収束していった。

その他、東京湾に入出港していた船舶の移動停止命令も出ていた。一方、道路の使用がほぼ不可能な状況になったため、全国各地と東京を結ぶ輸送ラインがストップし、それもまた大きな問題となることが予想された。

最も混乱が大きかったのは、やはり新幹線だった。東海道・山陽、上越、東北の各新幹線総合指令室はテレビジャパンが放送した臨時ニュースとほぼ同時に、最新の運転管理システムを通じ走行中の新幹線を強制的に停止させるべく指示したが、国家の大動脈である新幹線の全線停止はあらゆる意味で深刻な影響を与える結果となった。

停止した新幹線車両から手動でドアを開き、線路上に逃げ出す乗客が相次ぎ、その対応のために関東各区域で多くの鉄道路線が走行を停止せざるを得なくなっていた。

フラストレーションが溜まり、それが不安を煽り、そしてパニックを呼ぶという悪循環が至るところで頻発していた。

その混乱が収まらない中、新富町にあるビジネスホテルの一室で高橋隆也の死体が発見された、という連絡が警視庁特別捜査本部に入ってきた。午後八時ちょうどだった。

9

高橋隆也の土気色の顔がモニター上でアップになっていた。特別捜査本部に詰めていた全捜査官が注視する中、カメラが引いていく。

そこに映し出されたのは、部屋に備えつけられたエアコンから垂れた紐で首を吊っている高橋の全身だった。

「遠野警部」長谷川が口を開いた。「確認を頼む。君が見たのはこの男か？」

カメラがゆっくりと時計回りに動いた。横顔。不自然に首が長く見えるのは、首を吊った際に頸椎が折れたためだろう。こけた頰、尖った顎、短く刈られた髪。

「間違いありません」

正面のスクリーンを見つめたまま、麻衣子は答えた。現場で指紋検出、と権藤が報告した。

「照合の結果、縊死体は元合同相対教信者、高橋隆也と確認」

高橋は教団在籍時に、軽犯罪法違反で逮捕されたことがあった。勧誘ポスターを電柱に貼っていたところを巡回中の警察官に見つかり、現行犯逮捕されただけだが、指紋は登録されていた。それが本人認定の最も確実な証拠だった。

死体が発見されたのは、地下鉄有楽町線新富町駅から少し離れたホテル・シントミという古いビジネスホテルの一室だった。ホテルのフロントに残っていた記録では、部屋の予約は三日前の金曜日、名義は鈴木高次となっていた。

従業員の証言によれば、金曜日の夜七時前後に鈴木高次本人がチェックインしていた。四泊分の前金、三万六千円が支払われていること、宿泊人名簿に本人が書いた名前があったことも確認された。

ただし、チェックイン後、部屋をどのように使っていたかはわからない。従業員で鈴木高次、すなわち高橋隆也の姿を見た者は一人もいなかった。

死体を発見したのは、ホテルが雇っている清掃業者だった。通常、部屋には一日一回クリーニングが入る。鈴木が宿泊していた部屋も例外ではなく、清掃には午後の時間が充てられていた。

昨日、一昨日は午後一時から三時までの間に部屋の掃除を終えていたことが、業者の日報から明らかになった。

今日は朝から部屋のドアに〝起こさないで下さい〟という札がかかっていたために入室しなかったが、午後六時を回っても札が外されていない場合、業者はホテル側の許可を得た上で室内の清掃をすることになっていた。宿泊規約にもそれは明記されているため、プライバシーの侵害には当たらない。

ホテルのフロントは午後七時前後、数度にわたって在室しているかどうか確認の電話を入れたが、誰も出なかったためマスターキーで入室したところ、部屋のエアコンに紐をかけて首を吊っている死体を見つけ、警察に通報した。

この段階では、鈴木高次という男がホテルの一室で首吊り自殺をした、という認識しか警察にはなかった。

その間、犯人の残したネットの履歴をたどっていた特別捜査本部のサイバー犯罪対策課捜査官が犯人の使用していたサーバーを特定、ホテル・シントミが発信地の一部であると判明した。

つまり、犯人はホテル・シントミから海外サーバーを通じて、警視庁への脅迫及びメディアやSNSにメッセージを上げたと考えられた。これはシヴァが取ってきた方法と同じだった。

この情報で第一機動捜査隊が出動したところ、首吊り死体発見の通報を受けて駆けつけた所轄警察官がそこにいた、というのが大まかな流れだ。

現場に入った第一機動捜査隊長は、死体を高橋隆也とみなし、本部に連絡を入れた。即時、現場との双方向通信回線が敷かれ、今に至っている。

「ホテルの人間は高橋を見ていないんだな?」

長谷川の質問に、そのようです、と現場を担当している第一機動捜査隊の隊長からとまどったような答えが返ってきた。

『現金で前金を支払っていたこともあり、その後は確認していません。フロントの話では、終日外出していたようです』

「外出の記録は？」

『残っていません。セキュリティが厳重ではないホテルのようです』

「防犯カメラはないのか？」

『正面入口にカメラは設置されていますが、そこには映っていません。裏手に非常口があり、そこを使った場合確認できないということです。当然ですが、室内についてはプライバシー保護のため、カメラはありません』

銀座付近を中心に出張客などの宿泊を目的としたホテルは他にも数多くあった。だが高橋が泊まっていたホテル・シントミはその中で最も古い。記録によれば、一九七〇年代に建てられたものだった。

警備についての配慮はほとんどなされていないも同然だった。高橋は近隣宿泊施設を詳しく調べた上で、このホテルを選んだのではないか、と麻衣子は思った。

第一機動捜査隊員のカメラが、部屋の内部映像を特別捜査本部に送り続けている。数年前から開発が急ピッチで進められていた双方向通信システムの威力は絶大だった。捜査官が現場に立ち会っているのと同じ情報を得るのに十分な環境が整っていた。

「遺留品は？」

『クローゼットに紺のジャケットとズボン、それから黒い長袖のコートがあります』

カメラが服を映した。遠野、と首を曲げた長谷川に、間違いありません、と麻衣子は答えた。

あの時歩道橋の上に立っていた高橋が着ていたものだ。記憶が鮮やかに蘇った。

『バスルームでスーツケースを発見』別の捜査官が報告した。『非常に重く、金属探知機に反応があります。爆発物と思われますが、どうしますか』

すぐ爆発物処理班を呼べ、と長谷川が命じた。戻ってきた第一機動捜査隊員が、パソコンがあります、とカメラを切り替えた。

備え付けの小さな机の上に、閉じられたままの小型のノートパソコンが置かれていた。

待て、と長谷川が叫んだ。

『今、そちらに科捜研とサイバー犯罪対策課の担当者が向かっている。すぐに現場へ到着するはずだ。それまで開くな』

フロントを調べていた別班の捜査官からも、続々と報告が入っていた。クリーニング、マッサージなど外部との接触なし、冷蔵庫の飲み物などを利用した形跡なし、ホテル二階にある喫茶店で食事を摂った形跡もなかった。

『唯一、ミニバーのウイスキーのボトルが数本、空になっています。本人が飲んだと思われます』

「周辺レストラン、喫茶店、コンビニを調べろ」長谷川の声が低く響いた。「飯を食わないはずがない。三日もいたんだぞ」

部屋で食事を摂った様子もありません、とスピーカーから声がした。

『ごみ箱もきれいなままです。ホテルの清掃業者によれば、宿泊していた間、ごみ箱には何も捨てられていなかったようです。変わった客だと思っていたが、別に困るわけでもないので、ホテルに報告はしなかったということです』

「他には?」

『鑑識が室内の指紋を採取。いくつか死体のものとは違う指紋、掌紋が出ているようですが、いずれも痕跡が薄いため、以前にこの部屋に泊まった客か、あるいはホテル関係者のものと推測されます。至急、ホテル及び部屋に出入りしていた人間を確認します』

声が止まった。太い声のやり取りが続き、その後に痩せた男が画面に割り込んできた。

『サイバー犯罪対策課の西本です。今、現着しました』

「長谷川だ。現場でパソコンが発見されている。至急調べろ。ただし、犯人が何らかの細工をしている可能性もある。危険を十分考慮して、慎重に頼む」

高橋がホテルそのものに爆弾を仕掛けている可能性はほとんどないが、今のところ自殺の理由は不明であり、事件そのものの動機についても不明瞭な部分が多い。元教団信者を装った爆弾マニアという線もないとはいえなかった。

その場合、都内のどこかに仕掛けている爆弾を起爆させる装置とパソコンが連動している可能性がある。欧米ではパソコンを起動させると同時に時限爆弾のスイッチが入るという込み入った装置を作った犯人がいたという例もあった。長谷川が慎重を期すのは当然だ。

沈黙が続く中、数分間パソコン本体をチェックしていた西本が、開けます、と言った。

「何か仕掛けている痕跡は？」

『ありません……しかし、実際のところは開けてみるまでわかりませんが』

左右に目をやっていた長谷川が、開けろ、と命じた。西本がゆっくりと蓋に指をかけ、そのまま開いた。かすかな起動音と共に、画面が立ち上がった。

『何もありませんね』ディスプレイを確認していた西本がつぶやいた。『几帳面な性格なのか、それとも証拠を残したくなかったのか……』

画面にアイコンの類はほとんどなかった。パソコン筐体（きょうたい）もまだ新しく、高橋が最近入手したものだろう。

『ロックもされていませんね』

薄い透明なゴム手袋をつけた指がマウスの操作を始めた。

『つまり、誰でもこのパソコンを開いて使用できます』

なぜだろう、とつぶやきながら、カーソルをマイドキュメントのアイコンに移動させた。

『何かあるとしたら、ここだけですが……』

マウスをダブルクリックした。ワード文書のファイルがある。四つのアルファベットが並んでいた。ｉｓｈｏ。

「ｉｓｈｏ……遺書？」

つぶやいた長谷川の前で再び西本がマウスをクリックした。ワード文書が画面一杯に広がった。

『転送しますか？』

「ウイルスが怖い。撮影して、そのまま見せてくれ」

無言のままカメラが寄った。スクリーンに文字が浮かんだ。

『警視庁関係者各位

今回の事件に関し、すべての罪を認める。

不当に逮捕され、不当に勾留されている合同相対教教祖御厨大善師について、問われている罪状はすべて虚偽のものであり、警察による冤罪であることを告発するために一連の爆破事件を起こしたことを認める。

ただし、一般市民に犠牲者が出た事実については、私にすべての責任がある。

よってその罪を、自らの命をもって贖うものとする。

現在、このホテルに残した爆発物がすべてであり、今後、二度と爆破が起きないことを改めて約束する。

繰り返すが、御厨大善師は無実の罪をかぶせられている。

地下鉄爆破テロ事件は、教団内部の一部過激信者により起こされたものであり、大善師の指示によるものという警察の推測は的外れなものであることを、ここに遺言として記す。
これが事実であることを、私の命をかけて証明に代えたい。
闇に光のあらんことを』
自殺か、と神尾がつぶやいた。麻衣子ら特別捜査本部に詰めていた捜査官たちの口から、一斉にため息が漏れた。

10

自殺ですか、と交渉室の島本が言った。

「どう思いますか？」

麻衣子は高橋の遺書を二度読んだ。警視庁科学捜査研究所には専門家もいるが、文章にはそれぞれ固有の癖が出る。

ここまで、麻衣子たちはシヴァこと高橋隆也からのメールを数度受信し、分析を重ねていた。シヴァの文体は左翼系団体の檄文(げきぶん)に近く、定型文に近いが、それでもやはり特徴はあった。

例えば二行目、『不当に逮捕され、不当に勾留されている』とあるが、不当に、という副詞を二度使う必要性はない。

警察による御厨逮捕がシヴァにとってどれだけ不当であるかを強調するための文章になっているが、今まで届いていたメールにも同様の表現があった。

あるいは、文章を現在進行形で終えることもその特徴のひとつといえるだろう。シヴァにとって、御厨逮捕は終わってしまった過去ではないことを示している。事件はまだ続いているという意思が、麻衣子にもわかった。

その意味で、麻衣子とシヴァの立場は同じだった。事件はまだ終わっていない。判決が出たという事実があっても、自分たち当事者にとって、事件は続いている。

「遺書もシヴァが書いたものでしょう」

「私もそう思います。しかし、自殺するとは思っていませんでしたね」

緩んでいたネクタイを島本が締め直した。土曜日の午後に銀座二丁目交番が爆破されてから、既に約五十五時間が経過している。

その間、特別捜査本部を率いている長谷川はもとより、捜査官たちの誰もが着替えていない。

麻衣子や島本もその例外ではなかった。島本のワイシャツの襟が黒くなっているのと同様に、麻衣子のブラウスもうっすらと汚れていた。

「なぜ、高橋は自殺したのでしょう?」

「皆目見当もつきませんな。それを調べるのが、今後の本部の仕事になるでしょうね」

心に浮かび上がってくる違和感を消すことが、麻衣子にはどうしてもできなかった。

「シヴァが自殺をするなんて……あり得ないはずです」

「その通りですな。遺書にあるように、本件に関して一般市民の間に犠牲者が出たのは事実です。しかし、銀座のバス爆破に関して、シヴァは最初からバスの乗客を犠牲にするつもりだった。そうでしょう？　ほとんどの乗客がそれを免れたのは、バスの運転手が機転を利かせたからで、要するに運がよかったからです。どうもおかしい。矛盾だらけですな」

島本が麻衣子の中にある違和感を的確に形にした。遺書の文意が、情報パニックによる犠牲者が出た責任を取って自殺するという意味なのは、簡単に読み取ることができた。だが、それはおかしい。銀座二丁目交番も含め、爆破によって犠牲者が出たとすれば、その中に一般市民がいることは十分に予測がつくはずだ。

爆破によって死ぬ者と、情報パニックの余波で死ぬ者との間に、どのような差異があるというのか。

「わたしには、どちらも同じとしか考えられません。シヴァは最初から市民が犠牲になるのもやむを得ないと考えていたはずです。御厨釈放のためなら、誰が死んでも構わないとさえ考えていたでしょう。それに、メディアにこの事件の情報を流したのはシヴァです」

「その通りです」

「シヴァが情報を流した時点で」麻衣子がこめかみに指を当てた。「パニックが起きることも予測の範囲内に入っていたはずです。いえ、パニックを起こすことが目的だった可能性すらあります。死傷者が出ることも、想定済みだったでしょう。それなのに、突然自殺するのは……」

最初から自殺を覚悟でこの事件を計画したと考えることはできたが、その場合には絶対的な条件がある。御厨の釈放だ。

そのためにすべてを計画していたはずなのに、なぜそれを待たずして自殺したのか。

何かがおかしいとわかっていたが、それを突き詰める思考力が衰えていた。事件が起きて三日目、捜査官たちの疲労はピークに達している。麻衣子だけではない。

教団在籍時から、シヴァこと高橋隆也には友人と呼ぶべき存在がいなかった。そして御厨以外の者からの命令に服さないことが脱会の主な理由と考えられた。

他者の命令を受けて、高橋が今回の計画を立てたとしても、自殺をさせることは不可能だし、そのための遺書を書かせることなどできるはずもない。それでは、なぜ自殺したのか。

思考が堂々巡りになっている。思考の迷宮をさ迷っているようだった。

「長谷川本部長はこれからどうするつもりでしょうかね。自殺したとはいえ、犯人が見つかったわけですから、とりあえず事件は終わったと考えるのか。それとも、今始まったと考えるべきなのか……」

「島本さんなら、どうされますか？」

私なら、と島本が暗い表情のまま言った。

「とりあえず、熱いシャワーを浴びますな」

11

ホテル・シントミの現場と特別捜査本部とのやり取りを麻衣子は交渉室から聞いていた。

「他に何かわかったことは？」

長谷川が尋ねた。

『現在ＩＰアドレスを確認中。ＳＮＳに残されたものと照合の結果、すべて一致。事件についての情報をネットに流したのは、このパソコンの可能性が高いです』

ログを確かめていた西本が答えた。

「送信記録は？」

『……待って下さい、今プロバイダから調査結果が送られてきました。今日の午後一時半前後、このホテルから使用されています。メールなどは、このパソコンから発信されたものと考えて間違いありません。もうひとつ、先ほども報告しましたが、犯人はＳＮＳだけではなく、各マスコミに対しても事件に関する情報をメールの形で送信していま析を行います』

した。それを含め、警察へ送られた脅迫メールもこのパソコンからでしょう。追って解析を行います』

神尾が手のひらで頬をこすった。

「長谷川部長……犯人逮捕に失敗し、死体として発見されたのは、警視庁にとって大きな問題だ。しかし、最悪の事態は避けられたと考えていい。我々は犯人の身柄を確保した。都内で爆弾騒ぎが起きるようなことはないだろう」

最悪ではないと言いながらも、神尾の表情は暗かった。犯人の身柄を確保したとはいえ、生きている場合と死んでいる場合とではその意味合いが違う。死人に事情聴取も逮捕もない。事件の背景についての捜査は、事実上ストップしたのと同じだった。

今後の証拠固めについても、さまざまな障害が予想された。あらゆる意味で捜査の失敗を叩かれてもやむを得ない事態だ。

ただこれ以上爆破事件が起きることはなく、また被害が広がらないということだけが、特別捜査本部及び警視庁にとって唯一の救いだった。

「とにかく、メディアを入れよう」神尾が麻衣子の方を向いた。「事件に関するすべての情報を公開するかどうかはこれから協議するが、犯人逮捕と今後爆破事件が起きる可能性がないことを発表しなければならない。そうしなければパニックはますます広がるだろう」

一時間だ、と指を一本立てた。わかりました、と答えた長谷川が手近の受話器を取り上げた。君は動かない方がいい、と前屈みになった神尾が囁いた。

「ここは広報に任せた方が無難だ……後々、我々の責任問題になることだけは避けなければならない……遠野君」交渉室の麻衣子を神尾が大声で呼んだ。「部長クラスを全員招集するよう曾根課長に伝えてくれ。今後の対策を練らなければならない。記者会見は曾根君に任せる」

神尾の命令に麻衣子は小さくうなずいた。口をつぐんだまま、神尾が隣に目をやった。神尾と長谷川の間には、一種の黙契があるのかもしれない。今後、犯人逮捕をできないまま自殺させてしまった責任を、誰かが取らなければならなくなる。

だが、神尾としてはその役目を子飼いである長谷川にさせたくない。長谷川が泥をかぶれば、自分にも飛沫はかかってくると予想できた。

長谷川も同様だろう。何のためにここまでキャリアを積んできたのか。自殺していたとはいえ、犯人を捕らえた以上、責任を問われたくはないはずだ。

二人の間にあった黙契とは、マスコミの矢面に広報課長の曾根を立たせようというものだろう。曾根以上にスケープゴートにふさわしい人物はいない。

ある意味で、事件は終わっている。そうであれば保身を考えるのが、キャリアとしての彼らの本能的な行動だった。

受話器を置いた麻衣子は、五分後会議室に全部長が揃います、と伝えた。警視総監には私から連絡しよう、と神尾が自分のスマホを取り出した。

12

有楽町にある高層ホテルの一室で、シヴァは窓外の光景に目を向けていた。

高橋隆也を殺害したのは当初からの予定通りだ。最初から高橋は計画の駒に過ぎなかった。警察の目を欺くためのダミーとしてのみ、高橋はシヴァの中に存在していた。

本来はバスの爆破と共に死ぬはずだったが、バス内に警察官がいると勘違いした高橋がバスから降りてしまったため、自ら手を下さざるを得なかった。予定の変更は不快だったが、やむを得ない処置でもあった。

睡眠薬をウイスキーの中に混入しておいたのは、万が一の場合を想定してのことだったが、何もしていなければ高橋の処分は困難だっただろう。

高橋隆也には不遇感があった。教団に入会した時期は比較的早く、活動歴も長い。新たな信者の勧誘、ロシアルートの開拓、コンピューターによる信者の管理システム構築など、貢献度も高かった。加えて御厨大善師への信仰心も強く、誰よりも熱心な信者の一人だった。

だが、高橋より遅く入会した者、あるいは信仰の度合いが明らかに低い者でも、教団内部での処世術に長けた者の方が昇進は早かった。高橋は彼らを激しく憎悪した。

そんな高橋を計画に引き入れるのは簡単だった。教祖の解放に力を尽くせば、教団内でのステージが上がると話すと、高橋はどんな指示にも従った。

本人の中では、指示を受けているという意識もなかっただろう。人間の心理をコントロールし、自分の思う方向に誘導していくのはシヴァが最も得意とする分野だった。

御厨大善師にとっても、高橋は使い捨ての駒に過ぎなかった。十年前、地下鉄爆破テロ事件を前に、大善師は最悪の事態に備え、警察に捕らえられた自分を奪回するための部隊を作ると決めていた。

選ばれたメンバーたちは、神を救うという使命感を胸に、それぞれ地下活動を始めた。だが、彼らは何もわかっていなかった。

真の意味で神を救う役目を担わされた者は別にいた。それこそがシヴァ、つまり自分だ。

十年近い時間が過ぎていく中、ほとんどの者が離脱していった。病に倒れた者、警察に捕縛された者、自殺に追い込まれた者もいた。唯一残った者、それが高橋隆也だった。最後の瞬間まで、彼には何が起きているのかわからなかっただろう。首に紐をかけられてさえ、その意味を知ることなく死んでいったはずだ。

満足そうに微笑んで、シヴァは両手をこすり合わせた。紐の感触がまだ残っていた。

すべては、御厨大善師とシヴァの立てた計画通りに進行していた。願っていたのは、今眼下に広がる光景を現出させることだ。

東京というこの腐敗した街に穢れた愚民が住んでいることを実証し、人々の心がいかにエゴに満ちているかを示さなければならなかった。

狂っているのはこの街、この国に住む憐れな民なのだと、世の中に知らしめなければならない。それは聖なる者の聖なる義務だった。

だからこそ、大善師は世界中の反体制陣営、中東解放勢力、ロシアなどと手を結ぼうとした。彼らもまた現世を治める者と同じく狂気の淵にいる。だが、敵の敵は味方だ。

そして、大善師の予言通り、新たなる救世主が生まれた。それが自分だ。

今、街は思い描いた通りの混乱に陥っていた。道路は車で溢れ、至るところで事故が起きている。

このフロアからは聞こえないが、通りには人々の叫び声とクラクションが鳴り響き、衝突音が絶え間なく続いているだろう。

想像していたよりも、荒廃した光景だった。だが、恐怖と混乱と破壊から再生は始まる。

彼らが犠牲になるのはやむを得ない。あらゆる意味で自業自得だ。

この腐った世界など、すべてが崩壊してしまえばいい。取り出した煙草に、シヴァは火をつけた。

13

月曜日午後九時過ぎ、警視庁広報課は犯人高橋隆也の縊死体が新富町のビジネスホテルで発見された事実に基づき、事件の解決を示す資料の作成を開始した。

同時に、十時から記者会見を行うことが広報課長名でメディア各社に通達された。臨時編成のため特別捜査本部に籍を置いていた麻衣子も急遽広報課に戻り、発表資料作成に加わった。

すべては終結に向かって進んでいた。犯人の遺留品であるスーツケースの中から爆発物も発見されている。

銀座二丁目交番で爆破に巻き込まれた警察官、銀座のバス爆破の際には運転手と乗客一名、計三名の死傷者が出ており、パニックはまだ収まっていないが、事件は解決したと警視庁はみなしていた。

だが、麻衣子の中で小さな警報音が鳴り続けていた。根拠は何もない。警視庁見解は当然だという理解もある。にもかかわらず、アラームの音は大きくなる一方だった。

違和感。あまりにもすべてが整然としすぎていることに対する漠然とした不安。

銀座二丁目交番爆破の際、現場に高橋がいたことは疑いようのない事実だ。あの時見た高橋の横顔、風貌は今でもはっきりと脳裏に刻まれている。

死体が高橋本人であることも指紋照合の結果確認されていたし、入院中の高橋の母親、また教団在籍時の知人その他の証言からも確かだ。

高橋が犯人なのは間違いない。だが、それでは説明のつかない問題が残っている。なぜ高橋はあの時自分の前に姿を現したのか。その意味がわからなかった。

想像されるのは、高橋が殉教者になろうとした可能性だ。かつてニューヨークで起きた世界貿易センタービル自爆テロにおいてもそうだったが、狂信的な宗教信者は現世での命を永らえることより、来世での永遠の生命を望む傾向がある。

動機はそれだったのかもしれない。自らの命を犠牲にすることで教祖御厨が釈放されたとすれば、教団内部で高橋隆也の名は永久に語り継がれるだろう。ある種の名誉欲が彼の動機だったと考えれば、理解できる部分もある。

だが、それでも自分の前に姿を現す必要があっただろうか。麻衣子はもう一歩考えを先に推し進めてみた。

高橋には、自分がこの事件の犯人であることを明確にする必要があった。そうでなければ彼の名誉欲は満たされないからだ。

そこまではいいが、あの時点で顔を確認されれば、その後の行動は大きく制約されてしまう。

実際、麻衣子の目撃証言をもとにした似顔絵が作成され、捜査に当たった全警察官に配布された。事件を重要視した警視庁はかつてない大規模な捜査体制を敷き、割かれた人員は二万人を超えていた。

銀座二丁目交番爆破の直後では予想できなかった桜田門交差点の爆弾放置事件はともかく、その後に起きた鎌倉新宿ライナー爆弾放置事件の時点で、顔写真も含め、高橋隆也に関する情報は末端までいきわたっていた。写真の人物が銀座二丁目交番を爆破した犯人であると確認したのは麻衣子自身だ。

その事実を考えても、顔をさらすことがどれだけリスクの高い行為であったかがわかる。高橋が銀座二丁目交番を爆破した際、麻衣子の前に姿を現していなかったら、どうなったか。

高橋は銀座二丁目交番を爆破する前にスマホで麻衣子と直接連絡を取り、その後ろ姿を現し、自分が仕掛けた爆弾によるものだと認めた上で、シヴァと名乗った。犯人しか知らない情報だ。

シヴァと名乗ることが必要だったのは麻衣子もわかっている。マインドネームがなければ高橋は愉快犯、あるいは便乗犯として扱われる可能性があった。それを避けるために、シヴァという名前を使ったのだろう。

だが、姿を隠したままでも、電話をかけ、マインドネームを使えば、メールや電話によって警視庁を脅迫することは可能だったはずだ。

銀座二丁目交番爆破後、犯人は御厨徹の釈放を要求するメールを送っていた。警察は犯人を教団関係者と断定していた。

一万人以上の信者数を誇った合同相対教信者全員が捜査対象となるが、警視庁もその威信に懸け、総力を挙げて犯人捜査に当たる。いずれは高橋隆也の名を割り出しただろう。

ただし、そこまで行き着くには時間が必要だ。麻衣子が高橋の顔を見ていたり、弁護士の木下たちから情報が寄せられたからこそ、限られた時間の中で犯人特定が可能になった。

麻衣子は資料をまとめる手を止めて立ち上がった。向かったのは特別捜査本部だった。

14

島本を捜したが、交渉室には誰もいなかった。どうするべきか迷ったが、自席に座っている長谷川の姿が目に入った。

すべての指示が終わり、ひと区切りついたのだろう。麻衣子は長谷川のもとへと向かった。

「本部長、よろしいでしょうか?」

何だ、と長谷川がゆっくり椅子を動かした。いつものように、木で鼻をくくったような態度ではない。高橋隆也が発見されたことで、心が緩んでいるようだ、と麻衣子は思った。

「事件は解決したと考えていますか？」

「どういう意味だ？」

「確かに、高橋の死体と遺書が発見されました。また、スーツケース内に爆発物があったという報告も入っています。ですが、わたしには本件が終わったとは思えません」

長谷川が無言のまま麻衣子を見つめていた。

「何が言いたい？　遠野警部、私は忙しい。要点を言え」

「細かいことを言えばきりがありませんが、不明点があります。例えば、発見された爆発物が高橋の所持していたすべてだったのでしょうか。既に都内のどこかに爆弾を仕掛けた可能性もあると思います」

「その議論は不毛だ。今後の捜査を待たなければ、結論は出ない」

爆弾の捜査は今後も続けていく、と長谷川が横を向いた。ですが、と言いかけて麻衣子は口をつぐんだ。言うべきだろうか。

「本部長、わたしはシヴァと直接話した唯一の捜査官です」言わなければならない、と麻衣子は長谷川を見つめた。「また、メールという形で、シヴァとの交渉を担当してきました。その上で申し上げますが、高橋隆也が自殺する理由がわかりません」

「狂信的なカルト宗教信者の考えていることなど、誰にも理解はできない」

「その通りですが、わたしには高橋が自殺したと思えません。何らかの外的要因があったとしか……」

「何を言いたいんだ?」

苛立った表情で長谷川が言った。

「あの遺書を書いたのは、本当に高橋でしょうか?」

「遺書にはシヴァという名前があった。その名前は、犯人と我々警察しか知らない」

「もう一人のシヴァがいるのでは? つまり、真犯人です。その人物が高橋を殺害したとすれば――」

「君の意見には根拠がない。仮にそうだとしても、いったいどうしろと?」

「もう一人のシヴァを捜すべきだと考えます。特別捜査本部の総力を結集すれば、十分に可能でしょう」

「では聞くが、もう一人のシヴァとはどんな人物だ? 年齢は? 男か、それとも女か? どんな外見だ? 本名は? 仕事は? 今、どこにいる? 残っている信者たち全員を当たれと?」

「それは……そうですが」

麻衣子はうつむいた。問題はそこにあった。

もう一人のシヴァがいるという推定には自信があった。そして、そのシヴァは都内のどこかに爆弾を仕掛けたか、あるいはこれから仕掛けようとしている。

高橋を自殺に見せかけて殺害した上で、その死体を発見させた。当然、警察は事件が終わったと判断する。その油断をついて、再び爆弾を爆発させるつもりだ。

その場合、混乱は現在の比でなくなる。今でさえ、警察及び政府は交通網その他の混乱を抑え切れないでいる。

すべての情報を開示し、安全宣言をした上で新たな爆破が起きれば、本当の意味でのパニックが始まり、東京都内すべての機能が麻痺するはずだ。

「君が言っている通り、シヴァがもう一人いたとしても、我々にそれを捜す術はない。今、警視庁にいるかいないのかさえもはっきりしない共犯者を捜している時間はない。我々にとっての急務は、都内の治安を回復し、守ることだ。先ほどから全テレビ局が混乱する都内の状況を中継している。今後は捜査官の大部分をその鎮静化に充てる予定だ。近県にも警察官の動員を要請しているし、政府は自衛隊出動も考え始めている。ここまで来た以上、君の意見に、検討の余地はない」

長谷川が少し離れたところにあるモニターを指した。ニュースキャスターが有識者を招いて、意見を聞いている。その下にテロップが流れ続けていた。

〝渋谷インターチェンジで車が衝突、死者二名……JR全線不通……六本木トンネルで火災事故発生……〟

「まずは治安を回復しなければどうにもならない。このままでは首都壊滅の危機だ。犯人を発見したと早急に発表し、同時に各所で起きている混乱を鎮静化させる必要がある」

「ですが、特別捜査本部全体を治安回復に向ければ、今後更なる爆破が起きた場合、対応が不可能になります。犯人逮捕と事件解決を発表すれば、捜査官の士気も緩むでしょう。その状況で爆破が起きれば――」

もう十分だ、と長谷川が首を振った。

「君の意見は聞いた。だが、具体的な対応の方法があればともかく、現段階では対処のしようがない」

近づいてきた権藤が、長谷川の耳元で何か囁いた。わかった、とうなずいた長谷川が再び口を開いた。

「それに、これは君の管轄外だ。君は広報課員で、捜査に直接関係しているわけではない。余計な口出しは無用だ」

「本部長、広報課も捜査体制に組み込まれています。管轄外ではありません」

「では、言い直そう。警部、捜査方針の決定は我々がやる。君たちは我々の命令に従っていればいい。これでわかったか」

唇を強く嚙んだ麻衣子の前に、権藤が立ち塞がった。抗命行為は警察組織の中で最も忌避される。

「至急、会議を開く」長谷川が権藤に向かって言った。「各担当を集めておけ」

了解しました、と権藤がうなずいた。特別捜査本部を後にする長谷川と共に退出しようとしたが、立ち止まって麻衣子に書き殴ったメモを渡した。

〝後で話そう〟

メモにはそう書かれていた。

15

広報課に戻った麻衣子のところへ、権藤が現れたのは十分後のことだった。目配せに従って外へ出た。

こっちへ、と囁いた権藤が廊下の隅に麻衣子を呼んだ。そこに島本が立っていた。

「……何でしょうか？」

「警部、君と本部長の会話を聞いた。気になる点があった。君は自殺した高橋がシヴァではないと思っている。そうだな？」

無言で麻衣子はうなずいた。

「実際にはもう一人シヴァがいる。そして、その人物が今回の計画をすべて立て、高橋隆也を殺害した。高橋をシヴァと見せかけることによって、真犯人は行動の自由を得た。そして、これから更なる爆破を実行しようとしている」

「わたしはそう考えています。本物のシヴァがどんな手段を用いて高橋を利用するに至ったかは不明ですが――」

島本が口を開いた。

「権藤警部は遠野警部と同じ意見だそうです」

「大筋ではだ」権藤が低い声で言った。「すべてではない。ただ、高橋がシヴァだという結論は間違っている」

どういうことでしょう、と尋ねた麻衣子に、根拠はない、と権藤が首を振った。

「どうにも腑に落ちん……君が高橋を現場で見ていることも含め、奴が犯人だったのは間違いない。だが、なぜ奴が自殺をする必要があったのか、それがわからない」

「警部の意見に私も同感ですな。高橋隆也に死ぬ理由などなかった。少なくとも、御厨の釈放を確認するまで、死ぬことを許されていなかったはずです」

島本の言葉は、そのまま麻衣子の意見でもあった。そうなると、と島本が先を続けた。

「我々がしなければならないことはひとつだけです。本物のシヴァを捜し出し、逮捕する。しかも、次の爆破の前に」

無理だ、と吐き捨てるように権藤が言った。

「手掛かりは何もない。逆に言えば、すべての手掛かりが高橋へ向かうように、シヴァは巧妙に計画を立ててきた。犯人の特定は不可能だ。そして、シヴァがいつ次の爆破事件を起こすのか、それさえわからない。こんなことをしているうちに、シヴァが次の目標物を爆破させたら、何の意味もない」

待って下さい、と島本が言った。

「なぜシヴァが高橋を殺害したのか……ひとつは、彼を犯人と見せかけ、自分を捜査の圏外に置くためだったのでしょう。そして、その目論見はうまくいっています。現に、特別捜査本部は犯人の捜査ではなくパニックの鎮静化に主眼を置くようになっていますからね。特別捜査本部の捜査官は、都内全域に拡散しつつあります。その油断をついて爆破を行うつもりだとすれば、まだ多少の時間が残っていると考えていいでしょう」

多少ですがね、と島本が付け加えた。でも、と麻衣子は言った。

「権藤警部の指摘通り、犯人を特定する手掛かりが残っていないことも確かです。どうやって一億三千万人の中から、シヴァを見つければいいんですか?」

「我々三人でそれを考えるしかありません。他部署の助力は当てにできません」

島本の声が小さくなった。捜査官による捜索活動でも、高橋隆也を生きているうちに見つけられなかった。正体不明で、手掛かりがひとつもない本物のシヴァを三人だけで捜索するわけにもいかない。

三人の間に、重い沈黙が流れた。

16

高橋隆也の死体が発見されたビジネスホテルで、鑑識、第一機動捜査隊などによる初動捜査が終了し、特別捜査本部に報告が入っていた。

高橋の死因は縊死による自死、つまり本人自らが首を吊って自殺したと鑑識が意見を上げた。

その根拠として、ホテル室内に争った形跡がなく、また高橋本人にも抵抗した痕がないことが挙げられた。高橋は痩身だが筋肉質で背も高く、自殺に見せかけて殺害することはほとんど不可能と考えられた。

高橋の首に紐を外そうとする際につく傷もなく、また本人の爪から皮膚痕なども発見されていなかった。

この鑑識の意見に対し、第一機動捜査隊及び特別捜査本部の捜査官たちも基本的に同意していた。発見された死体の状況から考えて、高橋は自殺した可能性が高い。

高橋が一連の爆破事件の犯人であるという証拠も発見されていた。室内にあったスーツケース、パソコンなどが出動した爆発物処理班によって押収されており、スーツケースからはプラスティック爆弾と起爆装置などの部品類、またパソコンからは遺書が発見されている。

高橋の手帳も見つかり、その頁には銀座二丁目交番の見取り図などが記されていた。

その他にも、計画書と呼ぶべき箇条書きのメモもあり、銀座二丁目交番の爆破、警視庁遠野警部との教祖釈放要求交渉、鎌倉新宿ライナー内に爆弾を放置し、それでも教祖が釈放されなければ銀座でバスを爆破するという一連の流れも書かれていた。

計画書はそこで終わっている。最後に太い文字で、必ず御厨大善師を奪還する、という決意表明もあった。

もちろん、これを高橋本人が書いたのかは、筆跡鑑定を待たなければならない。死体は今後、監察医による解剖などの必要はあるが、諸般の状況から考えると、連続爆破事件の犯人は高橋隆也であり、また共犯者の存在を示す証拠がないこと、スーツケース内から未使用の爆発物が発見されたことなどから、事件は一応の終焉を見たと結論づけられた。

遺書の文面、また計画書の内容からも、高橋は他の場所に爆発物を仕掛けていないと考えられた。

同時に、高橋の足取りも含め、証拠固めの必要があった。鉄道、あるいはランドマークで爆発物の捜索を担当していた捜査官たちが、これに充てられることとなった。

ただし、高橋が他の場所に爆弾を仕掛けている可能性がまったくないと言い切れないため、この措置は拙速にすぎるのではないかという意見も特別捜査本部内にあったが、長谷川は都内の治安を取り戻すことが急務であるとし、反対意見を封じた。

事実、緊急に処置しなければ、二次災害、あるいは三次災害にまで被害が広がりかねない危険性は高かった。

特別捜査本部長・長谷川均の命令で、都内の捜査官が大移動を始めたのは、夜九時半のことだった。

17

午後十時、警視庁舎九階のプレスルームは人いきれが充満していた。文字通り立錐の余地もない。広々とした室内は、メディア各社の記者たちで溢れていた。

麻衣子は広報業務に戻り、会見場の最後部に立って記者やカメラマンたちの様子を監視していた。この中に真犯人と通じている者がいるかもしれない。

最前列には二十数台のテレビカメラが立ち並び、左右からは強いライトが何十本も中央にある会見席の壇上をめがけて直接光を放っていた。人の多さとライトの熱のため、空調を最大限まで効かせているにもかかわらず、誰の顔にも汗が浮かんでいた。

それだけの人数が詰めかけているにもかかわらず、ほとんど話し声はしなかった。時折カメラマンが何か指示をするぐらいで、軽口の類はまったくといっていいほどない。時間を気にしている者が多く、それぞれが時計を何度も確認していた。

正面に設けられた会見席に進み出た警視庁広報課員の一人が、マイクの位置を直し始めた。会見の始まりを示す動きだった。

広報課員と入れ替わるようにして、広報課長の曾根が現れた。マイクに手をやり、周囲にゆっくりと視線を向けた。

「ただ今より一連の連続爆破事件について、発表があります」

会見席の壇上に、三人の男たちが並んで腰を下ろした。向かって右に長谷川均刑事部長、中央に林警視総監、左に神尾副総監という順だった。

記者会見に警視総監と副総監が揃って出席するのは異例だが、それが事件の重大さを物語っていた。

立っていた曾根がマイクで役職名と名前を言った。凄まじい勢いでストロボが光り、テレビカメラの照明が光度を上げた。

数分の間撮影がひとしきり続き、シャッター音が少なくなったところを見計らって、それでは記者会見を行います、と曾根が告げた。

中央の席に座っていた林警視総監が左右を見た。神尾副総監と長谷川がうなずいたのを確認してから、始めていい、と小声で言った。

曾根が手元にマイクスタンドを引き寄せて口を開いた。

「その前に、本件に関しましては捜査上の機密を守るため、また混乱を防ぐためここまで事件に関する情報をあえて発表することなく捜査を進めて参りましたが、犯人側の意図的な情報操作により、一部報道機関へ犯行声明、更にいくつかの誤情報が流れたことを考慮し、この段階で記者発表を行うこととなりました」

曾根の頭上に設置されていたスクリーンに男の顔写真が映し出された。

「警視庁は本件、連続爆破事件の犯人を、本日午後八時の段階で、高橋隆也四十一歳と断定致しました。既に犯人の身柄は確保、また所持していた爆発物及び部品類一式について、これを押収しました。従って今後爆破事件は二度と起きないと断言できますので、都民の皆様には出所不明の情報等に惑わされることなく、警察その他関係当局の指示に従い、くれぐれも冷静に行動されるようお願い申し上げます。繰り返します、本件犯人の身柄は既に確保、爆発物撤去も終わっております。電気、ガス、水道、交通、通信など最低限のライフラインも確保されていますので、落ち着いて関係当局の指示に従って下さい。現在、各インフラに関しましては、政府、警察庁、警視庁が復旧のための努力を続けております」

曾根の声がわずかに高くなった。隣席の長谷川が小さく咳をした。

「事件の概要についてですが、現段階でお伝えできることを発表致します。一昨日土曜日午前十時半頃、銀座二丁目の交番で火災が発生、当初警視庁はこれを不審火、あるいはガス漏れによる火災と発表致しましたが、調査を開始したところ、爆発物と断定できる部品類が確認され、また同時に犯人と名乗る人物からの脅迫メールが警視庁に届いたことから、事件を単なる火災ではなく時限爆弾による爆破事件と認知、捜査に入りました。なおこの時点で、機密保持のため、情報についてはすべて非公開としたことをお断りしておきます」

三人の男が揃って頭を下げた。再びストロボが一斉に光った。

手で光を遮りながら、曾根が話を続けた。

「早い段階で容疑者を特定、同時に証拠固めを始めておりましたが、最終的に本日午後八時、都内ホテルに潜伏していた元合同相対教信者の容疑者高橋隆也を確認、逮捕のため捜査官が急行しました。その数時間前に高橋は縊死という形で自殺していたため、発見した時には既に死亡していたことを発表致します。その後の調べにより縊死体が間違いなく高橋本人であること、また本人が残していた遺書等から物的証拠が見つかったため、犯人と断定致しました。以上です」

次の瞬間、記者席にいた全員が立ち上がり、口々に質問を浴びせかけた。犯人の目的、動機、爆発物の種類、威力、犠牲者の身元、犯人確認の証拠、その他の事実確認を求めて質問が続いたが、答えたのは曾根だった。

本来なら特別捜査本部で指揮を執っていた長谷川が質疑応答に当たるべきだが、長谷川も神尾も、この記者会見において沈黙を守り続けた。

今後、マスコミは捜査方針などに対し批判的な論調で報道を始めるだろう。それに対し、矢面に立つつもりはないようだ。広報課長の曾根に発表をさせているのもそのためだ。

今回の事件に関して曾根をスケープゴートにする。それが二人の間にある暗黙の了解だろう。

「現段階での発表は以上です。今後記者会見を開き、順次お伝えしていく予定です」

曾根が小さく咳をした。警視庁がこの会見に踏み切ったのは、現在東京都内で起こっているパニックに対し、正確な情報を与えることで、秩序を回復させるためだった。

会見を打ち切るのは、記者たちの質問に対して警視庁が十分な回答を用意できていなかったことによる。

曾根が三人の警視庁幹部に目をやった。それでいい、と三人がうなずいた。

「現在、都内の治安警護のため、警視庁各担当が警備に当たっております。鉄道、道路その他交通関係の復旧、電気、水道など含めたライフラインの確保などについては、関係各省庁から個別に具体的な発表があります。時間はまだ決まっていませんが、おそらく数時間のうちかと思われます。以上」

記者会見を終わります、と曾根がマイクのスイッチをオフにした。再び記者たちの間から質問の声が沸き起こったが、顧みることなく曾根と三人の警視庁幹部はプレスルームから退室した。

18

記者会見の模様はＮＨＫ、民放などで報道特別番組として生中継され、またその後深夜に至るまで繰り返し放送が続けられた。ラジオ、ネットニュースなども同様だった。

犯人が特定され、爆発物が発見されたこと、更に警視庁が幹部同席で今後の爆破はないと公式に発表したことは、都民に強い安心感を与えた。その意味で、事件の犯人の実名を発表した政府及び警視庁の決断は正しかった。

都内のパニックが収束すれば、今後新聞などを中心に、なぜ警視庁が事件について情報を伏せていたのか、という批判が始まるだろうという危惧もあった。だが、現在起ころうとしている混乱を防ぐために、これ以上の方法はなかった。

警視庁は臨時編成を組み、交通網の混乱緩和を優先させた。つながりにくくなっていた各種ＳＮＳも復旧し、家族、あるいは友人などの安否が確認できるようになったのも、パニックを収束させる大きな要因となった。

大混乱が続いていた交通網についても、同様に収拾されつつあった。車に搭載されていたラジオやテレビ、あるいはネットニュースなどで一斉配信された犯人逮捕及び爆発物発見の情報が、パニックを収拾するために重要な役割を果たした。

午後十時二十分、ＪＲの一部が運転を再開、同三十分私鉄各線も運行停止を解除、徐行運転ながら運転が再開された。十一時半の段階で新幹線も翌日からの運転再開のための準備を開始すると発表した。

高速道路は午後十時三十分から段階的に、閉鎖されていたインターチェンジ、料金所の規制を解除、渋滞も緩和されていった。一般道でもそれは同様で、警察の検問が終了したため車線規制が解除されたこともあり、通行可能な道路が増えていた。

また追突事故、置き捨てられた車両の撤去のためにレッカー車、特型警備車が出動し、これもまた混雑緩和の大きな要因となった。

ＳＮＳ上では今後の状況を当て推量だけで語ったり、あるいは興味本位に事態の混乱を助長するような書き込みも目立ったが、警視庁の要請に対応して運営側が削除を始めていた。安易なデマを書き飛ばす者たちに対する非難の声も上がり、噂が独り歩きすることもなくなっていった。

各方面の関係者たちの尽力により、事件が鎮静化していると警視総監名で総務省に報告が上がったのは午後十一時過ぎだった。

報告書には事件に関する経緯と、犯人高橋隆也の自殺死体発見までの詳細な説明が記され、今後の措置についての方針がまとめられていた。

19

高橋隆也に関する捜査で、詳細な履歴が判明していた。高橋が教団に対して不満を抱いていたこと、そのために周囲との関係が悪化していたこともわかっていた。

ロシアに渡ってからの高橋の動きはまだ摑めていないが、中古車などの輸入販売業に携わっていたことは間違いなかった。この時期、ロシア軍部とのコネクションを築き上げた高橋が、何らかの手段でプラスティック爆弾を入手したと考えられた。

午後十一時半、ピア銀座ホテルの従業員から、高橋隆也によく似た人物が一週間前に宿泊客としてホテルにチェックインしたが、その後は姿を見ていないという通報が入った。

鈴木高次名義で九月十五日まで予約されていたその部屋は、料金を全額前払いしていたため、そのままになっていた。

急行した捜査官たちが部屋を捜索した結果、架空名義のスマホ十台、未使用のパソコン四台、偽造パスポートとロシア行きの航空チケット及び現金四百万円が発見された。いずれも重要な物証であり、長谷川本部長はこれらの証拠をもとに、改めて高橋を犯人と断定した。

もちろん、不明な点はまだ数多く残っている。高橋はピア銀座ホテルで宿泊手続きを取った後、そこに一泊していたが、翌日から姿を消していた。

その後土曜日の午後一時過ぎ、銀座二丁目交番爆破に際して遠野麻衣子警部の前に現れたことを除けば、死体となって発見されるまで、どこにいたのかは不明だった。

ホテル・シントミに潜伏していた可能性はあったが、ホテル関係者はチェックイン以外、見ていないと証言している。他にも拠点があったのではないか、そしてそこに別の証拠があるのではないか、と長谷川だけではなく捜査に関わる関係者の多くが感じていた。

また、ピア銀座ホテルで発見された偽造パスポートによると、約半年前に高橋は帰国していたが、どこで暮らしていたのか、何をしていたのか、生活費や四百万円もの現金をどうやって得ていたのかもわかっていない。

捜査すべきポイントは数多くあったが、やはり急務なのは都内治安の回復であり、そのために多くの人員が割かれるのはやむを得なかった。

警視庁上層部の中で、既に事件は終わっていた。高橋に関する捜査の優先順位が低くなるのは、当然でもあった。

20

「遠野警部」

はい、と反射的に返事をした。体は動かない。座ったまま眠っていた。

事件が起きた土曜日午後一時過ぎの時点から、月曜夜の今に至るまで、約五十八時間が経過していた。

特別捜査本部の捜査官は不眠不休で事件捜査に当たっている。数時間前、高橋隆也の自殺体が発見された段階で、麻衣子は本来の部署である広報課に戻り、通常勤務に就いていた。

その約五十八時間、麻衣子はほとんど眠っておらず、食事を摂る暇もなかった。差し入れのパンをわずかに食べただけだ。入浴はおろか、着替えすらしていない。

九月上旬、まだ残暑は厳しい。警視庁舎は官公庁であるため、設定室温は二十七度と決まっていた。

黙って座っているだけでも、じんわりと汗がにじんでくる温度だ。疲労はピークに達していた。

「遠野警部」

もう一度声がした。同時に、目の前のデスクに書類の束が置かれた。すぐ脇に立っていたのは広報課長の曾根だった。

「疲れているのはわかるが、居眠りは困る」

居丈高に言われ、すみません、と小さく詫びた。曾根は広報課長として特別捜査本部に属していたが、麻衣子のように二十四時間体制で本部内にいたわけではない。

広報官である曾根が事件捜査に関わる必要はなかった。犯人と接触していた唯一の警察官であったため、通常の編成とは違う形で特別捜査本部に組み入れられていた麻衣子とは違う。

既に高橋の死体が発見されている以上、事件は終結の方向に向かっていると言っていい。ただ、麻衣子に関しては、特別捜査本部から外れた後も、通常業務である広報課に戻るよう命令が下っていた。

休ませてほしいとは言えなかった。広報課員である以上、命令には従わざるを得ない。

「先ほどの記者会見資料だ」曾根が言った。「確認の上、君が各記者クラブに配布するように。広報課で特別捜査本部にいたのは君だけだ。内容に誤りがあれば、訂正の上、私に戻してくれ」

最初の数行を斜め読みした。その内容は多岐にわたっている。十数頁にも及ぶ資料だ。

「一時間以内に、必ず終わらせてほしい。各新聞社から強い要請が入っている。朝刊の締め切りに間に合わせたいそうだ」

曾根は記者会見の前に仮眠を取っていたようだ。顔色は決して悪くなかった。

「頼んだぞ。一時間以内だ」

うなずくと、肩が凄まじい音をたてた。寝不足と緊張で気分が悪い。食事を摂っていないためか、胃が激しく痛んだ。

トイレの個室に駆け込み、便器を抱えるようにして胃の中のものをすべて吐いた。ほとんど何も出てこない。黄色い胃液が便器の中へと落ちていくだけだった。

鏡に向かうと、土気色の顔が映っていた。もともと血色のいい方ではなく、また職業柄薄化粧でもある。それにしても、ひどい顔だった。

冷たい水で顔を洗い、ハンカチで拭った。気分の悪さはわずかながら治まっていた。

(ポーチを忘れた)

メイク道具の入っているポーチを自席に置いたままにしていた。すでに化粧は落ちている。

外見に構っている場合ではない、と麻衣子は手のひらで頰を叩いた。やらなければならないことはまだ残っていた。

広報課の自席に戻り、曾根に命じられていた資料の再確認を始めた。時間はないが、発表用の資料だ。流し読みするわけにもいかない。

資料を読み込んでいくうち、また同じ疑問が脳裏をよぎった。なぜ、あの時高橋は自分の前に姿を現したのか。

(特別捜査本部は間違っている)

爆発物や部品類を準備し、銀座二丁目交番にセットしたのは高橋だった。だが、真の意味での犯人は別にいる。なぜなら、高橋に自殺する動機がないからだ。

カルト宗教の信者が何を考えているかなど、誰にもわからない。だが、絶対的な矛盾があった。

現時点で御厨教祖は釈放されていない。つまり、高橋は結果を残していない。教祖が釈放されてからならともかく、今の段階で高橋が自殺する理由はない。

資料を読み直していくにつれ、麻衣子は再び自分の考えに強い確信を持ち始めていた。却下されたが、自分の意見は間違っていない。犯人は別にいる。

そう考えれば、さまざまな疑問が氷解していった。高橋は真犯人に殺害された。

資料を読む手を止めて、スマホを取り上げた。画面に触れると、すぐに相手が出た。

『島本です』

低い声がした。

21

「まもなく、午前零時になる」

曾根が広報課員を集めてブリーフィングを始めていた。

「一連の事件に関して、再び記者会見を行う。マスコミ各社から事実確認、あるいは他の情報提供を求める要請が入るだろう。本件に関しては、絶対に情報を漏らすな」

手にしていた資料を高く掲げた。つい今しがた、麻衣子が作成を終えた資料だ。

午後十時段階での記者会見で発表された内容より若干詳しく記されている。可能な限り、新しい事実にも触れていたが、マスコミ各社が納得するだけの情報を発表しているとはいえなかった。

問い合わせが殺到するだろう。質問には一切ノーコメントで通すように、と曾根が繰り返した。

「現段階で、まだ都内の混乱は収まっていない。ひとつ対応を誤れば、更なるパニックが予想される。それに配慮して、マスコミ対応を行うこと。本資料に記載されていない内容について、一切回答してはならない。万が一、そのようなことがあった場合、服務規程違反に問う場合もある。何か質問は？」

解釈について、と一人の広報課員が尋ねた。資料内で、警視庁及び特別捜査本部はすべての事象を断言しているわけではない。

『……と思われる』

『……と推定される』

といった記載も併用されている。通常の記者会見や資料配布の際にもあることで、むしろ断定する場合の方が少ないかもしれなかった。マスコミとしては、その解釈をする必要が出てくる。

通常なら、メディアの記者と現場捜査官、あるいは広報官との間に、何らかの形で意思の疎通がある。言外に匂わせるような形だ。記者会見で発表された内容についての解釈には、警察側の協力が必要となる。確認なしで記者が原稿を作ることはあり得ない。

ただし、今回、特別捜査本部は鉄のガードで守られていると言ってもいい。彼らは何も話さないだろう。当然、取材の矛先は広報課へと向かう。

「答える必要を認めない、と回答するように」

曾根が言った。異例ではあったが、それをわかった上で発言していると理解し全員がうなずいた。徹底的な回答拒否が大前提となっているのだろう。

「あと十分だ」曾根が腕時計に目をやった。「では、準備を」

解散、と曾根が言った。それを待っていたように、麻衣子のスマホが鳴った。

「遠野です」

『島本です……今、こちらへ来れますか？』

今は、と麻衣子が声を潜めた。十分後に記者会見を控えた今、この場を離れるわけにはいかない。

『では電話で……今、権藤警部から解剖所見のコピーを受け取ったところです。主なポイントだけ言いますと、死因は頸椎骨折による窒息死、死亡推定時刻は午後一時半前後。検死医の判断では自殺です。理由として、要するに抵抗痕がないということが挙げられています。ただし、ひとつだけ、血液からアルコール反応と睡眠薬反応が出ているそうです』

「……睡眠薬？」

『成分は現在分析中ですが、おそらくソセボンではないかと……自殺体から睡眠薬が検出されるのは……』

自殺者が睡眠薬を服用することはレアケースといえない。自殺者が自殺に至るまでの心理的なプロセスには、多くのパターンが考えられる。

強い不安、恐怖など精神的な負荷がかかっている場合には、睡眠薬を服用しても眠ることができず、更に倍量を呑み、それでも眠れないという錯乱状態の中、発作的に自殺を図るというケースもあり得る。

「権藤警部の見解は？」

『……自殺ではない可能性もあると。私もそう思っています。ただし、私たちには先入観があります。その要素は考慮に入れておかねばならんでしょうな』

「どうしますか？」

『特別捜査本部に意見を上申しようと思っています。却下されるでしょうがね』

淡々とした口調だった。この場合、意見上申はそのまま高橋の死因が自殺ではなく他殺であるという意味を持つ。

当然、その犯人が別にいることになり、一連の爆破事件にその人物が関与していた可能性が生まれる。

だが、既に特別捜査本部は事件の犯人を高橋隆也と断定していた。一回目の記者会見でもそう発表していたし、数分後に行われる記者会見でも、すべては高橋による犯行だという前提は変わっていない。

大方針に反する意見は取り入れない、というのが長谷川特別捜査本部長の基本的な態度だった。麻衣子も長谷川に第三者の関与を上申していたが、その意見も却下されていた。

「島本警部、会見が終わり次第、すぐ特別捜査本部に戻ります。その前に、ひとつだけ調べていただきたいことがあります」

『何でしょう？』

「睡眠薬の包み紙か包装シートが現場にあったかどうか、確認して下さい。錠剤にしても粉末にしても、包装物が必ず現場に残されていなければなりません。ホテルの清掃業者の報告書はわたしも読みました。三日間、ごみの類はほぼなかったそうですが、高橋が睡眠薬を服用していたなら、必ずその包装物が残っているはずです。もしなかったとすれば……」

『誰かが強制的に呑ませた可能性が高くなります』確認しましょう、と島本が言った。『裸のまま睡眠薬を持ち歩く人間など、聞いたことがありませんからな。説得の材料にはなるでしょう。とはいえ、それでも長谷川本部長が意見を受け入れてくれるとは思えませんがね』

深いため息がスマホの底に響いた。急いで下さい、と麻衣子が言った。

『権藤警部を通じ、報告を入れているところです』慰めるように島本が言った。『ですが、難しいことは否めない状況ですな』

ぼんやりとだが、麻衣子には真犯人の思惑がわかっていた。高橋を自殺に見せかけて殺害し、その死体を発見させる。警視庁はパニックを抑えるために、犯人逮捕という情報を繰り返し流すだろう。

同時に、今後爆破は二度と起きないと安全宣言を出す。そうしなければパニックは収まらない。

今、都内のパニックは収束しつつある。にもかかわらず、次の爆破が起きればどうなるか。

警視庁、あるいは政府がどう呼びかけても、都民はその声を信じなくなる。再び起きるパニックは前と比べものにならない規模となるだろう。

場合によっては都内に留まらず、全国に飛び火する可能性もある。止めることは誰にもできない。真犯人の狙いは、そこにあるのではないか。

「真犯人は必ずいます。そして、次の爆破を目論んでいるでしょう。既に爆発物も設置済みなのでは？」

そうかもしれません、と島本が答えた。

『逆に考えると、真犯人が今夜目標物を爆破させることはないでしょう。情報が伝わりにくいので、かえってパニックの誘発が難しくなりますからね。狙うとすれば明朝のニュース、もしくは朝刊で都民が安全を確認した後でしょうな』

麻衣子の脳裏に、通勤ラッシュの電車が爆破される光景が浮かんだ。電車とは限らない。建物かもしれないし、他の交通機関ということもあり得るだろう。いずれにしても、その際のパニックは地獄のような惨状になる。

「それまでに犯人を見つけないと……」

東京は終わりです、とつぶやいた島本が、また連絡します、と電話を切った。

22

ホテルの一室でテレビの画面に目をやっていたシヴァは、小さな欠伸と共にリモコンで電源を切った。

NHK、民放を含め、すべてのテレビ局が報道特別番組を放送していた。警視庁による二度目の記者会見の生中継だ。

警視庁の発表は、何もかも予想通りだった。高橋隆也を犯人と断定、単独犯であり、教団そのものに直接の関係性はなく、すべては高橋の独断による犯行とされた。

警察内部に異論がなかったとは考えにくい。例えば捜査会議の場で、共犯者の存在について示唆した捜査官がいたかもしれない。

だが、警察機構にとって、それは認めにくい事実だ。彼らにとって最も重要なのは、現在東京を襲っている大混乱をいかにして速やかに収束させるか、という一点に尽きる。深夜にもかかわらず、記者会見を開いたのはそのためだ。一刻も早く情報を開示し、それによってパニックを収束させる必要があった。ホテルの窓から見下ろすだけで、都内の混乱が手に取るようにわかった。

時間の経過と共に多少軽減したとはいえ、道路の混雑はまだ延々と続いている。放置された事故車が、見えるだけでも十数台あった。

JRの線路をたまに電車が通過するのが見えたが、ダイヤは乱れたままだろう。また、その速度も遅かった。

他にも人災を含め、東京の機能が麻痺しているのは報道特別番組でもアナウンスがあった。この状況下、警察にできるのは情報操作だけだ。

具体的には、テレビやインターネットを通じ、冷静さを取り戻すよう都民に呼びかけることしかない。それ以外、有効な手立てはない。

銀座のバス爆破事件を含め、一連の事件に関して都民の関心は高い。深夜であっても、誰もがテレビやネットに釘付けになっているだろう。そこで安全宣言を発表すれば、少なくとも都民の心理的な不安は収まる。

だが、何か不審な点があっても、警視庁は目をつぶらざるを得ない。これ以上不安を煽るようなことはできないからだ。

膨らみきった風船は、ほんのわずかな衝撃でも破裂する。彼らがそんな危険を冒すはずはなかった。

共犯者の存在を上申する者がいても、その意見は却下される。シヴァには警察の考えがよくわかっていた。

（せいぜい、安全を強調すればいい）

頰に微笑が浮かんだ。警察が犯人の逮捕を発表し、都内で二度と爆破事件が起きないと明言するほど、次の爆破の後に起きるパニックは大規模なものになる。

準備に取り掛からなければならない。ソファから立ち上がり、クローゼットを開くと、黒のショルダーバッグが出てきた。会社員が出勤時に使うようなバッグだ。

入っていた金属製の箱に、粘土状の塊が収められていた。予備のため高橋に用意させたプラスティック爆弾だ。

ロシアルートを通じて、プラスティック爆弾を日本に持ち込んだのも、時限装置や起爆装置を作り上げたのも高橋だった。シヴァもある程度学んでいたが、過去にフランス外国人部隊に参加し、爆発物の取り扱いに習熟していた高橋には及ばない。

単純な設計にと要請すると、高橋は市販品を使い、簡単なタイムスイッチを作った。原理だけで言えば、目覚まし時計と同じだ。設定された時刻になれば電源が入り、爆発が起きる。

同時に、高橋は起爆装置に携帯電話を接続していた。外部からの電気信号を受信すれば、強制的に起爆装置が働き、爆発を起こす。

シヴァにとって都合がよかったのは、設定時刻を待つまでもなく、電話をかけるだけで爆発させることが可能になった点だ。

(馬鹿だが、使えない男ではなかった)

微笑を浮かべ、付属している時計の電源を入れた。現在時刻が表示された。深夜零時半。シヴァは爆破予定時刻の設定を始めた。

23

広報課には、警視庁内にある新聞社関連の記者クラブからの問い合わせが殺到していた。テレビ局による生中継を受けて、新聞記者は事件に関する詳報を読者に伝える必要があった。

「遠野警部」広報課員の一人が受話器を掲げた。「電話が入っています」

「会議中と言って下さい」

記者の相手をしている余裕はない。いいんですか、と広報課員が言った。

「本部の島本警部からですが」

麻衣子は素早く保留になっていたボタンを押した。携帯に出て下さい、という苦笑交じりの島本の声が聞こえた。

「すいません」

『いや、わかってます。広報課は大変なことになっているでしょうな』

落ち着いた声がした。警部、と麻衣子は声を低くした。

「意見上申に対して、長谷川本部長の回答は？」

何も、と島本が言った。

『権藤警部を通じ、他に犯人がいる可能性について意見を上げていますが、返答はありません。黙殺されているんでしょうな』

長谷川は都内のパニックの鎮静化を命じていた。動員された警察官は道路状況の改善や、電車、駅などの混乱の解消に向かっている。この状況下で、他に犯人がいるという意見を検討するはずもない。

『他の捜査官の中にも、不審に思っている者はいるでしょう。ある程度の経験があれば、自殺体から睡眠薬が検出されたという報告を妙だと考えますよ』とはいえ、と島本が憂鬱そうに言葉を続けた。『現段階で、長谷川本部長の方針は間違っていません。都内の混乱は思っている以上に深刻です。今の時点で、真犯人が別にいるとなれば、パニックは更に激化するでしょうからね』

「上からのプレッシャーもあると思います」麻衣子はため息をついた。「犯人が仕向けたことですが、事件についての情報が流出し、警視庁にとって不本意な形でマスコミが報道を始めたのも事実です。何としてでも事件の早期解決を図り、東京の治安を取り戻さなければならないという焦りは、わかるような気がします」

「その通りですな。だから長谷川本部長は我々の意見上申を無視しているのでしょう」

そう考えていくと、と麻衣子は言った。

「犯人がなぜ情報をマスコミに流したのか……混乱を招くためですね？　容疑者だった高橋の死体が発見されれば、警視庁としては事件に関する情報を公表し、事件の終結を宣言せざるを得ません。犯人の狙いはそれだったんでしょう」

警視庁は犯人高橋隆也の死体発見を公式に発表、今後爆破は二度と起きないと安全宣言を出した。パニックを防ぐにはそれしかない。

だが、ある意味でこれは諸刃の剣だった。安全宣言を出せば警視庁も含め、都民の間に油断が生まれる。

その隙をつく形で真犯人が新たな目標物を爆破したらどうなるか。今までの比ではないレベルで、大勢の犠牲者が出るだろう。

すべての機能が東京に集中している現代において、東京が機能を停止してしまえば、日本という国家そのものが仮死状態となる。真犯人の計画通りになれば、関東大震災が起きたのと同じか、あるいはそれ以上の被害が出るだろう。

情報によってこの国は潰(つぶ)される。人的な被害はもちろん、経済的な損失は計り知れない。

『御厨の釈放という要求も、真犯人にとっては真の目的ではないのかもしれませんな』

島本が言った。『本当に狙っているのは……この国を壊滅させることでは?』

そうとでも考えなければ、真犯人の行動は理解できない。矛盾だらけだった。

「わたしは……どうすればいいのでしょう?」

自分の無力さを思い知らされていた。意見上申に対する回答はない。

明確な証拠を発見しない限り、長谷川の方針を変えることはできないだろう。麻衣子は広報課員に過ぎない。捜査に関する権限はなかった。

『警部、諦めてはいけませんよ。何か手が残っているはずです』

「……例えば?」

麻衣子の問いに返事はなかった。また連絡します、と言って島本が電話を切った。

24

「遠野警部」

声をかけられて、麻衣子は顔を上げた。見つめていた曾根が、数枚のコピー用紙をデスクに載せた。

「この資料に目を通しておくように。先ほどの記者会見を受けて、記者クラブの各社に配布する。君の確認が必要だ。急いでくれ」

時計に目をやった曾根が足早に遠ざかっていった。午前零時の記者会見における発表と同じ内容だが、いくつか新しい情報もあり、その密度が濃くなっていた。

今回の事件について特徴的だった犯人からの連絡方法について記載がある。犯人は海外サーバー経由でメールを利用した、と資料にあった。

銀座二丁目交番爆破事件については、銀座付近から犯人が電話をかけてきたことがその後の通信キャリアの調べでも確認されていたが、鎌倉新宿ライナー爆弾放置事件はスペイン・マドリード、そしてバス爆破はイギリス・ロンドン、更にその後警視庁ホームページへの犯行声明、あるいはマスコミへのメールはアメリカ・ニューヨークからの送信に偽装されたメールだった。

（それにしても）

最後に資料全体を読み返しながら、麻衣子は首を傾げた。なぜマドリードなのか。単なる気まぐれなのか。

海外サーバーを経由するにしても、スペイン、イギリス、そしてアメリカという三カ国だった理由は何か。

島本と共に、麻衣子は犯人からのメールを徹底的に分析してきた。加えて麻衣子自身、一度だけだが真犯人と会話も交わしていた。

他人を絶対に信頼しない人間というイメージがある。自分しか信用しない者。

(だとすれば)

犯人の絞り込みが可能かもしれない。麻衣子は乱暴にまとめた資料の下に印をついて、隣席の担当者に渡した。

「何か？」

眼鏡をかけた男が顔を上げた。でっぷりとした顔に愛嬌が漂っている。問いただすように瞳が動いた。

「ちょっと外します」

それだけ言って広報課を出た。もう一度、島本と話さなければならない。エレベーターホールは目の前だった。

25

特別捜査本部に直行したが、島本の姿はなかった。どこへ行ったのか、と周りを見渡していた麻衣子を呼ぶ声がした。

「遠野警部」

振り向くと、立っていたのは高輪署の戸井田だった。

「どうして、ここに？」

「ごぶさたしています」戸井田が小さく微笑んだ。「鎌倉新宿ライナーの一件で、報告しに来たところです。本庁ってのは面倒ですね。この二日間で三度も呼び出されましたよ。しかも時間は長いし、参りました……実は、ずっと警部を捜していたんです」

ひと言挨拶したくて、と頭を下げた。

「戸井田さんも大変でしたね」

深夜一時を過ぎ、九月十一日の火曜日になった今、銀座二丁目交番爆破事件が起きてから六十時間が経過していた。

麻衣子にとって、そして警視庁にとって最も濃密な時間が流れた三日間だった。

「訓練なんて、おかしいと思ってたんです」爆弾を発見した時の様子を戸井田が説明した。「最初は酔っ払いにからまれていた女の人を助けるだけのつもりだったんですが……情けは人のためならずっていうのは、本当ですよ」

あれがなければ爆弾を見つけることはできませんでした、という言葉に、上の空でうなずいた。今は戸井田の相手をしている場合ではない。

「すいません、警部。一課の沼田(ぬまた)警部補に今の件を報告しろと命じられましたが、どこにおられるんでしょうか？」

誰に聞いたらいいのか困ってたんですよ、と戸井田が言った。所轄の刑事である戸井田にとって、本庁の捜査官は雲の上の人といっていい。誰にも聞けずにいたという気持ちはわからなくもなかった。

「沼田警部補は……あそこにいます」麻衣子が奥を指差した。「右から二番目、グレーのスーツを着ています」

おっかなそうな顔ですね、とつぶやいた戸井田が奥へ向かった。

麻衣子は通りかかった捜査官を摑まえて、島本警部がどこにいるか知りませんか、と尋ねた。さっきまで通信本部にいましたが、今は席を外しているようです、という答えが返ってきた。どこへ行ったのか。

特別捜査本部を飛び出したところで、廊下の向こうから歩いてくる島本の姿が見えた。手持ちぶさたなのか、ボールペンの尻を齧(かじ)っていた。

「島本警部！」

叫んだ麻衣子に、どこにいたんですか、とボールペンを口から離さないまま島本が言った。

「捜していたんですよ」

わたしもです、と麻衣子は答えた。入れ違いになったようだ。

「つい今し方、権藤警部から連絡がありましてね……我々の上申は正式に却下されたということです」

そうですか、と麻衣子はうなずいた。予想していた通りだ。

権藤警部と話した方がいいでしょう、と島本が歩き出した。麻衣子はその後を追った。

26

権藤は警視庁十一階の小会議室にいた。特別捜査本部が手狭になっていたため、鑑識など一部の捜査官たちが使用していた部屋だが、高橋の死体が発見されてからは無人になっていた。

麻衣子の顔を見るなり、君のせいで特別捜査本部から外されたよ、と権藤が苦笑を浮かべた。

「君たちの意見を長谷川本部長に上げた途端、待機を命じられた。方針に従わない者は排除する、というわけだ」

しかし、と狭いテーブルに向かい合わせになる形で島本が座った。

「高橋が一連の事件に関与していたことは確かですが、その裏にもう一人真犯人と呼ぶべき人物がいる可能性については、あなたも同意見だったと思いますよ」

「愚痴ぐらい言わせてくれ……それで、何の用だ？」

それは遠野警部から、と島本が促した。立ったまま、麻衣子は捜査資料を開いた。

「先ほどの記者会見用に作成された資料です。詳しく確認していくと、いくつか矛盾点が見つかりました。繰り返しになる部分もありますが、聞いていただけますか？」

結構だね、と皮肉めいた声で権藤が答えた。麻衣子は説明を始めた。

「犯人が銀座二丁目交番に爆発物を仕掛けた時間は、その後の調べでかなり正確に判明しています。勤務に就いていた警察官が巡回に出ていた時間、勤務交替の時間、それにわたしが電話を受けた零時五十五分という時間を考え合わせると、午後零時半から零時五十五分までの二十五分間しか、犯人が行動できる時間はありません」

その通りですな、と横に体をずらした島本が資料を覗き込んだ。麻衣子は先を続けた。

「爆発が起きたのは一時五分。高橋本人が交番に爆弾を仕掛けたのは間違いありません。彼が現場にいたのは、わたしも見ています」

わかっている、と二人の男がうなずいた。ですが、と麻衣子は資料を指差した。

「以下の問題について、警察の検討は不十分でした。一時過ぎの段階で銀座にいた高橋には桜田門交差点にプラスティック爆弾が入った紙袋を放置することはできません」

「交番の爆破後、桜田門まで移動、用意していた爆弾を入れた紙袋を置いた。そうじゃないのか？」

時間的には可能だろう、と権藤が言った。無理です、と麻衣子は首を振った。

「高橋は爆破後も現場に留まっていました。それは電話を受けたわたしが一番よくわかっています。彼がオートバイに乗って走り去る姿を確認してから、わたしは本庁に向かいました」

「銀座から桜田門までは直線距離で約二キロ、オートバイなら十分かからないでしょう」

「爆破が起きた時点で、近隣の交番、警察署、消防署から警察官や消防隊員が現場に向かっています。爆破直後、高橋の目撃情報について、わたしは本庁に連絡を入れました。人相、体格が判明していたにもかかわらず、不審尋問に引っ掛かる人物はいませんでした。あり得ないことです」

犯人としては逃げるのに精一杯だったはずでしょうな、と島本がつぶやいた。

「銀座から桜田門まで、検問は間に合いませんでしたが、緊急配備体制が敷かれていました。全員が不審者を見逃したとは考えられませんな。桜田門一帯には数十メートルおきに警察官がいたわけですし、遠野警部の連絡にあった条件に該当する人物が交差点辺りで爆弾の入った紙袋を置いていれば、不審尋問ぐらいはしていたでしょう」

では逆だ、と権藤が言った。

「犯人はまず桜田門交差点に爆発物の入った紙袋を置き、その後銀座に向かった。時間は午後零時前後。その時点で交通状況に問題はなかった。電車も通常通りに運行していたし、道路も空いていただろう。そう考えれば辻褄は合う」

権藤の言葉通りだとすれば、時間的に高橋が桜田門交差点と銀座二丁目交番に爆弾を設置することは可能だったかもしれない。だが、麻衣子は首を振った。

「犯人からの連絡で、わたしたちが桜田門交差点付近の捜索を開始したのは午後三時前後、つまり、もし高橋が銀座二丁目交番爆破の前に桜田門交差点に爆弾を放置していたとすれば、いつ発見されるかわからない状態が三時間以上続くことになります。銀座二丁目交番の爆破前に爆弾が発見されていたら、犯人の計画に狂いが生じたでしょう。主犯であり、本件を計画した犯人にとって、それでは都合が悪かったはずです」

「共犯者の存在について、自分は君たちの意見に同意している。長谷川本部長の意見とは異なるが、これればかりは譲れない。共犯者、あるいは真犯人というべきもう一人の人物がいたことは間違いない。君が言ったことも、その根拠のひとつだ。だが、いったいなぜ真犯人はそんな面倒なことをしなきゃならなかったんだ？」

自分から嫌疑を逸らすためです、と麻衣子は言った。

「この事件の犯人は、高橋隆也でなければならなかった。少なくとも、そう見せかける必要があった。高橋単独の犯行と警察に信じ込ませることで、行動の自由を得たんです」

確かに、と島本がうなずいた。

「各駅の防犯カメラから、高橋の姿は未だに発見されていません。鎌倉新宿ライナーの車両にどうやって高橋が爆弾を置いたか、それがわかりませんでしたが、共犯者がいたとすれば高橋が見つからないのはむしろ当然でしょうな」

「もう一人いる」麻衣子は話を引き取った。「そう考えれば整合性が取れます。いくら高橋を捜しても見つかりません。わたしたちが追いかけていたのは、わたしが撮影した写真に写っていた高橋隆也で、他の人間ではないんです」

真犯人は高橋隆也を説得し、麻衣子に顔を見せ、写真を撮影させた。当然、警察は犯人を高橋と断定、その捜索に全力を傾ける。

桜田門や電車内に爆弾を放置していったのが、身体的特徴の違う人間だったとすれば、厳重な監視網をすり抜けるのは容易だ。

各駅の防犯カメラを確認していた捜査官たちは、犯人についての情報を持っていると信じ込んだ。麻衣子の報告による犯人の身体的特徴、似顔絵、更にその後入手した高橋隆也の写真は、確実な情報だからだ。

その情報に当てはまらない人物は、自動的に排除されていく。もう一度調べ直しますかと言った島本に、無理だろうな、と権藤が首を振った。

鎌倉新宿ライナーで発見されたデパートの紙袋を所持していた人間は数百人、あるいは数千人にも及ぶはずだ。別の袋を上からかぶせて、擬装していた可能性もある。どちらにしても捜せるわけがない。

どうする、と権藤が言った。うなずいた麻衣子は口を開いた。

「真犯人がこれから何をするか、わたしにはわかります。東京に大パニックを起こすつもりです。銀座のバス爆破事件は一種のリハーサルかもしれません。今後、更に大規模な形での爆破を目論んでいます。警視庁が安全宣言を出し、一定の秩序を取り戻しかけている今が、犯人にとって絶好の機会というわけです」

ですが、と島本が麻衣子を見つめた。

「どうやって犯人を捜すつもりですか？　口封じのため、高橋がその真犯人に殺害されたとすれば、我々には手掛かりがありません。犯人の名前も、年齢も、性別さえも不明です。そして、どこに爆弾を仕掛けているのか、それともこれから仕掛けるつもりなのか、それさえもわからないんですよ？　これでは動きようがありません」

「おまけに人員もいない」肩をすくめた権藤が冷笑を浮かべた。「上層部は事実上の終結宣言を出している。自分たちの意見上申も却下された。現在、ほとんどの捜査官が都内の治安回復のために出動している。この騒ぎを落ち着かせなければ、捜査も何もない」

どうやって犯人を捜すつもりだ、と権藤が麻衣子に視線を向けた。

「捜すつもりはありません」

犯人を割り出します、と麻衣子は言った。

「犯人ですが、合同相対教の元信者、あるいは何らかの形で教団に関係していた者でしよう。そうでなければ、高橋隆也との接点がありません」

認めよう、と権藤がうなずいた。

「ですが、高橋は教団以外の場所に友人がいませんでした」島本が寝不足で真っ赤に充血した目をこすった。「教団内にさえ、友人はいなかったんですよ？　それは教団関係者すべてが証言しています」

加えて、と麻衣子はリストに目を走らせた。

「わたしは犯人と話しました。淀みはなく、一定の秩序を保った会話で、わたしの誘導に惑わされることも、感情的になることもありませんでした。また、わたしの質問の意味や意図も理解した上で会話を続けていたのも確かです。それは学歴の高さを意味します」

それは証拠にならない、と権藤が唇を尖らせた。

「学歴が高くても、正しい敬語の用法を知らない者はいくらでもいる。会話の印象だけで人間性や教養について憶測するのは危険だ」

「犯人は真の意図を隠蔽し、警視庁すら欺いています」麻衣子は強く首を振った。「また、高橋を思い通りに誘導していました。これは心理誘導法の中でもかなり高度なもので、専門的な知識を学んだ者にしかできないと思います」

すべては可能性だ、と権藤が両手を肘の辺りで広げた。

「他に何かないのか？」

あります、と麻衣子はうなずいた。

「会話において、犯人は方言を使っていませんでした。わたしは交渉人研修の際、発音についての講習も受けています。隠そうとしても、発音する言葉には必ず固有のアクセントが出ますが、完全な標準語でした。従って、犯人は東京ないしその近郊出身と思われます」

「君の話はすべて可能性だ」腹立たしげに権藤が怒鳴った。「今は全国に在京キー局が制作したテレビ番組が流れているんだぞ？　ある意味では、生まれた時から標準語教育を受けているのと同じだ」

権藤警部の言う通りです、と島本が頭を掻いた。

「アナウンサーの養成講座、声優の専門学校に通って方言を矯正していたかもしれません。東京なのか、それとも地方出身者なのか、軽々には判断できませんよ。ましてや警察関係者に直接脅迫電話を入れている以上、その特徴でもある方言、あるいは話し方については、最大限の注意を払ったのではないでしょうか？」

それでは、と麻衣子は別の可能性を示唆した。

「犯人は痩せているか、あるいは小柄だと思います」

「根拠は？」

短く権藤が尋ねた。声です、と麻衣子は答えた。

「電話の会話において、犯人が送話口との距離を離す必要はありません。犯人の呼吸音から考えると、口と電話機の位置は通常と変わらなかったでしょう。ですが、明らかに犯人の声は通常の人間より低く、小さなものでした。つまり声帯が小さいか、あるいは狭いことになります。言うまでもありませんが、これは犯人が小柄な体格であることを意味します」

「職業はどうでしょう?」島本が額に手を当てたまま言った。「犯行は土曜日に始まっていますよね。時間は午後一時前後。その後、日曜日を挟み、月曜日にバスを爆破しています。普通の会社員とは考えにくいのではありませんか?」

「月曜日に代休を取ればいいだけの話だ。会社員でも十分に可能だろう」

権藤が憂鬱そうに首を振った。

「男性と考えてもいいのでは?」島本が腕を組んだ。「犯人は情報技術について詳しいようです。一般的に言うと、男性の方がデジタル技術に強いと思いますが」

いいえ、と麻衣子は首を振った。

「デジタル社会に対応しているのは、むしろ女性の方が多いでしょう。特に、ある程度以上の年齢に達した男性はパソコンに弱く、女性に頼っているのが実情です」

そうですよね、と権藤に目をやった。獰猛な顔が横を向いた。

27

シヴァが建物に入ったのは、深夜二時半過ぎだった。

困難はなかった。多くの企業、会社が各フロアにテナントを構えているこのビルには、夜間通用口がある。

警備員も常駐しているが、不特定の人間が出入りするビルの性格上、よほど不審な行動を取らない限り、止められるはずがなかった。

しかも、平日の火曜日だ。問題は何もなかった。

夜間通用口を通過するには、それぞれの会社のパスワードと暗証番号を端末に打ち込む必要があったが、毎日変更しているわけではない。調べたのは高橋隆也だ。シヴァは堂々と通用口から建物内に入った。

エレベーターホールに向かった。目指していたのは三十四階だ。外資系自動車販売会社、サンデー・バッカード社の東京本社オフィスが入っている。

サンデー・バッカード社について、何も知らないし、興味もなかった。三十四階というフロア階数が重要なだけだ。

建物全体の構造から考えて、三十四階に爆弾を仕掛ける以外選択肢はない。シヴァにとって、それは必然だった。

高層階エレベーターに乗り、三十四階のボタンを押した。深夜二時半という時間帯のため、途中で止まることはなかった。すぐに目指すフロアに着いた。

廊下を進むと、女子トイレの横に給湯室があった。これも事前に確認済みだ。

フロア内の照明はついていない。誰もいないのを確かめてから、給湯室内に足を踏み入れた。

特殊な造りではない。銀色に鈍く光るシンク、ガス給湯器。分別用のゴミ箱が二つある。食器棚にはいくつかの来客用の茶器が並んでいた。

シヴァは肩から下げていた黒いバッグの中を確認した。高橋隆也が入手したプラスティック爆弾が入っていた。総重量一キログラム。

爆発すれば、このフロアはもちろん、建物自体に壊滅的な被害が生じるだろう。爆弾を仕掛ける際は、効果を最大限にするため、細かい計算が必要だったが、シヴァにそのつもりはなかった。

三十四階そのものを完全に破壊すれば、ビル全体が崩落し、地上に地獄が現出する。それを目の当たりにした民たちは後悔し、神の啓示を悟るだろう。現世がいかに穢れているか、そこに暮らす者たちがどれほど堕落しているかを知るはずだ。

悔い改めた彼らは、その時初めて自らの罪に気づき、正しい秩序、世界の王たる絶対神への信仰心を取り戻す。新世界の誕生。それこそがシヴァの理想だった。

新しい世界を率いるのは、救世主である自分だ。自分が世界の王になる。

タイマーの時間を確認して、ボタンを押すと、赤いランプが点滅を始めた。約七時間後、世界は変わる。

『変革をもたらす者、それこそがメシアである』

御厨の言葉を思い出していた。自分こそが選ばれた救世主だという法悦のため、下半身に痺れるような快感が走った。

時間が来れば、爆破が起きる。起爆装置に故障が起きる可能性は低いが、その場合でも電話がある。高橋が起爆装置に接続している携帯電話だ。

交番やバスに仕掛けた爆弾がそうであったように、電話をかけることで電気信号が起爆装置につながり、爆発を起こす設定になっている。電話に電気信号を送れば、確実に爆発する。

シヴァは携帯電話のバッテリーを入れた。問題なく電源が入った。

シンクに足をかけて、台に上がった。手を伸ばすと、天井の換気扇に続く通風孔があった。

蓋を外すと、五十センチ四方の穴が広がっていた。

その中にバッグから取り出したプラスティック爆弾と起爆装置を置き、元通りに蓋を閉めた。ビル内に入ってから、十分が経っていた。

28

「話を戻すが、犯人が信者ではない可能性もあるのか？」

権藤のつぶやきに、そうです、と麻衣子は冷静な声で答えた。

「何らかの形で、高橋隆也と係わりあいがあったとすれば、必要条件を満たします」

「ソ連にいた時か？」

高橋は幼少期をソ連で過ごしている。また、教団脱会後も、その経歴を生かしてロシアに渡り、現地で立ち上げた中古車などの輸入販売会社を通じ、教団に対して協力的な活動をしていた。ロシア人やロシア在住の日本人との関係も深い。

それについては調査済みです、と島本が重い声で答えた。

「高橋の三親等までについては、既に特別捜査本部から捜査官が派遣されております。いずれも嫌疑の範囲外と考えられますが、現在も監視は続いています。高橋に親しい友人がいなかったのは、同じ支部にいた信者たちからの証言が多数あります。恋人もおりません。あの男が信じていたのは、教祖の御厨だけでした」

父親はロシアで死亡している。母親は現在入院中で、兄弟はいない。地下鉄爆破テロ事件後、親戚たちから高橋は絶縁されていた。

「それでは、高橋隆也と深い関係を持つ者はいないわけだな」

権藤が言った。高橋は教祖御厨以外の人物との接触を避けていた。狂信的で、熱烈な信者だった高橋はそのために教団からオミットされていた。

「権藤警部のおっしゃる通りですな。高橋は誰ともコミュニケーションを持とうとしない人物でした。自分の意見を曲げず、御厨の命令を除いて他人の判断に従うことはなかった。ですが御厨の代理と称する誰かが高橋に命令を下したとしたら？　御厨の釈放、あるいは奪還のために従えと命じられたとすれば……もう一歩進めてもいいかもしれません。御厨からの命令を伝えると言われたら、高橋も従わざるを得なかったのでは？」

　そうです、と麻衣子はうなずいた。

「何らかの形で御厨と接触の多かった人物が代理人として、高橋を動かしたと考えてはどうでしょう？　シヴァはわたしに交渉人役を命じましたが、本来はシヴァ本人が今回の事件の交渉人だったのかもしれません。御厨と高橋を結びつける交渉人です。御厨は自分の逮捕を予想していました。逮捕後に刑が執行される場合を想定して、何らかの計画を立てていたとしたら？　シヴァに密命を下していた可能性は高いでしょう」

　あるいは逮捕前後に接触した人物、と島本が囁いた。

「裁判の関係者。更に言えば、事件の被害者かもしれませんな。御厨には死刑判決が出ると予想されていますが、例えば近親者を御厨によって殺された者が、復讐のために自らの手で御厨を裁くと考えたとすれば、御厨を刑務所から脱獄させようという行動に出るかも……」

　教団の裁判の公判維持のため、と麻衣子は言った。

「地下鉄爆破テロ事件関係者のリストが作成されています。信者はもちろん、犠牲になった数千人の人々、その近親者、事件捜査に係わった警察官、救急隊員、医療関係者、マスコミ、法曹関係者、会の本部、支部などの近隣住民など証言をした人たちについても、完璧なリストが残っているんです。今回の事件の特別捜査本部はテロ事件の旧捜査本部からそのリストを取り寄せています。担当者は権藤警部ですね？」

銀座二丁目交番爆破直後、権藤が信者リストと共に、地下鉄爆破テロ事件関係者のリストを旧捜査本部から取り寄せ、それを特別捜査本部の捜査官たちに配布していたのを、麻衣子は覚えていた。

完璧とはいえない、と権藤が手を振った。

「例えば被害者の近親者といっても、どこまでがその範囲か定義できない。島本警部が言ったように、犠牲者に近しい者の犯行という可能性もある。だが、問題のリストには親兄弟、あるいは夫や妻、両親までは記載されているが、恋人や内縁関係にあった者、そして会社の同僚や上司、部下などは載っていない」

条件があります、と麻衣子は反論した。

「犯人は過去に御厨と接触しています。そして教団内部の事情にも詳しかったはずです。そうでなければ、高橋隆也と連絡は取れません。つまり、真犯人は教団内部の人間関係を明確に把握していた者です」

「誰だ？」

「木下美也子弁護士です」

木下弁護士、と権藤が顔を強ばらせた。高橋を犯人と断定した証拠はすべて木下弁護士と同行した教団の人間からもたらされたものです、と麻衣子はパソコンに手をやり、検索サイトに、木下美也子と入力した。数十枚の写真が画面に浮かび上がった。

「わたしは木下弁護士と本事件を通じて二度会いました」

麻衣子は画面を指で押さえた。ニュース番組でコメントをする美しい女の写真がそこにあった。

「犯人は彼女です」

「体格ですか？」

島本の問いに、間違いありません、と麻衣子は答えた。

「繰り返しになりますが、高橋に関する情報を提供したのは彼女に同行した人物です。彼女には二つの目的があったのでしょう。ひとつは高橋を犯人と示唆して、捜査をミスリードさせること。もうひとつは捜査の進捗状況の確認でした。彼女は小柄で、痩せ型です。犯人の身体的特徴に当てはまる者は、他にいません」

「君の意見は推測だらけだ」苛立ったように権藤がデスクを叩いた。「犯人が小柄かどうかも明確じゃないんだぞ！」

何か決定的な証拠はないのか、と権藤がつぶやいた。犯人との会話に際して、と麻衣子は言った。

「声に特徴がありました。ボイスチェンジャーを通しても、はっきりわかったほどです」

脳裏に、特別捜査本部で見た木下美也子の姿がよぎった。あの時、彼女はマスクを着けていた。鼻声だった記憶もある。

「犯人は風邪をひいていたか、何らかのアレルギー症状を持っていたと思われます。病院を当たってみてはどうです？」

「こんな時間にか」権藤が吐き捨てるように言った。「深夜四時を回っている。普通の開業医なら、電話に出ることさえない時間だ」

「では、救急や入院設備のある総合病院だけでも。そこなら、必ず当直医がいます」

「医者には守秘義務がある」

「診療情報を聞くのではありません。通院歴を確認するだけです」

やるだけやってみるか、と電話機に手を伸ばした権藤が、木下美也子の自宅のある世田谷区、勤務先の法律事務所がある銀座周辺の総合病院をすべて調べろ、と自分の部下たちに命じた。

しばらくの間、待機が続いた。午前四時半、警察が動くには非常識な時間だ。木下美也子の通院歴を調べるといっても、簡単にわかるはずがない。

「もし、君の推測が誤っていたら」権藤が口を開いた。「我々はとんでもない回り道をしていることになるぞ」

いいえ、と麻衣子は首を振った。シヴァは木下美也子だ。それには確信があった。

電話で話したシヴァは鼻声だった。直接会い、話した美也子も同じで、呼吸と声の間が一致していた。

人間にはそれぞれ固有の話し方がある。ボイスチェンジャーで声を変えても、話し方はごまかせない。交渉人にとって、それは常識だ。

木下美也子の話し方に、既視感があった。正確には既知感だ。声ではなく、話し方によるものだ。

ただ、それは指摘できなかった。弁護士という職業への先入観が、麻衣子の直感の妨げになったためだ。

体格、話し方、鼻声、いずれも美也子を指している。教団との関係を考え合わせれば、犯人は木下美也子と答えが出た。

だが、それは証拠にならない。思い込みと言われたら、反論できなかった。

まず、美也子の通院歴を調べなければならないが、彼女がどこの病院に通っていたかはわからない。大病院とは限らないし、単なる風邪であれば、自宅近くの開業医に通っていた可能性の方が高い。

それでも、賭けてみるしかない。最後の最後まで、諦めるつもりはなかった。

それから三十分ほどの間に、小会議室のスピーカーホンが何度か鳴った。いずれも、権藤の部下たちからの報告だった。

大学病院、総合病院など、夜間でも確認可能なすべての病院に捜査官たちが連絡を取ったが、木下美也子が通院していた病院は不明なままだった。

午前四時三十分を回っている。電話に応対してくれる病院も少ない。そして、強制力のない警察からの問い合わせに対して、病院側に患者の個人情報を答える義務はない。

何本目かの電話を受けていた権藤が、叩きつけるように受話器を架台に戻した。駄目だ、というつぶやきがその唇から漏れた。

「他に何かないのか」権藤が歯噛みする音が響いた。「木下美也子を犯人と断定できる明確な証拠は……病院を調べたところで無駄だ。こんなことを続けているうちに、朝になってしまうぞ」

島本が視線を麻衣子に向けた。しばらく考えてから、麻衣子は自分のスマホを取り出しスワイプした。すぐに相手が出た。

29

電話を切った麻衣子は権藤に向き直った。

「交番爆破の際、犯人は現場付近にいました。通信キャリアに残された発信記録でも、それは証明されています」

「それで?」

「桜田門交差点に爆弾を置いたのも、鎌倉新宿ライナー内に爆弾を放置したのも、高橋ではありません。事件後、同線の全駅から防犯カメラのデータを回収、確認しましたが高橋は映っていませんでした。つまり、電車の車両内に爆弾を置いたのは別の人物です」

うなずいた権藤が先を促した。

「それで?」

「銀座のバス爆破事件においても同じで、検死の結果、高橋が殺されたのはバスが爆破されてから約一時間後でした。犯人は現場近くにいたと考えられます」

「それがどうしたっていうんだ?」

犯人は必ず現場に現れます、と麻衣子は答えた。

「独善性が強く、他人を信用できない性格だからです。犯人は高橋を利用していましたが、信頼はしていなかった。木下美也子は常に現場にいたはずです。自分の目ですべてを確認したかったんです」

君の御託は聞き飽きた、と権藤が腕時計に目をやった。

「夜明けが近い。犯人が誰であれ、次の爆破まで時間はない。木下が犯人だとしても、彼女を捜す時間はほとんど残されていない。どうするつもりだ?」

ノックの音がした。どうぞ、と島本が答えると、扉が開いた。入ってきたのは高輪署の戸井田刑事だった。こちらへ、と麻衣子は声をかけた。

「高輪署の戸井田刑事です」

戸井田、とつぶやいた権藤が、電車で爆弾を見つけた男か、と囁いた。緊張した表情のまま、戸井田が敬礼した。

「遠野警部、いったい……いきなり電話で来てくれと言われても……」

麻衣子はパソコンのディスプレイに表示されていた木下美也子の写真を戸井田に向け

た。

「この顔に見覚えは？」

しばらく見つめていた戸井田が、ああ、とうなずいた。

「あの時、電車に乗っていた女性ですね」

「電車？」

尋ねた権藤に、鎌倉新宿ライナーです、と戸井田が写真を指差した。

「例の爆弾を発見した時、酔っ払いにからまれていたのがこの女性でした。間違いありません。遠野警部、どうしてこの女性の写真があるんですか？」

黙ったまま麻衣子は権藤に目をやった。わかった、と権藤が小さくうなずいた。

「犯人は木下美也子だ」だが問題がある、と権藤が肩を落とした。「逮捕はできない。証拠がないからだ。戸井田刑事が証言した通り、彼女は鎌倉新宿ライナーに乗車していたんだろう。しかし、彼女は偶然だと主張するぞ」

「警部、改めて長谷川部長に経緯を説明して下さい。真犯人が別にいる、それが木下美也子だと、戸井田刑事の証言も合わせて話してもらえますか？」

もちろんだ、と権藤がジャケットの袖に腕を通した。

「だが、長谷川本部長が納得しなかったらどうする？　認めたとしても、我々は何をすればいい？　木下が仕掛けた爆弾を捜すのは無理だ。東京は広い。しかも、この時間だぞ。今から捜査体制を変更すれば、更なる混乱を引き起こしかねない」

木下美也子を捜し出す方法はあります、と麻衣子は言った。

「彼女は必ず爆破を自らの目で確認しようとするでしょう。遠い場所にはいません」

「遠野警部、木下はどこに爆弾を仕掛けていると？」

権藤の問いに、場所はわかっています、と麻衣子は小さくうなずいた。

五章　決着

1

枕元でアラームが鳴った。

シヴァは細い腕を羽毛布団の隙間から抜いて、液晶画面を見た。アラーム音が止まり、画面に05：00という文字が映っていた。スマホをベッドサイドデスクに戻した。

御厨は法廷を言論闘争の場として考えていた。現在の社会が、政府が、あるいは個人が、いかに堕落し、腐敗しきっているか、それを訴えるためにやむを得ず最終戦争計画を立てた。

あくまでも非は国家の側にあり、自分たちはある種の殉教者であると訴えるつもりだ、と御厨は語っていた。

それでも国家は、そして法廷は、その主張を認めないだろう。その場合、東京中に爆弾を仕掛け、国家を脅迫し、釈放を勝ち取る。それが御厨の立てた計画だった。

そのために御厨は高橋という駒を置き、代理人としてシヴァを立てた。勝算はあると説かれた十年前のことを、シヴァははっきりと覚えていた。裁判は長く続き、二審判決は今年中に出るだろう。

ただ、十年という時間はあまりに長すぎた。予想外のことがいくつも起きた。その中で最も大きかったのは、御厨自身の変化だった。

時間の経過と共に、御厨の心はゆっくりと、だが確実にバランスを崩していった。接見するたび、それがわかった。命令は理不尽になり、現実を無視した指示ばかりが出ていた。

シヴァも御厨の意向を取り入れつつ、現実に即応した形で状況をコントロールしていこうと考えたが、最終的にはそれも不可能だと諦めざるを得なくなった。

自分が御厨に代わって計画を実行するしかない。それがシヴァの結論だった。

高橋を駒として扱い、東京にパニックを現出させる。警察の無能さを露呈させて国家に壊滅的な打撃を与え、破壊する。それこそが自分の求めていた理想だ。

時計に目をやった。午前五時八分。

あと四時間で、この腐り切った堕落の王国は崩壊する。そして絶対神である自分の下へ、あらゆる人々が救済を求めて集まってくるだろう。

だがすべてが終わったわけではない。最後の確認が済むまで、気を緩めるわけにはいかなかった。

スマホをタップすると、すぐ応答する声が聞こえた。

『はい、篠宮喜一朗法律事務所でございます。当事務所は午前九時より相談受付を始めております。お急ぎの方はご用件と連絡先をこちらにお残し下さい』

留守番電話のメッセージだ。深く息を吐いてから、木下です、とシヴァは言った。

「おはようございます。ちょっと体調を崩したようで。病院に寄ってから事務所に出ますので、多少遅れるかと思います。申し訳ありません」

それだけ吹き込んで、電話を切った。風邪気味なのは確かだ。睡眠不足も続いていた。

昨夜も汐留のホテルに戻ってから、しばらく眠れなかった。後悔はなかったが、自らの手で高橋を殺したことで、感情が混乱していたのだろう。

豪華なベッドから床に降りると、足元がふらついた。早く目を覚まさなければ。

首を右に曲げると大きな音が鳴った。今、必要なのは熱いシャワーだ。分厚い絨毯(じゅうたん)の感触を確かめるようにして歩を進めた。

部屋のドアを開くと、ドアノブに朝刊の入った袋がぶら下がっていた。ドアを閉めてすぐ一面に目をやると、大見出しがそこにあった。

〝連続爆破事件、解決へ――犯人、自殺か？〟

新聞を持ったまま、木下美也子はバスルームへ向かった。

2

特別捜査本部から戻ってきた権藤が、渋い顔のまま首を小さく振った。

「長谷川本部長は、君の推論を認めなかった。つまり、人員の動員はできない」

理由は、と麻衣子は尋ねた。直接的な証拠が何もないからだ、と権藤が答えた。

「それは自分も同意見だ。木下弁護士がシヴァだという事実を示す直接的な証拠は、何ひとつない」

「戸井田刑事が目撃しています」

それも伝えた、と権藤が顔をしかめた。

「だが、戸井田が見た女と木下美也子が同一人物だという確証はない」

「では、鎌倉駅から横浜駅までの防犯カメラを調べて下さい。そこに必ず彼女が映っているはずです」

「決定は覆らない。警察がどういう組織か、君も知っているだろう？」

「権藤警部はどちらの立場に立っているんです？　遠野警部の側なのか、それとも長谷川本部長か？」

島本が確かめるように尋ねた。自分は警察官だ、と権藤が言った。

「警察官の本分は、命令系統の順守にある」

「長谷川本部長に従うと？」

「たった今、自分は特別捜査本部の担当を完全に外された」権藤の頰に苦笑が浮かんだ。

「意見具申が越権行為とみなされたんだ。懲罰委員会にかけられるだろうが、それまでは待機命令を受けている。自分を含め、一課の捜査官十一名が遊軍扱いになった。少なくともこれからしばらくの間、我々は我々の判断で行動できる。遠野警部、彼ら十人と我々三人、計十三名で爆弾を捜すことは可能か？」

「捜す場所はわかっています」

麻衣子はうなずいた。なぜ長谷川が権藤を外したのか、その理由もわかっていた。

事件は終わっている。爆弾は発見されないだろう。犯人は高橋隆也で、木下美也子は無関係だ。

だが、万が一の場合に備えて、権藤以下十一名の捜査官を捜査の第一線から外した。爆弾を発見すればそれでいいし、見つからなければ容赦なく権藤も含め自分や島本を処罰する。冷酷なキャリアならではの発想だった。

「長谷川本部長の思惑はどうでもいい」権藤が強く首を振った。「爆弾を至急発見し、起爆装置を解除する。遠野警部、場所はわかっていると言ったな？」

「はい」

「シヴァは必ずその近くに現れる？」

麻衣子は地図を開いて、一点を指差した。

「彼女はここに爆弾を仕掛けています」

根拠を聞こう、と権藤が椅子に腰掛けた。

3

バスルームでぬるい湯に二十分ほど浸かっていると、疲労が体から抜けていった。上半身を湯から上に出したまま、美也子は新聞を読んだ。事件についての記事が載っていた。

そこには高橋隆也の詳細な履歴が記されていた。モスクワ生まれ。幼少時をロシアで過ごし、合同相対教に入会。脱退後ロシアに戻り、中古車などの輸入販売業に係わっていた。

教団きっての武闘派という疑いがあるとの記載もあった。思わず笑みが漏れた。あの臆病な男が武闘派であるはずがない。フランス外国人部隊に参加していたのは、銃火器や爆発物の取り扱いに関する技術習得のためだ。

関連記事は一面から三面までのほとんどを埋め尽くしていた。事件の規模にふさわしいスペースだ。

注意深く記事に目を通した。犯人は単独犯で、共犯者、協力者について警察は否定していると書かれていた。

新聞を畳み、半開きにしたドアの外に出してから、バスタブの中で手を壁についたまま冷水のシャワーを浴びた。目をつぶると高橋の顔が浮かんだが、頭を振るとすぐに消えた。

警察も、マスコミも、何もわかっていない。すべての計画を立てたのは大善師で、それを現実的な形で実行したのが真の意味での後継者、救世主である自分なのだ。

十七年前、木下美也子は高校生だった。父親は元商社マン、母親は専業主婦、弟はまだ九歳だった。

何ひとつ不自由のない暮らし。絵に描いたような平凡で幸福な毎日。どこにでもいる女子高生。それが美也子だった。

あの日、何があったのかを忘れたことはない。七月七日、七夕だった。高校一年の夏、所属していたテニス部の先輩に誘われ、二人で海に行った。二人で出掛けることは、誰にも話さなかった。

鎌倉から江の島へ向かった。江ノ電が民家の間を擦り抜けるようにして走っていく中、夢中になって話し続けた。沈黙が怖かった。

高校に入ってからずっと憧れていた先輩に誘われ、二人きりでいればそれだけで幸せだった。

夜になり、何事もないまま東京に戻った。淡い期待はあったが、勇気がなかった。それは先輩の側も同じだっただろう。

家まで送ると言われたが断った。夜九時を過ぎていた。それまで、美也子は家族以外の誰かと遅くまで外出したことがなかった。

高円寺の駅から家に向かう途中、今日のことを思い出していた。別れ際、新宿の駅で、またな、と先輩は言った。またどっか行こうぜ。二人で。

やっぱりデートだった。誰が見ても、二人はつきあっているように見えたはずだ。先輩はわたしの気持ちに気づいているのだろうか。

優しい目をしていた。楽しそうだった。ずっと笑っていた。

予感を抱きしめながら、歩を速めた。遅くなってしまったことに対する罪悪感があった。

父は心配性なところがある。少し遅くなっただけで、家の外で待っていたことも一度や二度ではなかった。

心配させたくはない。早く帰ろう。

でも、と思った。父親の顔を、まっすぐ見れるだろうか。

角を曲がったところで、赤色灯を回転させたまま停まっている数台のパトカーが目に飛び込んできた。何もかもが歪んで見えた。どうしてパトカーが家の前にいるのか。

家の周囲に、野次馬が輪を作っていた。張られていたテープ。立っていた制服の警官。鳴り響く無線。何が起きたのか。

「美也子ちゃん！」

スーツを着た二人の男に支えられて立っていたのは、隣に住む中年の主婦だった。

「おばさん」

何があったのか。尋ねようとした美也子の前で、主婦が泣き崩れた。スーツの男たちが近づいてきた。

4

（いけない）

麻衣子は両手で顔を拭った。島本の寝息だけがかすかに聞こえる。目をつぶれば、自分も深い眠りの底に落ちていきそうだ。

「無理することはありません」

目をつぶったままの島本の口から囁きが漏れた。

「今、我々にできることは何もないんです……待機するしかない以上、眠った方がいい。権藤警部たちも、すぐに爆弾を見つけられるわけではないでしょう」

「……起きていらしたんですか？」

寝てました、と片目だけを開けた島本が、テーブルの電話を指差した。

「爆弾を発見すれば、連絡が入ります。それにも気づかないようなら、我々は警察を辞めた方がいいでしょうな」

権藤、戸井田、そして権藤の部下たちが桜田門を出て一時間ほどしか経っていない。交通事情が徐々に復旧しつつあるという連絡は受けていたが、彼らが現場に着いたか、それさえわからなかった。

「警部、私はあなたを信じますよ」島本が開けていた左目を閉じた。「木下美也子は必ずもうひとつの爆弾を仕掛けています。後は時間との戦いだけですな。間に合えば我々の勝ち、間に合わなければ彼女の勝ちです」

「……もし間に合わなかったら？」

「権藤警部に限って、それはないでしょう」島本の眠たげな声がした。「私はあの人と反りが合わない。はっきり言えば苦手です。あなただってそうでしょう？」

麻衣子は頰に苦笑を浮かべた。念仏のような島本の声が続いた。

「ですが、あの人は刑事です。根っからのね。頑固、融通が利かない。だが馬鹿ではない。そして自分の仕事に誇りを持っている。ああいう人は絶対諦めません。私は大嫌いですが、信じてもいます。必ずあの人は爆弾を発見しますよ」

木下美也子がシヴァであるという信念に揺るぎはない。彼女の心理状態を正確にトレースしてきた。御厨釈放のためという理由もあるだろうが、それだけではない。

木下美也子には別の理由があって、警察に対し、あるいは国家に対し、戦いを挑んでいる。そのためにすべての計画を立て、完璧な準備を施し、寸分の狂いもなく実行してきた。

だが、その論理を支えているのが、自分の想像力だけだと麻衣子は知っていた。物的な証拠は何もない。別の理由とは何か、それもわかっていなかった。

木下美也子が自分の想像の更に上を行き、別の場所に爆弾を仕掛けているとすれば、爆破を防ぐ手段はなくなる。シヴァの予言通り、東京は災厄の街と化すだろう。

「あなたは優れた捜査官です、警部」島本が唇だけで言った。「ただひとつ、あなたに足りないものがある……自信です。自分を信じなさい」

テーブルの電話が鳴った。麻衣子は手を伸ばし、スピーカーホンのボタンを押した。

「遠野です」

『……権藤だ』

低い声がした。ノイズが大きい。現場に着いたんですか、と麻衣子は聞いた。

『遠野警部、君の勝ちだ』単刀直入に権藤が言った。『長谷川本部長に連絡を。浜松町世界貿易エタニティービル内で爆発物を発見、爆発物処理班の出動を要請しろ』

「権藤警部」島本が通話に割り込んだ。「あなたが発見したのは、本当に爆発物なんでしょうね」

『遠野警部、至急連絡を』島本を無視して権藤が言った。『現在、午前六時十六分。大至急、爆発物処理班の出動要請を頼む』

通話が切れた。麻衣子が顔を上げると、既に島本は立ち上がっていた。

「賭けに勝ちましたね」

「いえ」麻衣子も席を立った。「勝負はこれからです」

そうですな、と島本がうなずいた。二人は小会議室のドアへと向かった。

5

午前六時三十分、長谷川の命令により爆発物処理班が浜松町世界貿易エタニティービルに緊急出動した。彼らは権藤たちの発見した爆発物を回収し、更にその後も確認作業を続けた。約五十分後、爆発物の解体作業が終了したという報告が入った。

爆発物処理班の白岩課長の報告を受け、桜田門警視庁舎内において、極秘の捜査会議が開かれたのは早朝七時四十分過ぎだった。

「木下美也子、東京生まれ、三十三歳。本籍千葉県、現住所東京都世田谷区。東京大学在学中に司法試験に合格、二年間の司法修習を経て弁護士資格を取得し、都内新宿区の山元(やまもと)法律事務所に所属。その後、篠宮法律事務所に移り、現在に至る」

雛壇(ひなだん)の島本が手帳の頁をめくった。早朝の捜査会議に、約百人の捜査官が集まっていた。

島本は人権派弁護士としての木下美也子の活動歴、主な取扱事件などに触れた。その中には警察官による犯罪や、公務員が引き起こした悪質なセクハラ裁判もあった。

「山元法律事務所が十年前の地下鉄爆破テロ事件に関して、被告人御厨徹の弁護を担当していたことにも触れておきます。裁判開始から二年後、御厨は弁護団の交代を要求、それに伴い山元所長以下、弁護団に参加していた同事務所の弁護士も木下を含め全員が退任しましたが、木下は現在の篠宮法律事務所に移っています。現在も篠宮所長を含め、三人の弁護士が御厨裁判に係わっていますが、むろん木下もその一員です。木下は数カ月に一度の割合で御厨と接見していました」

以上です、と島本が椅子に座った。入れ替わるように立ち上がった権藤が捜査資料を開いた。

「木下美也子は十七年前に起きた、杉並区一家惨殺事件被害者の娘です」

捜査官たちの間でどよめきが起きた。十七年前、杉並区の親子三人が殺害された事件は、証拠が数多く残されていたにもかかわらず、今日まで犯人は逮捕されていない。

平凡な家庭を襲った悪夢のような事件を、警察は忘れていなかった。強盗殺人という犯罪の性格もあり、未解決のままだったが、捜査官の中には、捜査本部に加わっていた者も何人かいた。

「事件後、高校を転校、木下は千葉の親戚に引き取られました。その後東京大学に合格、当時から弁護士になると決めていたようです。学生時代の友人に熱心な合同相対教信者がいて、具体的な勧誘も受けたようですが、入会はしておりません」

「今の報告にあったように、木下美也子弁護士に関して、強い疑いを持つのに十分な証拠があると考えられる」

最後にマイクを取った長谷川が口を開いた。

「木下美也子は高校時代、両親と弟を殺害された。その精神的な衝撃から教団と接触、御厨教祖に帰依したと考えられる。御厨逮捕後、地下鉄爆破テロ事件の裁判を継続して担当した弁護士は木下だけで、御厨と接見する機会は少なくなかったはずだ」

　言葉を切った長谷川が会議室を見渡した。物音ひとつしていない。全員が壇上の長谷川を注視していた。

「御厨は地下鉄爆破テロ事件に際し、自分の逮捕を想定していた。御厨に命じられた木下美也子が、高橋隆也と共に本件を実行した。高橋を容疑者と誤認させ、捜査の混乱を狙ったのは間違いない。我々が高橋の行方を追っている間、木下は悠々と現場に爆弾を放置、あるいは仕掛けていった。九月八日、高橋隆也が銀座二丁目交番へ爆弾を仕掛け、爆破した。その後、警視庁に対してメールで指示を出していたのは木下と思われる。同日、桜田門交差点、同日夜、鎌倉新宿ライナーに木下がプラスティック爆弾を放置し、九月十日、銀座で高橋にバスを爆破させた」

　長谷川の背後のスクリーンに、現場の写真が次々に映し出されていった。

「その間、木下は教団の弁護士として警視庁内に入り込み、捜査の進捗状況を探っている。決定的なのは、鎌倉新宿ライナー内で高輪署戸井田巡査部長にその姿を目撃されたことで、特別捜査本部は木下美也子を本件の重要参考人と特定するに至った」

　いいとこ取りですな、と島本が囁いた。仕方ありません、と麻衣子はうなずいた。

「これまでの経緯から見て、木下が現場付近に現れることは間違いない」壇上の長谷川が声を張り上げた。「我々は木下美也子を一連の連続爆破事件の重要参考人とみなし、

「相手は弁護士です。理由は？」

質問の声が上がった。「発見次第、任意同行しますか？」

「本人の捜索を開始する」

長谷川が口をつぐんだ。麻衣子の推察通り、爆弾が発見された。逆算する形で犯人は木下美也子と考えられたが、直接的な証拠はない。

「……それについては、広報課遠野警部より報告がある」

ほとんど聞き取れないほど低い声で言った長谷川が、視線を麻衣子に向けた。

6

両親と弟が殺害されたと警察官に告げられた。高校一年生、十六歳という年齢が考慮され、現場や遺体の確認は親戚が行うことになった。

急を聞いて駆けつけた千葉の叔母夫婦と、駅近くのビジネスホテルに泊まった。何ひとつ現実感はなく、涙も出なかった。

その後数カ月の記憶はない。警察の事情聴取、殺害現場である自宅の確認、さまざまなことがあったはずだが、何も覚えていなかった。覚えていたら、狂っていただろう。

秋も終わりに近づいた十一月になって、ようやく警察から状況説明があった。事件が起きた当日の夕方、美也子の自宅付近をうろついていた不審な人物を何人もの近隣住民が目撃していた。

帽子を目深にかぶっていたこともあり、人相こそ不明だったものの、中年男性で、長袖のトレーナーを着ていたのがわかっていた。

犯人は勝手口から木下家に侵入し、まず美也子の父親を刃物で刺し殺した。その後母親と弟を鈍器で撲殺した上で、刃物で切り刻むという残忍な行為に及んだ。

家族を殺害した後、家の中を物色し、いくらかの金を奪って逃走した、というのが警察の捜査の結果だった。

現場には多くの証拠が遺されていた。理由はわからないが、犯人は着ていたトレーナーを脱ぎ、居間に捨てていた。

返り血を浴びたためと思われたが、それにしても異常な行為だ。警察側にとって、重要な証拠物件だった。

そして、犯人は至るところに指紋、あるいは足跡を遺していた。前科者リストと照合すると、合致する者はいなかったが、これも重大な証拠になる。

高校生の美也子に、警察官たちは優しかった。これだけの証拠が揃っている以上、犯人はすぐにでも逮捕できるはずだ、と彼らは約束した。だが、今日に至るまで犯人は捕まっていない。

警察の無能さ、あるいは愚鈍さに怒りの感情が浮かんだのは、それからしばらく経ってからだ。

口先ばかりで、捜査は一切進展しない。彼らは何を捜査しているのか。希望ばかりを持たせるのは、あまりにも残酷過ぎる、と美也子は考えるようになっていた。

その年の暮れ、千葉の叔母夫婦のもとへ引き取られ、高校も転校した。クラスメイトや近所の住人の間で噂の的になっているのがわかった。

人々の視線、囁く声。居場所のないまま、卒業までの二年余りを過ごした。

その頃になると、警察からの連絡はほぼ途絶えていた。捜査本部も縮小されたと噂で聞いた。犯人に対するのと同等の、あるいはそれ以上の警察への怒りが心の中に渦巻くようになっていた。

それ以外の感情を持たないまま、ひたすら勉強するだけの毎日が続き、現役で東京大学に合格した。その年の冬、御厨が主宰する会に参加したのは、同じクラスの女子学生に誘われたからだ。

当時、既に一万人以上の信者を擁していた合同相対教は、他の新興宗教組織と比較して大きな教団だった。怪しげなオカルティスト、狂信者たちの集まる閉ざされた集団を予想していたが、そうではなかった。集まっていた信者の多くはごく普通の、一般的な会社員、学生、主婦たちだった。

誘ってくれたクラスメイトは環境浄化のため無農薬野菜を栽培、販売する農業班に参加していた。そこにいた数十人の人たちは、美也子を旧友のように遇し、初対面にもかかわらず当たり前のように中央に座らせ、なにくれとなく面倒をみてくれた。彼らはとびきりの善人だった。

その頃、流山(ながれやま)に本部があった教団は大きな集会場を建て、集会はそこで開かれていた。一時間ほどグループ内で世間話と情報交換があり、その後御厨が現れた。拍子抜けするほど小柄な男だった。

顔立ちこそ整っていたが、目立たないグレーのスーツ、弱々しくさえ見える風貌、一見した限り、長く伸ばした髭を除けば、市役所の係員と何ら変わらなかった。

だが、一度口を開くとその印象は一変した。その声の力強さ、論旨の明快さ、説得力、どれをとっても驚くべきものだった。

大集会場にいた数百人の信者たちの中には、その場にひれ伏して拝む者、流れ落ちる涙を拭おうともせず、まばたきさえも忘れて話に聞き入る者も少なくなかった。

その後も数回通った。御厨大善師が個人的に話したいとおっしゃっている、と伝えられたのは四回目のことだ。既に大組織になっていた教団において、それは異例なことだと教えられた。

会議室に現れた御厨は、美也子が初めて出た集会について語り、会場から特別なオーラが溢れていたと述べ、その源があなただとすぐにわかったと言った。

御厨によれば、御厨と美也子は前世でも強い因縁があり、しかもそれが何世代にもわたって続いている非常に稀な関係だという。

だが、美也子には懐疑心があった。最後に御厨が漏らした言葉がなければ、それで終わっていただろう。

「かわいそうに」

御厨はそう言った。その時、美也子は悟った。この人こそ、自分を救ってくれるただ一人の神だ。

その後半年の間、月に一、二度、霊的指導と呼ばれるセミナーに参加した。美也子は信者となることを望んだが、御厨は弁護士として外部から会を支えるように、と命じた。

家族を殺害されてから一種の鬱(うつ)状態に陥っていたが、セミナーを受けるたびに心の闇が取り払われていくのを感じた。その代わり、心に芽生えたのは、純粋な怒りだった。家族を殺害した犯人に対する怒り、その犯人を逮捕できずにいる警察への怒り、国家そのものへの怒り。

その怒りの感情が御厨の教えにシンクロした。だから、御厨が唱えた聖戦計画にも賛同した。

ただ、御厨の言うほど簡単に事は進まないと美也子は思っていた。司法試験の準備をする中で、警察のシステムについて学ぶ機会があった。

警察はテロリストの脅迫に屈しない。それは鉄則であり、必ず守られるルールだった。

(それならそれでいい)

御厨の釈放要求を警察が受け入れるかどうかはわからない。その可能性はほとんどないに等しい。

だが、美也子にとってそれは二の次になっていた。重要なのは、この国に住むすべての愚民を滅ぼし、警察、そして政府がいかに無能であるかを知らしめることだった。それこそが御厨の望みだろう。

現世に意味などない。こんな社会は終わるべきだ。終わりがなければ始まりもない。そして始まりの時、中心にいるべき者は神に他ならない。それこそが自分だ、と美也子は微笑んだ。

7

捜査会議に集まっていた約百人の捜査官は、それぞれ指揮する人数を与えられた上で、港区を中心とした各担当区域に分散配置された。ただ、木下美也子が現れる場所については、いくつかの意見があった。

彼女がビルの爆破を目撃できる現場やその付近に来る必要はない。既に美也子は時限爆弾を設置しており、設定した時刻になれば爆発する。内蔵されている携帯電話に電話をかければ、強制的な爆破も可能だ。

「ですが、彼女は必ず現場に現れます。爆破の瞬間を確認することを望んでいるからです」

麻衣子の意見は最初から変わらなかった。君ならどこでその瞬間を待つか、と長谷川に問われ、麻衣子は迷うことなく開かれたままの地図上の一点を指した。

「わたしが彼女なら、ここを選びます」

うなずいた長谷川が、現場に行けと命じた。立ち上がった麻衣子に、横から島本が一台のスマホを渡した。

「先ほど科捜研から届いたばかりです。必要になるでしょう」

黙礼して、麻衣子は特別捜査本部を出た。

8

地下鉄爆破テロ事件の前、美也子は教団から一定の距離を保つように指示された。聖戦が始まれば、逮捕されると御厨はわかっていたのだろう。

その場合、弁護人は教団外部の人間の方が望ましい。あくまでも第三者、というのが美也子の立場だった。

その後、教団内部の一部過激派が地下鉄爆破テロ事件を起こし、御厨は教祖としてその罪と責任を問われた。

御厨逮捕の数日前、美也子のもとに手紙が届いた。そこに記されていたのは御厨による今後の指示だった。

法廷闘争は十年にも及ぶだろう。その過程で御厨は自らの正義を主張していくと記されていた。

御厨には御厨の論理があり、現行の社会システムこそが誤っており、正しいのは自分と教団だけだと認識していた。

無論、政府は、あるいは法廷はそれを認めない。現在の司法システムは悪魔に乗っ取られている。正しい者の正しき意見が通らない可能性もある。その時は高橋隆也と共に、実力行使に出るように、と記されていた。

だが、御厨のためにではなく、すべては絶対神である自分の正しさを実証するための行いだと気づいた。そして、計画は最終段階を迎えていた。

ドライヤーで髪の毛を乾かしながら時計に目をやった。08：02と表示されていた。予定より少し遅れている。タクシーで行くつもりだったが、道路の混雑状況はどうだろうか。

目的の場所まで約一キロある。九時までには到着していなければならない。

鏡に向かってメイクを整えた。いつもより少し濃い赤のリップを塗ったのは、これから始まる儀式のためだ。

下着を着け、衣服を着てからバッグの中を確かめ、カードキーを中に入れた。もう二度と戻るつもりはなかった。

偽名で泊まっているホテルだ。チェックインの際は、他人名義のクレジットカードで前払いしていた。

次の爆破を確認次第、大阪へ行くつもりだ。崩壊していくこの汚れた国に未練はない。ほとぼりがさめるのを待って、アメリカへ渡る。パスポートやチケットの準備も済んでいた。

ホテルの前からタクシーに乗った。予定していた時刻までに着くだろう。

ナビゲーションシステムについているテレビに見入っていた運転手が、画面をナビに戻した。ニュース番組を見ていたようだ。

「東京タワーまで」

「東京タワーですか？」

ミラー越しに初老の運転手が顔をしかめるのがわかった。歩くには少し遠いが、タクシーで行くには近い。嫌そうな表情になるのも無理はない。

「ごめんなさい、急いでいるので」

何も言わずに運転手がウインカーを出した。車が滑るように動きだし、国道へと入っていった。

八時四十分。通勤のために道を急ぎ足で歩く会社員の姿が目立った。

あと三十分ほどですべてが終わる。彼らが巻き込まれないように、と心から神に祈った。

信号でタクシーが停まった。東京タワーは目の前だ。

三カ月ほど前、毎日のように高橋と共にこの道を通ったことを思い出した。

運転手がハンドルを右に切った。用意しておいた千円札を財布から出した。数カ月前に出張で京都に行ったが、その時に両替したものだ。指紋は消してある。

タクシーがゆっくりと東京タワーの前で停車した。八百二十円です、と運転手が顔を向けた。絆創膏（ばんそうこう）を貼った指で千円札を渡すと、数枚の硬貨が戻ってきた。

開いたドアから外へ出た。二の腕に鳥肌が立っているのは、寒すぎるほど効いていた車内の冷房のためか、それともこれから起きるこの国の再生へ向けての儀式の予感のためか、自分でもわからなかった。

背後でドアの閉まる鈍い音がした。パンプスの音を響かせながら、美也子は歩きだした。八時五十分になっていた。

9

八時五十五分、木下美也子は東京タワーの一階でメインデッキ行きのチケットを買った。指紋が残っていない千円札で支払った後、指先の絆創膏を剝がして、バッグに突っ込んだ。営業は九時からですと係の女性が言ったが、時間は下調べ済みだ。

数人の客が三基あるエレベーター前で待っていた。昨日のバス爆破事件によって東京タワーの営業が中止になるかもしれないと思っていたが、通常通りのようだ。

警察による爆発物の捜索が済んでいることもあるのだろう。同時に、犯人の高橋隆也の死亡が確認されたためかもしれない。

それにしても、と美也子は思った。日本人の危機管理意識の低さに、驚くよりむしろ呆れていた。自分がタワーの管理者なら、数日にわたって営業停止措置を取っていただろう。

(だからこの国は駄目なのだ)

システムが機能していない。誰もがその場を無難にやり過ごすことだけを考え、責任を回避する。何か起きればマスコミや市民団体は大騒ぎするが、一週間も経てばすぐに忘れてしまう。

そういう国なのだ、と美也子はうなずいた。モラルも、誇りも、恥もなく、ただ目の前の利益だけを追い求め、享受し、反省することもない。既にこの国は腐敗しきっている。

バス爆破事件があったのは昨日だ。犯人がランドマークを狙う可能性が高いのは、少し想像すればわかるだろう。

多くの人々にとって東京タワーは東京の、あるいは日本のシンボルだ。危険度が高いにもかかわらず、何人もの客がここにいるのが、不思議でならなかった。

彼らは目の前で起きる惨劇を見て何を思うだろう。美也子の頬にかすかな笑みが浮かんだ。

『お待たせ致しました。営業時間となりましたので、お待ちのお客様からどうぞ前にお進み下さい』

アナウンスの声と共に一基のエレベーターの扉が開いた。制服姿のアテンダントスタッフが微笑みかける。美也子と四人の客が入ると扉が閉まり、エレベーターがゆっくりと上昇を始めた。

アテンダントスタッフがメインデッキについて説明している。美也子はバッグを開いて、入っているスマホに手をやった。

ただ、待てばいい。この国の終焉を、自分の目で確かめるだけだ。すべてが終わるのを、この特等席から見よう。

設定した時刻になれば、爆弾は爆発する。万が一、起爆装置に不具合があったら、内蔵してある電話機を呼び出すだけだ。

高橋が作製した爆弾の起爆装置は携帯電話と直結している。呼び出し音が十回鳴り、留守番電話につながった瞬間、起爆装置が作動する。その時、この国の終わりが始まる。

眼前に広がる光景を思い浮かべた。爆破の瞬間、稲妻のような閃光が走るはずだ。凄まじい衝撃。ただし、すぐに建物は倒壊しない。

火災が発生し、割れたガラス片が地上に降り注ぐ。どのような形で崩壊が始まるのか、そこまでは想定不能だった。

炎上する建物。ガス爆発。救助を求め、叫び続ける人々。逃げまどう群衆。街は地獄と化す。阿鼻叫喚の無間地獄が現出する。数千、あるいは数万の人々が死ぬだろう。

当然のことだ、と美也子は小さく頭を振った。彼らにとって、それは報いだ。この国を堕落の王国にしたのは、彼ら自身なのだから。

彼らは自らの安逸な暮らしだけを甘受している。国家の為政者だけではない。国民すべてが罪人だ。どれだけ多くの者が死んだとしても、それが何だというのか。

何千、何万、何十万の人間が死んだところで、構うことはない。犠牲などではない。生きる意味のない者たちは死ぬべきだ。

一分ほどでエレベーターがメインデッキに着き、押し出されるようにして外へ出た。ここから、すべてを見よう。この世の地獄を。そしてそこから始まる新世界の創造を。何もかもがここから始まる。自分がこの国の新しい王となるのは、遠い日ではない。バッグを手に、美也子はフロアを進んだ。

10

事前に下見は済ませていた。売店でついたままになっているテレビを横目で見ながら大展望台をゆっくりと一周した。予定の時刻までまだ十分ほどある。

昨日のバス爆破事件についての報道が繰り返されていた。緊張した表情のニュースキャスターが早口で話している。

ガラス窓の正面に立った。すべてが見下ろせる。天気は良く、遠くに富士山が見えた。街はいつもと変わらない。美しい光景だった。

時計に目をやった。九時三分。あと八分。あと八分で世界が変わる。

爆発するビルと、崩壊する様子はここからだと見えない。移動して、西側のガラス窓の正面に立った。

望遠鏡の上にバッグを置き、中から一台のスマホを取り出した。メール画面に切り替える。

下書きボックスを開いた。メッセージは準備済みだった。

『警視庁に告ぐ。

諸君はすべての警告を無視し、すべての要求を拒み、結果として最悪の悲劇をもたらした。

そして今もなお、過ちを繰り返し続けている。

責任はすべて諸君にある。

再び、この地に地獄を現出させよう。

それが諸君の望みなのだから。

最後に繰り返す。

今から、この国のすべてが崩壊する。

これは終わりではない。これは始まりなのだ』

メッセージを確認して、送信ボタンをタップしかけた。だが、まだ早い。

電話と比較すれば、メールは発信元の探知が困難だが、危険を冒すつもりはなかった。今いる場所は地上百五十メートルの大展望台で、エレベーター以外に逃げ道はない。メールを送るのは爆破の直前でよかった。彼らは全力を挙げて、その発信元を突き止めようとするだろう。

だが、爆破が起きればそれどころではなくなる。すべての通信は途絶し、メールの逆探知などできるはずもない。

再び時計を見た。秒針がこれ以上ないほどゆっくりと動いている。九時四分。まだ一分しか経っていなかった。

その時、頰に視線を感じた。わずかに顎を上げて、視野を広げた。

隣に立っている男が見ている。まだ若い。スーツ姿。こんな時間に何をしているのか。

(おかしい)

エレベーターに乗っていたのは、自分も含めて五人だった。タワーの営業が始まり、今日最初の客としてエレベーターに乗り込んだ。にもかかわらず、メインデッキに十数名の男たちがいた。

目を向けると、男が顔を逸らした。辺りを見回している。仲間なのか、二人の男に近づいて何か囁きかけた。

美也子は自分の着ている服に目をやった。目立たない濃紺のスーツ。黒のローヒールパンプス。

おかしなところはない。なぜ、あの男たちは見ているのか。

気づくと、自分を見ているのは彼らだけではなかった。売店の係員、エレベーター前にいた制服の男。全員の視線が美也子に向いていた。

反射的に顔を伏せ、ガラス窓を見つめた。背後で靴音がした。

急ぎ足で通り過ぎていく者、近づいてくる者。窓にいくつかの影が映った。取り囲まれている。

（警察？）

警察は高橋を逮捕し、それで事件は終わったと考えているはずだ。共犯者がいたとしても、美也子だとわかる者などいない。

体の向きを横に変えると、足音が止まった。そのまま行き過ぎる者。留まっている者。少なくとも三人いる。

左右に目をやり、ガラス窓に沿って歩を進めた。男たちの爪先が美也子に向く。焦燥が胸を嚙んだ。

重大な見落としがあったのか。自分では気づかない失策。

そんなことがあるはずもない。神である自分が、間違いを犯すわけがない。

ガラス窓の外に広がる風景に目をやった。遥か百五十メートルの高さから見下ろす地平は、平和な朝の光景そのものだった。

なぜだ。ここまで、大きなミスは犯していない。それなのに、なぜ。

失敗だ、と直感した。胸の奥底から恐怖と不安がこみあげて来る。

理由はわからないが、明らかに彼らは美也子を監視している。

判断は一瞬だった。逃げなければ。ここにいてはならない。

彼らは下にいる警察官に連絡を取っているが、まだ間に合う。今すぐここを出れば、逃げられる。

他の場所からでも、爆破されるビルを見ることはできる。爆破が起きれば、大混乱が生まれる。その混乱に乗じて逃げるのは容易い。

ゆっくりと後ずさるようにして、エレベーターに向かった。追ってくる者はいなかった。

取り囲んでいる男たちから目を逸らさないまま、売店の横を通り過ぎた。目を逸らせば、彼らは襲いかかってくるだろう。

気づかれたと悟ったのか、男たちの一人が電話口を手で押さえないままに話し始めた。

恐怖に突き上げられ、数歩でエレベーターの前に立った。目に映ったのは〝こちらのエレベーターからは降りられません〟という文字だった。

下見に来た時のことを思い出した。今いるメインデッキ二階のエレベーターは上がってくる客専用で、降りるためには階段を使い、ワンフロア下にあるエレベーターに乗らなければならない。地上に降り、逃走経路を確保してから、爆破を待てばいい。

失望の念が胸をかすめた。この目で見たかった。すべてが崩壊する様を。

何もかもが間違っているこの国が再生に向かう最初の一歩を、この場所から自分の目で確かめたかった。

だが、安全が優先される。自分が捕まれば、この国を救える者はいない。

恐怖で全身が震えていた。捕まるわけにはいかない。どんなにぶざまで惨めであろうとも、逃げなければならなかった。

階段へ向かおうとした時、エレベーターのチャイムが鳴った。ドアがゆっくりと左右に開き、小さな影が姿を現した。

エレベーターから降りてきたのは遠野麻衣子だった。気圧されたように、美也子は一歩退いた。

「木下美也子弁護士ですね？」

周囲に目をやりながら、遠野がスマホを耳に当てている。唇が小さく動いた。

「犯人を発見」

背後でエレベーターのドアが閉まった。電光掲示板の数字が変わっていくのを確かめてから、遠野が向き直った。

「木下美也子。殺人、傷害、その他の容疑で逮捕します」

遠野警部、と美也子は眉間に皺を寄せた。あの時、電話で話しましたねと遠野がうなずいた。

銀座二丁目交番爆破の際の電話だ。誘導尋問に引っ掛かってはならない。美也子は小さく首を振った。

「何のことかわかりません。警視庁では二度お会いしてますが」

元信者の中山、そして今田と共に警視庁を訪れた。一度目は高橋の顔写真を渡し、二度目は住居のヒントを与えた。遠野とはその時に顔を合わせている。

遠野が手にしていたスマホの画面を向けた。

「土曜日、午後零時五十五分」着信履歴を示した。「この電話です」

「何を言っているのか、わたしにはわかりません」

「木下さん、もう終わりにしましょう」

遠野がスマホをバッグに戻した。美也子は無言のまま、小さく肩をすくめた。

エレベーターのチャイムが再び鳴り、大柄な男が降りてきた。遠野が再び口を開いた。

「土曜日、あなたはわたしに連絡を取った。シヴァと思い込ませるため、現場で高橋をわたしに視認させた。その後、あなたは桜田門に移動、交差点に爆弾を放置した。御厨釈放を要求する脅迫メールを出し、元信者に同行する弁護士を装い、捜査の進捗状況を確かめるため警視庁に現れた。更にその日の夜、鎌倉新宿ライナーにコード未接続の爆弾を放置したこともわかっています。目撃者もいます。警視庁の戸井田巡査部長です」

エレベーターから降りてきた男が、間違いありません、とうなずいた。

「電車に乗っていたのは、この女性です」

あの時、泥酔した中年男が自分にしつこく声をかけてこなければ、次の駅で降りるだけだったのに。美也子は唇を噛んだ。あの愚劣な男のせいだ。

「鎌倉新宿ライナー停車駅での防犯カメラ映像解析を始めています。そこにあなたが映っているでしょう」

遠野が射るような視線を向けた。

「何を言っているのかわかりません」

美也子はまっすぐに遠野を見つめ返した。気後れしてはならない。すべてを否定すればいい。

善意の第三者。無関係の弁護士。その立場を貫く。あと数分持ちこたえれば、逮捕どころではなくなる。

「土曜日……三日前ですね？　警視庁を出てから、わたしは鎌倉新宿ライナーに乗りました。ある裁判に関する証言確認のためで、内容については、守秘義務があるので話すことはできません」

「月曜日、あなたは銀座を走行しているバスに爆弾を仕掛けるよう高橋に命じた」無表情のまま遠野が話を続けた。「あなたにとって、その時点で高橋は無用の存在だった。むしろ、邪魔ですらあったでしょう。警察が過去に類を見ない大規模な捜査体制を取っていると、あなたは知っていた。放置しておけば、いずれ高橋は逮捕されます。あなたのことを話してしまうかもしれれません。高橋の殺害は最初から計画していたんですね？」

「遠野警部、根拠のない憶測で他人を非難すれば、問題になりますよ」

声に怒気を含ませ、美也子はそう言った。

「あなたの発言は名誉毀損に該当します。わたしは弁護士です。お忘れですか？」

「あなたは高橋を説得した」遠野が淡々と先を続けた。「電車や桜田門の時と同じく、爆弾は爆発しないように設定してあると言ったのでしょう。高橋はそれを信じた。そのままなら彼は爆破に巻き込まれて死んだはずですが、彼がバスを降りてしまったのは予想外だったでしょう」

あの男が気まぐれを起こしてバスから降りなければ、と美也子は心の中で高橋を罵った。

「そのために、あなたは高橋を自殺に見せかけて殺さなければならなくなった。ウイスキーに睡眠薬を混入しておいたのは、万が一の事態を想定しての措置ですか？　リスク回避は用心深いあなたにとって必然だったでしょう。あなたは高橋にウイスキーを勧め、彼は飲んだ。意識を失った高橋の首を紐で絞め殺害した。その後、自殺に見せかけるため、ホテル室内のエアコンに縛りつけた紐に彼の体を吊るした。高橋は重かったでしょう」

意味がわかりません、と美也子は首を振った。話は終わってません、と遠野が再び口を開いた。

「遺書を残し、もう二度と爆破は起きないと書いた。ニューヨークからの発信と偽装したメールを送れば、警察があのホテルを突き止めるのは時間の問題です。でも、あなたの狙いは別にあった。犯人の死体と遺書を発見した警察が、都内のパニック鎮静化を優先するように仕向け、その警備の隙をついてビルを爆破し、多数の犠牲者を出すつもりだった。そうですね？」

「これ以上、警告をしても無駄でしょう」

名誉毀損であなたを告訴します、と美也子は低い声で言った。どうぞ、と遠野がうなずいた。

「ですが、その前に都内連続爆破事件の主犯として、あなたを逮捕します」

法廷で会いましょう、と言い捨てた美也子に、遠野がバッグから取り出したスマホを突きつけた。

「これを聞いてもですか？」

美也子の耳元で、スマホから声がした。

『――私の名はシヴァ』

『シヴァ？』

『また連絡する』

ボイスチェンジャーによって変換された声が流れた。

11

ボイスメモ機能です、と一歩下がった遠野が言った。

「あなたから電話があった時、わたしは混乱していました。あなたとの会話の最後の段階で、声が証拠になると気づき、録音しました」

美也子は何も言わなかった。動揺を悟られたくない。無表情のまま、次の言葉を待った。

「この声にはボイスチェンジャーがかかっていますが、科学捜査研究所の音響担当チームが元の音声の解析に取り組んでいます。声紋の測定によって、誰の声かすぐわかります」

前に進み出た戸井田がＩＣレコーダーを差し出した。

「何かおっしゃって下さい。あなたが犯人でないなら、問題はありませんよね？」

赤い録音ボタンが点滅している。意志の力だけで、美也子は口を開いた。

「あなたたち警察は違法な捜査を繰り返し、わたしに濡れ衣を着せようと――」

結構です、と戸井田がＩＣレコーダーのスイッチを切った。

罠だ、と美也子は悟った。あの時、遠野麻衣子が会話を録音できたはずがない。訓練された警察官でも、爆破された交番を目の前にして、冷静な対応はできなかったはずだ。

そんな手に引っ掛かるはずもないと美也子は微笑んだ。弁護士としての経験は、伊達ではない。

「本庁までご同行願えますか」

時計に目をやった遠野が、九時十分、犯人逮捕と言った。

美也子は窓の外に目をやった。この女は、何もわかっていない。

「逮捕ですか?」

「そうです。容疑は先ほど伝えました」

「後のことは考えていますか? 弁護士を不当逮捕すれば、警察の責任は重大ですよ」

時間を長引かせるため、ゆっくりと言葉を口にした。一分。一分後、すべてが変わる。これこそ神の奇跡だ。

結構です、と美也子はうなずいた。

「法廷で争いましょう」

一分後、爆発が起きる。大混乱が始まり、警察はその対応に追われる。その時、彼らはどうするだろうか。

「遠野警部、確認ですが」戸井田がスマホを見た。「自分の時計では、九時十五分になっています」

反射的に、美也子は腕にはめていたカルティエに目をやった。男が言った通り、針が九時十五分を指していた。窓外に見える光景は、何ひとつ変わっていない。

「わたしの間違いです」

遠野が壁の大時計を見つめた。東京タワーの時計は九時十六分を指していた。

起爆装置が故障したのか。だが、構わない。まだ打つ手は残っている。

「遠野警部、わたしはこの逮捕が不当なものだと考えます。弁護士を呼びますが、構いませんね？」

「それは被疑者の権利で、わたしよりあなたの方が詳しいでしょう」

美也子は手にしていたバッグからスマホを取り出した。むしろこの方がいい。すべてに幕を下ろすのは、自分自身であるべきだ。

地上に悪魔の業火を呼び寄せ、地獄を現出させる。逃げ惑う人々。崩落していく建物。炎に巻き込まれ、失われる多くの命。それこそが望んでいた光景だ。

スマホに登録している番号を押せば、すべてが終わり、すべてが始まる。

窓の外を見つめた。メインデッキから、遥かな下界が見えた。何もかもが美しかった。

失礼、とつぶやいて美也子は番号に触れた。

耳に当てていたスマホが、かすかな音をたてた。接続音。

呼び出し音の後、留守番電話につながり、その瞬間、爆発が起きる。小さくうなずいた時、電話です、という戸井田の声が聞こえた。

バッグを開いた遠野が、別のスマホを取り出した。〝星に願いを〟がメインデッキに響いた。

「遠野です」

無意識のうちに、美也子は右手から左の手にスマホを持ち替えた。左耳には電話から、そして右の耳には直接遠野の声が聞こえていた。

「今朝六時十六分、警視庁捜査一課の刑事が浜松町世界貿易エタニティービル内の給湯室の天井の通風孔に仕掛けられていた爆発物を発見、すぐに爆発物処理班が出動、解体作業は終わっています」

美也子は電話を耳に押し当てた。遠野が話を続けた。

「今わたしがバッグから出した電話は、その爆発物に付属していたものです。設定していた時刻に爆発が起きなかった時は、外部からこの携帯に電話をかけることで強制的な爆発が可能です。今、あなたが押した番号です。つまり、あなたが犯人です」

美也子はゆっくりと首を振った。あなたの計画は完璧でした、と遠野が言った。

「あなたを犯人と断定できる確証はありませんでした。ですが、たった今、あなたが起爆装置につながる電話をかけたことが証拠になりました」

美也子はまばたきひとつせずに、遠野の目を見返した。わからなかったことがひとつあります、と遠野がスマホを耳から離した。

「今回の計画を立てるに当たり、あなたと御厨は二〇〇一年九月十一日にアメリカで起きたアルカイダ勢力による同時多発テロをモチーフにしましたね？　今日は九月十一日、そして爆破時刻を九時十一分に設定していたのはそのためです」

美也子は無言のままだった。遠野が言葉を継いだ。

「メールの発信元をニューヨークに偽装した意図も同じです。あなたは銀座のバス爆破に際して、ロンドンからに見せかけてメールを送った。それは二〇〇五年七月、ロンドンで起きたバスの自爆テロの暗喩です。鎌倉新宿ライナーに放置した爆弾も二〇〇四年三月のマドリードの鉄道テロを模しています。ですが、なぜあなたたちが今回の計画をアルカイダによる爆破テロに見立てたのか、それを教えてもらえませんか？」

美也子は顔を背けた。話すつもりはなかった。

12

御厨が立案した釈放計画を放棄し、美也子自身の判断で今回の計画実行を決めたのは、一年前の九月九日だった。

接見のために拘置所を訪れた際、御厨の精神が変調を来していることに気づき、その段階で、御厨の指示に従う意思を捨てた。どこかの時点で、御厨は狂気の淵へと落ちてしまった。自分の犯した罪の大きさ、被害妄想、肥大していた自らへの過信、だが、間違いなく訪れるであろう死刑への恐怖。

現実と妄想の狭間（はざま）で、御厨は自らを失った。それを救う術はない。美也子としても、どうすることもできなかった。

御厨の指示と偽り、計画を変更すると美也子は高橋に伝えた。御厨を熱狂的に信奉していた高橋は、御厨の命令に必ず従う。

銀座二丁目の交番爆破、桜田門交差点への爆弾の放置。鎌倉新宿ライナーでの爆弾の放置。そして銀座のバス爆破。すべては美也子が立てた計画だ。

真の意味での実行犯が自分であることを隠蔽するため、常に高橋を表舞台に立たせ、警察に情報を提供した。そのため警察は高橋を容疑者と考え、総力を挙げてその行方を追った。

すべては計算通りだったが、弁護士である美也子は警察の力をよく知っていた。彼らは、最終的に必ず高橋を発見し、その身柄を押さえる。

その場合、高橋は美也子の存在についてすべてを自白するだろう。それだけは避けなければならない。高橋の殺害は絶対条件だった。何もかもが計画通りに進んでいた。

だが、目の前にいる小柄な女が手にしているのは、自分が仕掛けた爆弾に接続していたスマホ。なぜ彼女にわかったのか。美也子にはそれが理解できなかった。

13

理由を教えて下さい、と遠野が繰り返した。美也子は首を振った。

では、わたしが話しましょう、と諦めたように遠野が口を開いた。

「爆弾を仕掛けた場所と、メールの発信元の関連性は明らかです。マドリードからのメールは、目標が電車であることを意味し、ロンドンからのメールがバスを示唆していたとすれば、ニューヨークからのメールが標的にしているのはビルしかありません。9・11テロ事件がそうであったように」

窓の外を指差した。浜松町世界貿易エタニティービルがそこにあった。

「ビルの名称もわかっていました。改築されて名称が変わりましたが、以前はニューヨークと同じ名前だったあのビルしか考えられません。そして、どのフロアに爆弾を設置したかについても、簡単な数式で導き出すことができました。ニューヨークのワールドトレードセンタービルは、百十階建て、ハイジャックされたアメリカン航空11便のボーイング767機が同ビルの北棟に激突したのは九十三ないし九十九階です。浜松町のビルは地上四十階建て、比例の公式に当てはめれば、三十四階ないしその上下のフロアに爆弾を仕掛けたと考えられます」

馬鹿らしい、と美也子は顔を上げた。

「そんなことをわざわざ犯人がする必要がどこにあるんです？　メールの発信元を海外に偽装し、爆弾を仕掛けた場所の手掛かりを警察に与えることに意味はありません。あなたが言っているのは、後付けの論理です」

違います、と遠野が首を振った。

「合同相対教が今の日本を堕落した国家であると規定し、十年前、その変革のために地下鉄爆破テロ事件を起こしたことは、裁判の過程で立証されています。その論理はもちろん間違っていますが、理想の国家創造のために、あなたたちは破壊活動を始めた」

「それで？」

「ですが、あなたにはもうひとつ別の目的があった」遠野が言った。「十七年前、あなたは家族全員を強盗に殺害されていますね？　事件についてよく覚えています。異常で、かつ悲惨な殺人事件でした。当時、警察は大勢の警察官を動員して捜査を始めましたが、犯人を特定できなかった。だから、あなたは警察を無能な存在として認識するようになった。あなたが今回の事件に関して、マドリード、ロンドン、そしてニューヨークからのメールという形で犯行予告を行ったのは、明確な手掛かりを与えても、警察はその意図に気づかないと考えたからです。警察を愚弄し、何もできない組織だと決めつけた。だから、爆弾を仕掛け、放置するたびに予告メールを送った」

美也子は唇を噛み締めた。真の目的は、警察の無能さを露呈させることにあった。明確な手掛かりとなるメールを送っても、警察はその意図に気づかず、右往左往するだけだろう。

目論見通り、警察は美也子の意図に気づかないまま、見当違いの捜査を繰り返していた。目の前にいる小柄な女性警部を除いては。

「遠野警部……ひとつだけ聞かせて下さい」ゆっくりと美也子は口を開いた。「なぜわたしがここに来るとわかったんですか？」

「銀座二丁目交番、桜田門交差点、鎌倉新宿ライナー、銀座のバス爆破、いずれの場合もあなたは現場が見える位置にいました。あなたは誰も信じていなかった。最後の標的を爆破するに当たって、必ず自分で確認する、と確信していました」

「あなたはわたしの質問に答えていません」美也子が吐き捨てるように言った。「なぜ、この場所に来ると？」

他にも候補となるべき場所はありました、と遠野が認めた。

「ですが、発見された爆弾にセットされていた爆破予定時刻が九時十一分だと判明した時点で、東京タワー以外ないと判断しました。東京タワーメインデッキの営業開始時間は午前九時です。ビル爆破に際し、あなたがいるべき場所、そして崩壊の瞬間の確認に最もふさわしい場所として、東京タワーを選ぶと考えたんです」

「もし、ここを選んでいなかったら？」

同じです、と遠野が答えた。

「浜松町世界貿易エタニティービルを視認することのできる場所には、現在一万人の警察官が厳重な監視体制を敷いています。九時十一分を過ぎても爆破が起きなければ、起爆装置のボタンを押したでしょう。わたしたちも、偶然を当てにしていたわけではありません。通信キャリアの完全な協力体制のもと、あなたがスマホから電話をかければ、その位置を即時確認できるように手筈を整えていました。あなたを逮捕するために、すべての関係者が動いていたんです。失敗はあり得ません」

降りましょう、と遠野がエレベーターに目をやった。鎌倉新宿ライナーにいた戸井田が前に進み出た。

地上に着くと、そこに十数台のパトカーが停まっていた。待っていたのは黒い手袋をした刑事だった。

遠野ともう一人の刑事に挟まれる形で、美也子はパトカーに乗り込んだ。つぶやきが漏れた。

「……間違っている」

助手席のドアを開けて乗り込んだ別の刑事が、出せ、と短く命じた。運転席の警官がエンジンをかけた。美也子は顔を上げた。

「御厨大善師が立案した計画、そしてわたしが実行した爆破事件について、警察がわたしを逮捕できたのは、あくまでも偶然です。それだけの能力があるのなら、なぜわたしの家族が殺された時、その犯人を逮捕できなかったんですか？」

パトカーが表通りに出た。助手席の刑事が被疑者移送開始、と無線機に告げた。

「偶然ではありません」遠野が答えた。「あなたの逮捕は必然でした」

「では、わたしの家族を殺害した犯人を逮捕できなかったのは――」

「……不幸な事件でした。あなたの家族が殺されたことについて、こういう言葉を使っていいのかわかりませんが、同情しています。ですが、警察が努力を怠っていたわけではありません。捜査本部は、遺された証拠品をもとに全力で犯人を追い、捜査を続けています。その努力が報われていないのは事実です。確かに、警察は万能な存在ではありません。ですが、彼らはその能力の限りを尽くして、捜査に当たっています」

「それが言い訳ですか？」

「言い訳ではありません。あなたの家族を殺した犯人をまだ逮捕できていないのを悔しく思っています。ですが、わたしたちは諦めていません」

美也子は顔を背けた。神谷町交差点をパトカーが通り過ぎた。

終章

1

ノックをすると、短い返事があった。遠野麻衣子はドアを開いて室内に入った。長谷川がソファに座っていた。

「取り調べは終わったよ」

聞いています、と麻衣子は答えた。木下美也子の逮捕から、一週間が経過していた。

本人の自宅を捜索したところ、犯行に使用したボイスチェンジャー、パソコンなどが見つかっていた。また、サイバー犯罪対策課により、木下美也子のパソコンから、ニューヨーク、ロンドン、マドリードを経由するサーバーシステムへのアクセス履歴が見つかった。

また、浜松町世界貿易エタニティービルの防犯カメラを確認したところ、九月五日にシヴァこと木下美也子、高橋隆也がカメラに映っていた。九月十一日未明に非常口から黒いバッグを持った小柄な女がビル内に入っていった映像も発見されていた。まだ精密な映像解析は終わっていないが、木下美也子と考えていいだろう。

ビル内で発見されたプラスティック爆弾の総重量は約一キログラム、爆発した場合、建物がその衝撃に耐え切れず崩壊することが専門家によって立証されていた。

駅ビルという立地条件から考えれば、おそらくニューヨークで起きた悲劇を上回る犠牲者が出たのではないか。

「ご苦労だった」長谷川が顔を上げた。「犯人を逮捕できたこと、爆破を防げたことは何よりだった。だが、私は君の捜査方法を認めていない。今回は運がよかった。爆弾の場所を発見できたのは、偶然に過ぎない」

そうかもしれません、と麻衣子はうなずいた。

「犯人像を推測するに至った君の分析力は認めている」

座りたまえ、と長谷川がソファを指した。

麻衣子は封筒を差し出した。表書きに〝退職願〟とあった。

「責任を取るか」

はい、と麻衣子は答えた。

「木下美也子逮捕に当たり、わたしは法を逸脱しました。銀座二丁目交番爆破、鎌倉新宿ライナーへの爆弾放置、銀座のバス爆破、高橋隆也殺害、いずれも直接的な証拠はありませんでした。わたしが彼女を犯人と断定したのは、あくまで推論に過ぎません。法廷で争えば、確実に敗れたでしょう」

その通りだ、と長谷川が髪の毛を整えた。遠野麻衣子の捜査方法は常道から外れたものので、法の尊厳を踏みにじる行為でもあった。

「最後のビル爆破未遂については、証拠が揃っている」能面のような表情で長谷川が言った。「彼女が起爆装置を起動させようとしたのは、通信キャリアの調べでわかっているし、現場にいた全捜査官が証人だ」

木下美也子の逮捕後も、捜査が進められていた。鎌倉新宿ライナー内で戸井田刑事が発見した爆発物の部品入り手提げ袋を、変装した美也子本人が持ち歩いている映像が見つかったこと、更に自宅から採取された高橋隆也の体毛などから、帰国後の高橋を美也子が匿っていたことが確認された。

証拠固めは順調に進んでいる。公判を維持するには十分な物証、と検察庁は判断していた。

「ですが、すべて後付けの証拠に過ぎません。わたしは予断のもとに犯人を特定しました。責任は取るつもりです」

麻衣子は退職願を応接セットのテーブルに載せた。座りたまえ、と長谷川がもう一度言ったが、麻衣子は首を振った。

しばらくその姿を見つめていた長谷川が口を開いた。

「これだけは明確にしておこう。今回の君の捜査方法には重大な問題があった。個人的な見解だが、君の行為は人権を無視していた。責任を取るべきだ」

麻衣子は頭を下げた。更に個人的な意見だが、と長谷川がソファの肘かけを指で弾いた。

「私は東京タワーにおける君の交渉にも納得していない。木下美也子が起爆のためにスマホを操作しなければ、我々に証拠はなく、逮捕はできなかっただろう。もうひとつ、君が推定した通り、確かにビルの三十四階に爆弾は仕掛けられていた。だが、交渉人なら説得を試みるべきだと――」

ノックの音がした。返事を待たずにドアが開いた。二人の男が立っていた。

2

無言のまま、島本が部屋の中に入った。その後ろで、権藤がドアをゆっくりと閉めた。

「入室許可は出していない」

長谷川が鋭い口調で言った。申し訳ありません、と島本が頭を下げた。

「緊急の事態と考えたものですから……失礼します」

テーブルに載せてあった麻衣子の退職願を取り上げた島本が二つに破り、そのまま自分のポケットに入れた。

「何をしている？」

立ち上がりかけた長谷川を権藤が制した。心外ですな、と島本が言った。

「あなたのためにしたことです。あなたがこの退職願を受理すれば、二つの大きな問題が残ります。ひとつは警視庁約四万二千人の警察官を指揮する立場にある人物が、その無能さを露呈すること、もうひとつは優れた交渉人を警視庁が失ってしまうことです」

「彼女が果たした役割は大きい」それは認めている、と長谷川が低い声で言った。「私が言っているのは原則論だ。彼女は交渉人としてのルールを無視した。それを非難するのが間違っていると？」

「原則論に照らし合わせても、彼女は自分の職務を全うしたと思います。これは私だけの意見ではありません。本件の捜査に携わった者全員が同じ思いです」

聞こう、と長谷川がソファを指したが、島本も権藤も座らなかった。

「確かに、犯人を木下美也子と推定するに至った根拠は薄弱でした。傍証は山のようにありましたが、直接的な物的証拠は何もなく、そして捜査のための時間も残されていませんでした。つまり、自分たちは決定的に不利な状況で犯人と対峙しなければならなかったんです」

「私はそれを問題にしている」

長谷川がテーブルを強く叩いた。待って下さい、と島本が再び口を開いた。

「犯人がメールの送信を偽装して警察に手掛かりを与えたこと、そしてそれに気づかない警察をあざ笑っていたことは、捜査の最終段階で明確になっていました。犯人の狙いは9・11事件の再現で、夜が明ければ九月十一日です。犯人がこの日を狙って爆弾を爆発させると予想することはできたんです。そして遠野警部の指摘通り、浜松町のビルから爆弾が発見されました」

「そんなことはわかってる」

「最悪の事態は避けられたわけですが」島本が麻衣子の肩を軽く叩いた。「本当の意味での問題はそこからでした。木下美也子は歪んだ正義感を持ち、警察に対して復讐を狙っていたんです。あの時、木下を逃がしていたら、彼女は地下に潜り、再び同じ計画を立てたでしょう。今度は問答無用でビルか新幹線を爆破したでしょうな」

「何が言いたい？」

苛立った表情で長谷川が言った。島本が微笑を浮かべた。

「我々が彼女を逮捕できるチャンスは、あの場しかなかったんです。木下がビル爆破のために選んだ時刻は九時十一分。これもまた、9・11事件を模したもので、木下がその時刻に起爆装置を起動させれば、それが証拠になったはずです。しかし、不審な何かを感じれば、詭弁を弄してでも、彼女はあの場から逃げたでしょう。そうさせなかったこと、そして起爆のために電話をかけさせたこと、それこそが遠野警部の功績だと私は考えます」

「君は彼女を過大評価している」長谷川が顔をしかめた。「木下の目的は警察の無能さを露呈させること、そして東京の、あるいはこの国の秩序を破壊することだった。だとすれば、必ず起爆させただろう」

「あれはそんな女じゃありませんよ」ぼそりと権藤がつぶやいた。「自分の身に危険が及ぶとわかれば、スマホの操作もせずに逃げ出したでしょう。結局、あの女にとって重要なのは、自分自身のことだけで、あの女の正義は、その程度のものだったんですよ」

「交渉人の本分は犯人の説得にあります」島本が言葉を継いだ。「ですが、それだけではありません。状況によっては、犯人を罠にかけるのも職務のうちです。遠野警部は木下にいくつもの状況証拠を突きつけ、更に時間を間違えたふりをして彼女の心に焦りを生じさせ、彼女に起爆装置のスイッチを押させせました。見事な交渉術といっていいでしょう」

しばらく黙っていた長谷川が、リスクが高すぎると吐き捨てた。

「リスク?」

「我々警察は万全の注意を払いながら捜査に取り組むべきだ。それが警察の原則だろう。遠野警部は木下美也子の性格を読み、その上で彼女を挑発し、起爆させせたという。だが、その判断に何ら間違いはなかったと言い切れるのか?」

「言い切れます」麻衣子ははっきりした口調で答えた。「事件発生後、わたしはすべての情報を入手、分析し、最終的に木下美也子にたどり着きました。その後、彼女の性格、履歴についても、時間の許す限り調べ抜きました。過去に彼女が扱った裁判記録にも目を通し、彼女の人間性を理解したと考えます。なぜなら、わたしはプロの交渉人だからです」

危険な考え方だ、と長谷川が鼻先で笑った。

「ある意味で、木下美也子と同じだ。自分の正義だけを信じ、判断を下すなど、警察官としてあるまじき行為だろう」

「彼女とわたしは違います。木下美也子は自分自身のことしか考えていませんでした。ひとつ間違えば、わたしも彼女と同じ闇に堕ちていたかもしれません。ですが、わたしにはそうならないという自負があります」

「どういう意味だ？」

つぶやいた長谷川の顔を、麻衣子が正面から見据えた。

「わたしは交渉人研修で、プロとは何かを教わりました。自分を信じきれる能力、それこそがプロにとって最も重要なことだと……木下美也子はその意味でアマチュアでした。自分を信じきれないまま、自分に敗れたのです」

遠野警部がいなければ、と権藤が言った。

「先週の火曜日、九月十一日午前九時十一分に浜松町のビルが爆破されたでしょう。彼女の判断は的確でした。乱暴で、法を無視していたのも確かですが、そうでもしなければ解決できない事件もある、と自分は学びました」

「権藤警部、君は何を――」

長谷川が口をつぐんだ。部長、と島本が言った。

「彼女を辞めさせてはなりません」

「こんな女を野放しにしておくのは、ある意味で木下美也子以上に危険です」権藤が唸るように言った。「警察という檻に入れておかなければ、危なくてしょうがありません」

島本警部、と麻衣子が囁いた。

「退職はわたしの意志です。人事の了承も――」

人事は退職願を受理していません、と島本が首を振った。

「あなたは警察官です。同じ警部職ですが、あなたは年次が上の私たちの命令に背くことはできません」

諦めたように、長谷川が片手を挙げた。

「遠野警部、もう一度言う。私は今回の君のやり方を認めていない。だが、君を辞めさせるのは短慮にすぎるだろう。君の人事については、追って連絡する。それまでは待機のこと」

全員退室してくれ、と長谷川が立ち上がった。

「私は会議がある」

部長室のドアを開き、部屋から出たところで権藤が立ち止まった。何か言いたげに言葉を探していたが、肩をひとつ揺らしてその場を去った。

「権藤警部は何を言おうとしていたのでしょう?」

麻衣子の問いに、簡単なことですと島本がうなずいた。

「これがあなたの最後の事件ではない、と言いたかったんです」

「どういう意味ですか?」

「最初の事件だということです」

麻衣子の手を握った島本が、また会いましょうと言って、ゆっくりとした足取りでその場から離れた。

遠野麻衣子は長い髪をかきあげて、二人とは別の方へ廊下を進んだ。

参考資料

『警視庁捜査一課特殊班』毛利文彦（角川書店）
『犯罪交渉人』毛利元貞（角川書店）
『ミステリーファンのための警察学入門』特集アスペクト29（アスペクト）
『交渉力』中嶋洋介（講談社現代新書）
『他人を意のままにあやつる方法』谷原誠（ベストセラーズ）

解説

関根 亨

人気シリーズにとって、第二弾については大きな試練が待ち受ける。

第一弾がヒットしたからこその第二弾なので、むしろ追い風になるであろうとの予測に反し、書き手にとってはかなり読者イメージに配慮しなければならない。すなわち「第一弾を読んでいない読者にどう届けるか」である。

本書『交渉人・遠野麻衣子　爆弾魔』は『交渉人・遠野麻衣子』（河出文庫）シリーズ第二弾にあたるわけだが、見事に、第一弾を読んでいなくても単独で読めるように書かれている。もし本文を読む前にこの解説に目を通している読者がいたら、安心していただきたい。

警視庁総務部広報課勤務が現職の遠野麻衣子。彼女は元々キャリアで警部の地位にあるのだが、かつては刑事部捜査一課特殊犯捜査係に所属していた。

誰もが知っている捜査一課だが、殺人などを扱うのが同課強行犯係という名称だ。特殊犯捜査係とは、立て籠もりや誘拐などの事件が管轄。犯人自身の性格や状態、さらに犯行周辺状況を的確に判断し、ネゴシエーションで犯人確保に動くのが任務である。

キャリアの麻衣子は本庁刑事部特殊捜査班から高輪署経理課、さらに本庁広報課へと異動してきたのだ。一連の事情は第一弾『交渉人・遠野麻衣子』のストーリーに関わってくる。前述通り本作『〜爆弾魔』は白紙状態で読んでもらえるよう展開しているので、解説でも麻衣子自身についての前作部分は、あえて割愛する。

九月の土曜日、国家公安委員長に就任した衆院議員、達川の講演会が銀座のホテルで行われることになり、広報課の麻衣子が参加することになった。

国家公安委員長とは「〇〇大臣」という名称こそないものの国務大臣ポストの一つ。内閣改造の際などには他閣僚と並ぶ地位である。役目は「警察行政の政治的中立性の確保」と「警察運営の独善化の防止」となっている（同委員会公式サイトより）。いわば警察全般の所管大臣とはいえ、一政治家が土曜に講演を行うことは珍しくない。広報課の麻衣子が開始を待っているその時、彼女のスマホに非通知電話が入る。電話の相手は名乗らず、達川への勝手な批判を述べた後、「大善師御厨徹の釈放」を要求してきた。

御厨とはかつての合同相対教教祖。十年前に東京の機能を危機に陥れた地下鉄爆破テロ事件の首謀者として死刑判決を受け、控訴中の身で収監されている。電話の声は御厨の釈放を要求し、麻衣子のいるホテルから百メートルほど離れた交番をその場で爆破してみせた。釈放に応じなければさらなる爆破を起こすとのテロが始まったのだ。

さらに教団は麻衣子に本件の交渉人になるよう、一方的に要請してくる。警視庁へ戻った麻衣子は、すぐに長谷川刑事部長の面前に通される。

教団はすでに警視庁サイトへ、爆破予告と御厨釈放要求メールを送っており、やはり交渉人として遠野麻衣子警部を指名していた。

人口一千万人を超える首都東京になされた爆破予告。テロリストの脅しには屈しない警視庁だが、期限が明示された爆弾がどこで爆発するのか。手がかりが全くないまま、警視庁始まって以来の大規模な、そして極秘を要する捜査が開始された。同脅迫事案を明らかにすれば、首都混乱は明白だからだ。

異例中の異例措置として、本庁内に同事件特別捜査本部を設置。麻衣子は本部交渉室入りを命じられ、姿なきテロリストとメールを通じての交渉が始まったのだ。

以上のサスペンス要素ばかりではない。視点切り換えによる叙述トリックもあって、読者には思いもよらない犯人像が描かれることになる。

麻衣子、戸井田刑事、他の人物各視点を読んでいった終盤には要注目だ。


『交渉人・遠野麻衣子　爆弾魔』に興味を持たれた方へ、あらためて『交渉人・遠野麻衣子』シリーズについて紹介しておこう。

第一弾は二〇〇三年親本が新潮社、二〇〇六年に幻冬舎で一次文庫が刊行された（旧版タイトルは『交渉人』）。文庫化後には二十数万部に達するロングセラーとなり、二度も映像化されている。

幾星霜を経た二〇二三年、河出文庫よりタイトルを改め、内容も完全改稿版として登場することになったのだ。

改稿の大幅な点は経年変化。単行本、一次文庫ともにまだ二〇〇〇年代前半のことであり、全文をつぶさに著者がチェックを行い、すべて二〇二〇年代前半の時代に改めた。携帯電話（ガラケー）をスマホに改めるレベルから、犯人側の動機に至るストーリー面にまで至った。病院立て籠もり事件ということで、医療面においても相当の見直しがなされている。二次文庫での大幅な改稿はきわめて少数例。五十嵐貴久が現代の読者に届けたいとの情熱の現れである。

交渉人シリーズ第二弾は、第一弾の勢いも冷めやらぬ二〇〇七年に幻冬舎より単行本刊行。二〇一〇年に同社より文庫化された（旧版タイトルは『交渉人・爆弾魔』）。再び絶好調のセールスを記録し、早くも同じく二〇一〇年にテレビ朝日でドラマ化されているほどだ（麻衣子役は若村麻由美）。

二〇二三年の河出文庫版本書刊行にあたり『交渉人・遠野麻衣子　爆弾魔』とタイトルを変更し、やはり著者による完全改稿版となっている。

幻冬舎版一次文庫での冒頭は、第一弾『交渉人』ラストからの完全な後日譚になっていた。つまり第二弾『〜爆弾魔』を手に取った読者は、第一弾の真相や犯人が判明した状態で読むという設定だったのである。

第一弾を読了済みの読者には何ら問題なく、むしろ「あの犯人たちのその後はどうなったのか」という興味を惹くことは間違いない。しかしながら第二弾から読み始める読者にとってはどうなのか――。

五十嵐貴久の英断により、河出版二次文庫『交渉人・遠野麻衣子　爆弾魔』へ改稿の際、前作の続きとなっていた冒頭部は完全にカットされた。麻衣子が教団から交渉人として指名されるいきさつも一新。

本解説の通り、「第一弾を読まなくても第二弾から入っていける」のである。

経年変化部分の書き換えについても同じである。一次文庫から十三年経過し、インターネットをめぐる状況も飛躍的に進化した。犯人側の海外サーバー経由メール、捜査側の防犯カメラと対象人物捜索システム。一般人側ではSNSによる情報拡散の速さなども盛り込まれている。

デジタル化急伸に伴い、犯人側手段の変更など、要素や登場人物の絞りこみを行い、本文は百五十ページ以上にもわたってスリム化された。麻衣子が爆破予告犯人の正体を解明する推理手法自体にも、大きな構造変化がなされた。

一次文庫を読んでいた読者に対しても、新たになった河出文庫版本書を大いにおすすめできること請け合いである。

十三年の間に震撼せざるを得ないのは、さらに予想もつかず、より混迷を深めた社会背景である。

東日本大震災による大きな犠牲。新型感染症が世界各地を襲い、ロシアによる侵攻は、本稿解説時点で和平への兆しすら見せない。宗教団体とテロリズムに至っては、過去とは全く違った団体の跋扈（ばっこ）と、いわばローンウルフ的テロ実行者が現出してしまった。以上の社会状況について作中ではできる限り反映されており、社会派サスペンスとしての側面はさらに強調されるべきであろう。

交渉人――つまり対犯罪者ネゴシエーターという捜査官ものは、警察小説に新たなうねりをもたらすのは間違いない。同じ警視庁刑事部捜査一課でも、特殊捜査班管轄の物語はまだまだ未知数であり続ける。

本シリーズにはまだ続編文庫があり、既刊を含め二次文庫化の予定を紹介しておこう。

『交渉人・遠野麻衣子』（河出文庫・既刊）
『交渉人・遠野麻衣子　爆弾魔』（本書）
『交渉人・遠野麻衣子　籠城』（河出文庫）

また『交渉人』シリーズ既刊三作二次文庫化の後は、完全新作による『交渉人・遠野麻衣子　ゼロ』が単行本として刊行。河出書房新社により待機、臨場待ちである。

『〜ゼロ』は、麻衣子が警察庁キャリアから交渉人研修を受ける『交渉人・遠野麻衣子』の前日譚ストーリーである。すでにWeb河出にて、二〇二二年二月から十二月までの連載を終えている。文庫三作に続き、矢継ぎ早の新作登場で、読者も警察小説界も巻き込む、交渉人の活躍が期待されるだろう。（せきね・とおる／文芸評論家・編集者）

本書は二〇一〇年に幻冬舎文庫として刊行された『交渉人・爆弾魔』を改題の上、大幅改訂したものです。この作品はフィクションであり、実在する個人、団体等は一切関係ありません。

編集協力＝関根亨

交渉人・遠野麻衣子　爆弾魔

二〇二三年 七 月二〇日　初版発行
二〇二三年 八 月三〇日　2刷発行

著　者　五十嵐貴久
発行者　小野寺優
発行所　株式会社河出書房新社
〒一五一－〇〇五一
東京都渋谷区千駄ヶ谷二－三二－二
電話〇三－三四〇四－八六一一（編集）
〇三－三四〇四－一二〇一（営業）
https://www.kawade.co.jp/

ロゴ・表紙デザイン　粟津潔
本文フォーマット　佐々木暁
印刷・製本　中央精版印刷株式会社

Printed in Japan　ISBN978-4-309-41972-5

戦力外捜査官　姫デカ・海月千波

似鳥鶏　41248-1

警視庁捜査一課、配属たった２日で戦力外通告⁉　連続放火、女子大学院生殺人、消えた大量の毒ガス兵器……推理だけは超一流のドジっ娘メガネ美少女警部とお守役の設楽刑事の凸凹コンビが難事件に挑む！

神様の値段　戦力外捜査官

似鳥鶏　41353-2

捜査一課の凸凹コンビがふたたび登場！　新興宗教団体がたくらむ"ハルマゲドン"。妹を人質にとられた設楽と海月は、仕組まれ最悪のテロを防ぐことができるか⁉　連ドラ化された人気シリーズ第二弾！

ゼロの日に叫ぶ　戦力外捜査官

似鳥鶏　41560-4

都内の暴力団が何者かに殲滅され、偶然居合わせた刑事二人も重傷を負う事件が発生。警視庁の威信をかけた捜査が進む裏で、東京中をパニックに陥れる計画が進められていた——人気シリーズ第三弾、文庫化！

世界が終わる街　戦力外捜査官

似鳥鶏　41561-1

前代未聞のテロを起こし、解散に追い込まれたカルト教団・宇宙神瞳会。教団名を変え穏健派に転じたはずが、一部の信者は〈エデン〉へ行くための聖戦＝同時多発テロを計画していた……人気シリーズ第４弾！

推理小説

秦建日子　40776-0

出版社に届いた「推理小説・上巻」という原稿。そこには殺人事件の詳細と予告、そして「事件を防ぎたければ、続きを入札せよ」という前代未聞の要求が……ＦＮＳ系連続ドラマ「アンフェア」原作！

アンフェアな月

秦建日子　40904-7

赤ん坊が誘拐された。錯乱状態の母親、奇妙な誘拐犯、迷走する捜査。そんな中、山から掘り出されたものは？　ベストセラー『推理小説』（ドラマ「アンフェア」原作）に続く刑事・雪平夏見シリーズ第二弾！

アンフェアな国

秦建日子　41568-0

外務省職員が犠牲となった謎だらけの轢き逃げ事件。新宿署に異動した雪平の元に、逮捕されたのは犯人ではないという目撃証言が入ってきて……。真相を追い雪平は海を渡る！　ベストセラーシリーズ最新作！

殺してもいい命

秦建日子　41095-1

胸にアイスピックを突き立てられた男の口には、「殺人ビジネス、始めます」というチラシが突っ込まれていた。殺された男の名は……刑事・雪平夏見シリーズ第三弾、最も哀切な事件が幕を開ける！

サイレント・トーキョー

秦建日子　41721-9

恵比寿、渋谷で起きる連続爆弾テロ！　第３のテロを予告する犯人の要求は、首相とのテレビ生対談。繰り返される「これは戦争だ」という言葉。目的は、動機は？　驚愕のクライムサスペンス。映画原作。

華麗なる誘拐

西村京太郎　41756-1

「日本国民全員を誘拐した。五千億円用意しろ」。犯人の要求を日本政府は拒否し、無差別殺人が始まった──。壮大なスケールで描き出す社会派ミステリーの大傑作が遂に復刊！

ある誘拐

矢月秀作　41821-6

ベテラン刑事・野村は少女誘拐事案の捜査を任された。その手口から、当初は営利目的の稚拙な犯行と思われたが……30億円の身代金誘拐事件、成功率０％の不可能犯罪の行方は⁉

私という名の変奏曲

連城三紀彦　41830-8

モデルのレイ子は、殺されるため、自らを憎む７人の男女を一人ずつ自室に招待する。やがて死体が見つかり、７人全員がそれぞれに「自分が犯人だ」と思いこむ奇妙な事態の果てに、驚愕の真相が明かされる。

メビウス

堂場瞬一　41717-2

1974年10月14日——長嶋茂雄引退試合と三井物産爆破事件が同時に起きたその日に、男は逃げた。警察から、仲間から、そして最愛の人から——「清算」の時は来た！　極上のエンターテインメント。

最後のトリック

深水黎一郎　41318-1

ラストに驚愕！　犯人はこの本の《読者全員》！　アイディア料は２億円。スランプ中の作家に、謎の男が「命と引き換えにしても惜しくない」と切実に訴えた、ミステリー界究極のトリックとは⁉

花窗玻璃（はなまどはり）　天使たちの殺意

深水黎一郎　41405-8

仏・ランス大聖堂から男が転落、地上80mの塔は密室で警察は自殺と断定。だが半年後、再び死体が！　鍵は教会内の有名なステンドグラス…。これぞミステリー！　『最後のトリック』著者の文庫最新作。

最高の盗難

深水黎一郎　41744-8

時価十数億のストラディヴァリウスが、若き天才ヴァイオリニストのコンサート会場から消えた！　超満員の音楽ホールで起こったあまりに「芸術的」な盗難とは？　ハウダニットの驚くべき傑作を含む３編。

葬偽屋は弔わない

森晶麿　41602-1

自分が死んだら周りの人たちはどんな反応をするんだろう。その願い〈葬偽屋〉が叶えます。アガサ・クリスティー賞作家が描く意外なアウトロー稼業。人の本音に迫る痛快人情ミステリー！

琉璃玉の耳輪

津原泰水　尾崎翠〔原案〕　41229-0

３人の娘を探して下さい。手掛かりは、琉璃玉の耳輪を嵌めています——女探偵・岡田明子のもとへ迷い込んだ、奇妙な依頼。原案・尾崎翠、小説・津原泰水。幻の探偵小説がついに刊行！

第七官界彷徨

尾崎翠　40971-9

「人間の第七官にひびくような詩」を書きたいと願う少女・町子。分裂心理や蘚の恋愛を研究する一風変わった兄弟と従兄、そして町子が陥る恋の行方は？　忘れられた作家・尾崎翠再発見の契機となった傑作。

罪深き緑の夏

服部まゆみ　41627-4

"蔦屋敷" に住む兄妹には、誰も知らない秘密がある——十二年前に出会った忘れえぬ少女との再会は、美しい悪夢の始まりだった。夏の鮮烈な日差しのもと巻き起こる惨劇を描く、ゴシックミステリーの絶品。

十二神将変

塚本邦雄　41867-4

ホテルの一室で一人の若い男が死んでいた。所持していた旅行鞄の中には十二神将像の一体が……。秘かに罌粟を栽培する秘密結社が織りなすこの世ならぬ秩序と悦楽の世界とは？　名作ミステリ待望の復刊！

紺青のわかれ

塚本邦雄　41893-3

失踪した父を追う青年、冥府に彷徨いこんだ男と禁忌を破った男、青に溺れる師弟、蠢く与那国蚕——愛と狂気の世界へといざなう十の物語。現代短歌の巨星による傑作短篇集、ついに文庫化。

黒衣の聖母

山田風太郎　日下三蔵〔編〕　41857-5

「戦禍の凄惨、人間の悲喜劇　山風ミステリはこんなに凄い！」——阿津川辰海氏、脱帽。戦艦で、孤島で、焼け跡で、聖と俗が交錯する。2022年生誕100年、鬼才の原点！

赤い蠟人形

山田風太郎　日下三蔵〔編〕　41865-0

電車火災事故と人気作家の妹の焼身自殺。二つの事件を繋ぐ驚愕の秘密とは。表題作の他「30人の３時間」「新かぐや姫」等、人間の魂の闇が引き起こす地獄を描く傑作短篇集。

十三角関係

山田風太郎　41902-2

娼館のマダムがバラバラ死体で発見された。夫、従業員、謎のマスクの男ら十二人の誰が彼女を十字架にかけたのか？　酔いどれ医者の名探偵・荊木歓喜が衝撃の真相に迫る、圧巻の長篇ミステリ！

帰去来殺人事件

山田風太郎　日下三蔵〔編〕　41937-4

驚嘆のトリックでミステリ史上に輝く「帰去来殺人事件」をはじめ、「チンプン館の殺人」「西条家の通り魔」「怪盗七面相」など名探偵・荊木歓喜が活躍する傑作短篇８篇を収録。

復員殺人事件

坂口安吾　41702-8

昭和二十二年、倉田家に異様な復員兵が帰還した。その翌晩、殺人事件が。五年前の轢死事件との関連は？　その後の殺人事件は？　名匠・高木彬光が書き継いだ、『不連続殺人事件』に匹敵する推理長篇。

心霊殺人事件

坂口安吾　41670-0

傑作推理長篇「不連続殺人事件」の作家の、珠玉の推理短篇全十作。「投手殺人事件」「南京虫殺人事件」「能面の秘密」など、多彩。「アンゴウ」は泣けます。

『吾輩は猫である』殺人事件

奥泉光　41447-8

あの「猫」は生きていた⁈　吾輩、ホームズ、ワトソン……苦沙弥先生殺害の謎を解くために猫たちの冒険が始まる。おなじみの迷亭、寒月、東風、さらには宿敵バスカビル家の狗も登場。超弩級ミステリー。

アリス殺人事件

有栖川有栖／宮部みゆき／篠田真由美／柄刀一／山口雅也／北原尚彦　41455-3

「不思議の国のアリス」「鏡の国のアリス」をテーマに、現代ミステリーの名手６人が紡ぎだした、あの名探偵も活躍する事件の数々……！　アリスへの愛がたっぷりつまった、珠玉の謎解きをあなたに。

カチカチ山殺人事件

伴野朗／都筑道夫／戸川昌子／高木彬光／井沢元彦／佐野洋／斎藤栄　41790-5

カチカチ山、猿かに合戦、舌きり雀、かぐや姫……日本人なら誰もが知っている昔ばなしから生まれた傑作ミステリーアンソロジー。日本の昔ばなしの持つ「怖さ」をあぶり出す７篇を収録。

黒死館殺人事件

小栗虫太郎　40905-4

黒死館を襲った血腥い連続殺人事件の謎に、刑事弁護士法水麟太郎がエンサイクロペディックな学識を駆使して挑む。本邦三大ミステリの一つ、悪魔学と神秘科学の一大ペダントリー。

法水麟太郎全短篇

小栗虫太郎　日下三蔵〔編〕　41672-4

日本探偵小説界の鬼才・小栗虫太郎が生んだ、あの『黒死館殺人事件』で活躍する名探偵・法水麟太郎。老住職の奇怪な死の謎を鮮やかに解決する初登場作「後光殺人事件」より全短篇を収録。

紅殻駱駝の秘密

小栗虫太郎　41634-2

著者の記念すべき第一長篇ミステリ。首都圏を舞台に事件は展開する。紅駱駝氏とは一体何者なのか。あの傑作『黒死館殺人事件』の原型とも言える秀作の初文庫化、驚愕のラスト！

毒薬の輪舞

泡坂妻夫　41678-6

夢遊病者、拒食症、狂信者、潔癖症、誰も見たことがない特別室の患者——怪しすぎる人物ばかりの精神病院で続発する毒物混入事件でついに犠牲者が……病人を装って潜入した海方と小湊が難解な事件に挑む！

死者の輪舞

泡坂妻夫　41665-6

競馬場で一人の男が殺された。すぐに容疑者が挙がるが、この殺人を皮切りに容疑者が次から次へと殺されていく——この奇妙な殺人リレーの謎に、海方＆小湊刑事のコンビが挑む！

花嫁のさけび

泡坂妻夫　41577-2

映画スター・北岡早馬と再婚し幸福の絶頂にいた伊都子だが、北岡家の面々は謎の死を遂げた先妻・貴緒のことが忘れられない。そんな中殺人が起こり、さらに新たな死体が……傑作ミステリ復刊。

蟇屋敷の殺人

甲賀三郎　41533-8

車から首なしの遺体が発見されるや、次々に殺人事件が。謎の美女、怪人物、化け物が配される中、探偵作家と警部が犯人を追う。秀逸なプロットが連続する傑作。

横溝正史が選ぶ日本の名探偵　戦前ミステリー篇

横溝正史〔編〕　41895-7

ミステリー界の大家・横溝正史が選んだ、日本の名探偵が活躍する短篇9篇を収めたミステリー入門にも最適のアンソロジー【戦前篇】。探偵イラスト＆人物紹介つき。

横溝正史が選ぶ日本の名探偵　戦後ミステリー篇

横溝正史〔編〕　41896-4

ミステリー界の大家・横溝正史が選んだ、日本の名探偵が活躍する短篇10篇を収めたミステリー入門にも最適のアンソロジー【戦後篇】。探偵イラスト＆人物紹介つき。

復讐　三島由紀夫×ミステリ

三島由紀夫　41889-6

「サーカス」「復讐」「博覧会」「美神」「月澹荘綺譚」「孔雀」など、三島由紀夫の数ある短編の中から選び抜かれた、最もミステリアスな傑作12篇。『文豪ミステリ傑作選　三島由紀夫集』を改題復刊。

生きてしまった　太宰治×ミステリ

太宰治　41890-2

人間が生まれながらに持つ「原罪」とは何か？　生と死の狭間で揺れ動く人々を描いたミステリアスな傑作15篇。『文豪ミステリ傑作選　太宰治集』を改題復刊。

著訳者名の後の数字はISBNコードです。頭に「978-4-309」を付け、お近くの書店にてご注文下さい。